動漫摘星錄

盧子英——編

黃夏柏——撰文

非凡出版

My quest for A and C

by Neco Lo che ying

代序一

Everything started in 1984 when I was invited to HK International Film Festival where I met Che ying Lo and Jason Lam Keeto.

Since then Hong Kong has been my most favorite city just like Tokyo.

Viva our friendship !

小野耕世
作家及動漫畫評論員

代序二

紀陶

編劇、影評人、電台主持及電影導師

由八十年代開始，在盧子英的牽引下，我們一起展開「採星之旅」。我的本性是「懶蟲」，努力是人家迫出來的，故此子英這書所記錄的行程，大部分我雖有在現場，不過是充當傍友一名。

當年遇到很多真正大師級的動漫畫家，最高興是當中不少在首次交往後就很快變成莫逆，這個除了因為我們的粉絲口面遮掩不了也瞞不過他們，子英對眾位大師的經典熟誦如流也教他們稱許，不過，我相信最重要的還是給眾位大師知道，我們是屬於香港來的動漫人初哥。

回想八十年代前後十數年間，我們一班以動畫（包括電影特技）作為專業的動畫人，數來計去都不過五十人，不像如今，公司也過數千。而且，我們當年沒有專門訓練的學校，技術成長的養份都是依靠觀看大師們的作品，可說是深受這班動漫大師的影響。

當與大師們親身接觸，跟純粹看其作品是完全兩回事，你會發現每位大師各自有一個宏闊的宇宙，作品只是其中的一面體。最難忘是當我首次與手塚及永井先生會面時，還有我最愛的中國動漫大師萬老先生以及PIXAR的John Lasseter先生等，跟他們第一次接觸時所受到的電擊般的體驗，那激蕩的心情至今依然銘記在心。

子英是比較冷靜及有條理的，由他將我們親炙大師們的經歷記錄下來，不會變成狂書。現在，他只是攝取部分精華，讓其曝光，應該看得出那是選取了最是有情的段落，大家讀後，可盡快給子英知道你仍有所渴望，希望看到更多，了解更多，我相信會陸續有來的。

我是一九七九年六月一日正式展開動畫生涯，子英比我更早一點。至今剛好四十年了，故此書對我們來說，是很有紀念價值的。

代序二

袁建滔

動畫導演

少年子英的煩惱

我打從少年時代便立志做漫畫家，每天放學回家畫畫畫，可惜天資有限、耐力欠奉，漫畫家之路只停留在幻想的層面，說來也覺慚愧。後來繼續升學讀電影，在職場亂碰亂撞，卻因為摯友喬靖夫而「再」立志寫小說，與友人合辦蚊型出版社「鐵道館」的同時，努力鑽研寫作。付出了，卻不一定有收穫，小說始終寫不成，為了生計跑去拍動畫，一幹二十年。

自吹自擂了半天，到底跟前輩盧子英先生這本新作有甚麼關係呢？

事緣有段時間因工作關係常跟盧子英碰面，某天說起少年追夢的故事，憶起編採《漫畫讀物》的年代，曾看過某本同人誌刊登就讀中四的盧子英與妹妹到日本旅行，四出登門拜訪漫畫家的經歷。看過少年子英那天馬行空得來又精心部署的拜師之旅，才明白自己的追夢力量其實是多麼不堪和渺小。

那些年工作陷入困境的我，深深被少年子英這顆單純的赤子之心所撼動，覺得每個開口埋口說追夢的人，都必須掏出肝膽跟它相照一番。不知天高地厚的我，向他建議把「香港動漫狂小子遠赴日本拜師學藝」的經歷重新編寫，結集成書。盧 Sir 一雙巨目暴射金光，沒多久便草擬了一份出版計劃，取名《漫畫夢飛行》！大家談得興高采烈準備散會時，他突然像 Steve Jobs 招牌 One More Thing，從文件夾內掏出姊妹篇《動畫夢飛行》！這麼好玩的項目，可真把我嚇傻了眼！

不過興奮過後，回歸赤裸裸的現實，鐵道館的小小規模與業餘程度，根本沒有足夠實力與經驗去處理這個龐大的項目，再加上動畫公司發展失利，財政緊絀，遺憾落得不了了之的下場。夢，最後發不成。

所以當盧 Sir 通報本作經歷萬水千山，終於能夠面世，也算還了我的心願，給大家和十六歲的少年子英談談心，追追夢。

代序四

喬靖夫

小說家

記得初識「盧 Sir」盧子英前輩，大約是在八十年代尾於「次文化堂」出版社，那時剛升上大專的我對文字創作有濃厚興趣，不時就去「八卦」一番和幫助做一些《次文化月刊》的文稿工作，這段歲月讓我結識到好幾位厲害前輩，盧 Sir 正是其一。初時其實我還不是太清楚盧 Sir 的背景，後來才陸續聽聞一些他年輕時與日本漫畫家交往的經歷，而他亦是香港極資深的動畫師，閱歷經驗既廣且深，令我十分仰慕。

後來盧 Sir 有很長一段時間開設了美國漫畫專門店，又增加我與他交往的機會。透過他的介紹，大大開了我對美國漫畫的眼界。要知道那是還未有互聯網的年代，資訊不如今日般唾手可得，由他引入推介的許多美漫好書，直接對我的小說創作有着深刻影響，在此不得不向他道謝。

很多人沒有察覺，小小的香港其實是流行文化的臥虎藏龍之地，像盧 Sir 這樣一部「動漫活寶典」，實在世界少有，偶爾在社交網讀到他寫的相關資料，其翔實精準總是教人十分佩服。這部《動漫摘星錄》記敘了盧 Sir 早年與日本、中國及歐美動漫名家相交的經過與點滴，各個都是殿堂級的傳奇人物，可謂極端珍貴，世上恐怕也只有盧 Sir 一人能夠寫得出這樣一本書來。能為如此貴重的作品作序，是我莫大榮幸。

二〇一九年六月二十五日

代序五

盧Sir個Sir

我們都叫他盧Sir。記住，要讀成「佬Sir」才有風味。

在香港，叫得做「佬」的，只得兩種人：一是中年男人、二是對於某專業經驗老到之士，例如「裝修佬」、「公仔佬」。而叫得做Sir的，只得三種人：一是差佬、二是教師，三是於某行業內德高望重之輩，都會獲得個Sir字作尊稱。盧Sir又是佬又是Sir，可見他在香港動漫界的地位，絕對是Sir Sir聲的！

究竟盧Sir的動漫經驗有多豐厚？Ok，這樣說吧：我三歲，盧Sir已開始做動畫；兒時看《香蕉船》，片集內的動畫是他做的；小學時期看電影《最佳拍檔》，片頭動畫又是他做的；高中時期看《電影雙周刊》，內有他的漫畫專欄；讀設計時期開始對歐美漫畫有興趣，圖書館找不着，當時仍未有互聯網，都是到他的漫畫店取經；畢業後參加獨立短片比賽，他是評審；二十年後到我自己有幸擔任同一比賽的評審，他依然是評審！絕對不遺餘力。

可見，我上半生的創作游擊生涯，都斷斷續續受過他一臂之助，而我只是個插科打諢的散兵，可想而知盧Sir這個人對那群真正的業界精英有過多大影響了。

那麼多年，從瞓身實戰到教育推廣，盧Sir都對動漫從一而終。所以盧Sir個Sir字，在我看來，是「封爵級」的！Thank You Sir 盧Sir！

小克
漫畫家

代序六

林淑儀

香港藝術中心總幹事及動漫迷

好高興可以為亦師亦友的盧子英「盧 Sir」撰寫前言。特別今次盧 Sir 所寫的內容可以成為我的參考書。我尤其喜歡盧 Sir「攞自己上枱」，本書內容不單止有關動漫巨人，如中國動畫之父萬籟鳴、日本漫畫之神手塚治蟲、超人氣日本動畫家宮崎駿等，亦都有盧 Sir 自己成長的小故事。所以讀起來既有親切感，又有娛樂性。（因為好自然就幻想盧 Sir 十六歲的模樣，不禁偷偷笑一下。）

讀這本書有如看一個口述歷史的記錄，內容橫跨幾個年代所觸及的人物，有中、日及西方的動畫或漫畫家，真是包羅萬有。

在這麼多篇人物介紹中，我特別推介有關小野耕世的文章。可能大家對小野先生並不認識，但我個人非常敬重他。他對電影及漫畫研究非常認真，也是我少數認識的漫畫歷史學家及評論家。他不單止研究日本漫畫，亦對西方，甚至中國動漫畫歷史有深入的認識。他對漫畫研究的精神亦影響了我及香港藝術中心對香港漫畫歷史及發展的研究及觀察。

盧 Sir 這本書不單讓成熟動漫畫迷，從近距離接觸大師，也讓新生代的動漫畫迷來一課生動的動漫歷史課程。

自序

盧子英

十三歲的時候，我只是一個中一學生，那時幻想可以跟手塚治蟲見面，握握手；又到石森章太郎的工作室參觀，看看他的畫稿；然後，在永井豪面前展示我繪畫的《鐵甲萬能俠》海報！三年之後，這些幻想竟一一成為事實！

作為一個超級漫畫及動畫迷，旁人看來我是相當幸福的，但其實幸福並非必然！首先我慶幸有一對明白事理的父母，一直以來，雖然家中資源有限，他們仍給予我在興趣發展方面的最大自由，從無干預。而我自己，從懂事開始，已經知道要追求甚麼的話，有想法就要坐言起行，從未放過任何機會，那怕只是源自一些白日的幻想！

這些年來能夠與那麼多位動漫畫界名人會面，甚至交上朋友，還是要倚靠一些緣份的。感謝可以認識到我的恩師余為政和地位崇高的小野耕世，還有熱心的杉山潔和李焯桃，他們都一一成就了我好多「奢望」！

可能大家對於書中的一眾名人已經耳熟能詳，但我還是希望以第一身的體驗，和大家一起分享我與這些動漫人一起相處的不一樣時光，也就是你手持這一本獨一無二的圖文記錄！

最後，再次多謝小野老師、老友紀陶、小克、喬大、滔和Connie，與我一起見證這本書的誕生！

二〇一九年五月

週刊
少年マガジン
3月30日号
70円
14
超大号
創刊10周年
記念
ジョージ秋山先生
楳図かずお先生
森田拳次先生
一峰大二先生
矢代まさこ先生
影丸譲也先生
永井豪先生
赤塚不二夫先生
藤子不二雄先生
ちばてつや先生
藤子不二雄先生
川崎のぼる先生
水木しげる先生
手塚治虫先生
横山光輝先生
創刊10周年記念サービス 100問100答 絵パズル大懸賞
カラー大企画
完全映画
21世紀の劇場へ特別招待—
新連載
未来魔境まんが リュウの道=石森章太郎
増ページ! 2大爆笑まんが
ほらふきドンドン★キッカイくん

目錄

第二部分：動畫

前傳：動漫創作的根、緣

1 1961 年三口之家，子英妹妹還未出生。
2 1965 年的合照，子英和妹妹冰心。

一九七九年，盧子英憑《藍月》獲第二屆香港獨立短片展動畫組最佳影片，當時報章報道便引用他的感言為題：「得獎人盧子英呼籲多拍兒童影片」。

那年他十九歲，已關注觀影經驗與個人成長的密切關係，畢竟這是過來人的切身體會：「自小已愛看電影、漫畫。因為父母都喜愛電影，我有很多機會看戲，包括西片、日本片、台灣片，對我影響很深，我尤其愛看卡通片。」他早年的動畫作品已透視其建基於漫畫的創作根源，像一九七八年的《孤舟》，正是改編自石之森章太郎的短篇漫畫。

跑舊書店・挖出寶藏

子英生於香港，與父母、妹妹在大埔墟生活。六十年代，那兒是鄉郊小鎮，以地域論，他理應是土裏土氣、與外國文化絕緣的小子。但表層底下，他血液中卻流淌着與日本、與美藝創作隱隱約約相連的因子。

子英的外祖父在日本神戶經營酒家「中華樓」，日語說得靈光。盧媽媽也在當地出生，並入讀小學，直至八歲左右，太平洋戰爭爆發後，外祖父為免被迫當日本人的翻譯，便舉家回到中國。子英幼時入讀大埔神召會幼稚園，畢業時，因大埔官立小學由三年級起班，本身是美國人的校長特別為他私人補課，一班僅一個學生，協助他完成小一、二課程，再銜接正式小學。凡此種種，令子英的成長歷程牽引了絲絲外國因緣。

至於盧爸爸，原修讀機械工程，自東莞南下香港，在製衣廠從事機械維修。「父親愛做手作，懂得改裝玩具，對我有着潛移默化的影響。」父母除愛看電影，也鍾情音樂。子英珍藏了一冊歌書，相當厚重，當中精描細畫的手作痕跡，歷經半世紀仍透着柔柔的暖意：「父母都鍾愛唱歌，爸爸便製作了這

3,4 子英的家傳之寶——爸爸親手造的歌集。

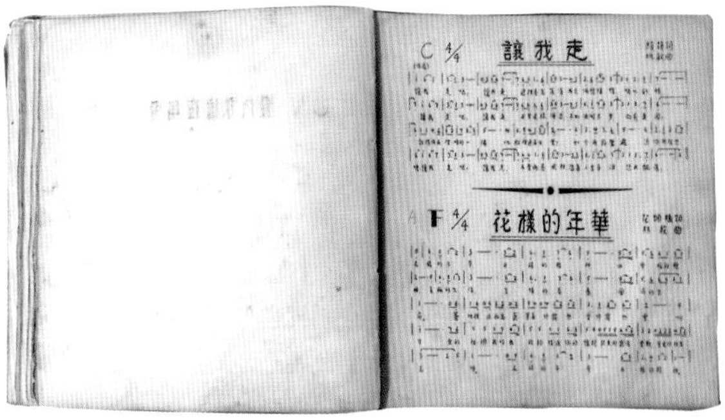

4

3

冊歌書，收入心愛的中英文歌曲。」每首歌的曲譜、歌詞均是盧爸爸以幼嘴鋼筆勾畫出來，一絲不苟，異常工整：「無論文字字款及版面鋪排，都很漂亮，看到他有美術觸覺。整本書是他親手釘裝，很有特色，非一般人能做得到。」隔代凝視，他仍為之折服。

父母沒有執手教他畫畫，但他倆的生活情趣，總歸在兒子的心湖泛起漣漪。自小子英已愛讀漫畫，像「007」、「小飛俠」，都是看翻版書，未知作者是日本畫家，只鍾情於漂亮的圖畫：「我很容易投入漫畫角色中，讀罷便幻想自己融入其中，想出很多故事。」父母眼中，漫畫總難歸入益智書刊，但他們只適度限制，沒有禁制：「那時沒餘錢買漫畫書，只可以租，父母規定每週租一次，每次三本，我很珍惜這些閱讀機會。」

眼見兒子對閱讀畫刊興趣濃厚，父母便帶他「出城」見世面。六十年代，旺角奶路臣街近域多利戲院一帶，設有多家書店、二手書檔，每逢週末更遍佈舊書攤。父母定期帶着子英兄妹前來選購益智讀物如《兒童樂園》：「所有書任揭任看，每次都選購十多本，非常開心的。」《兒童樂園》既有羅冠樵漂亮的畫作，內容、印刷都精美，是他的心頭愛，但一顆好奇的心實難以安份，雙眼如探射燈，在書海汪洋掃射，他發現到一種日本漫畫週刊：「雖然不懂日文，但彩色印刷的封面很吸引，內容又豐富，所以很感興趣。」始自這一刻，他的日本漫畫探索號便啟航。

漫畫日記・同學傳閱

及至少年時代，子英只能閱讀本地翻版的漫畫，製作草率，作者不詳。此間首度入眼的日本漫畫雜誌，乃書商從不同渠道收集回來，全屬日本原裝

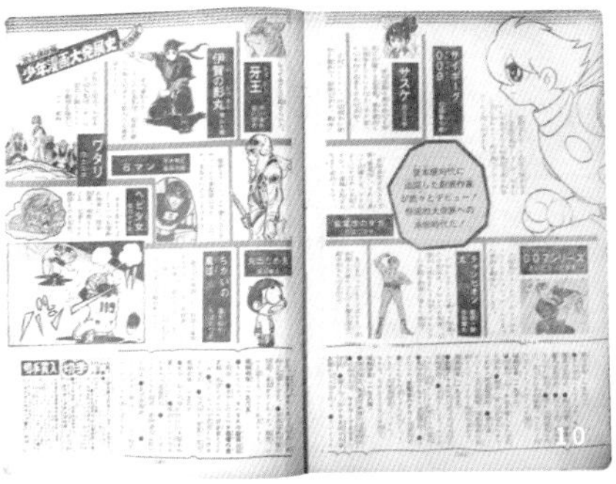

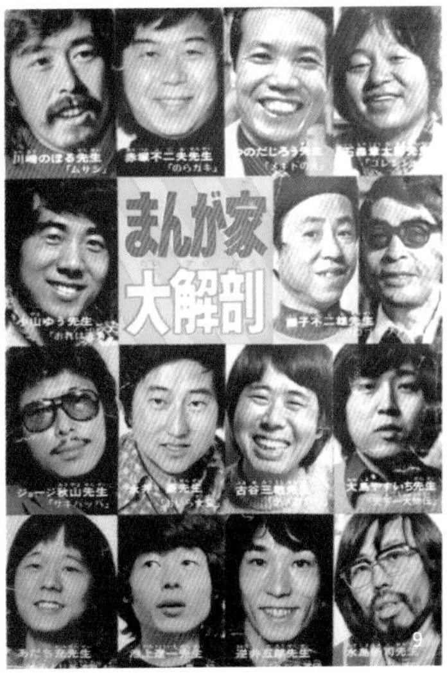

5,6 子英未看原裝日本漫畫之前，只會看香港的翻版漫畫。當年的香港翻版漫畫，是認識日本漫畫的第一步。 7 兒時最愛看的《兒童樂園》，是極高水準的兒童讀物。 8-10 日本漫畫雜誌的畫家介紹，提供不少資訊。

11 子英的小學作品《漫畫日記》深受同學們歡迎。

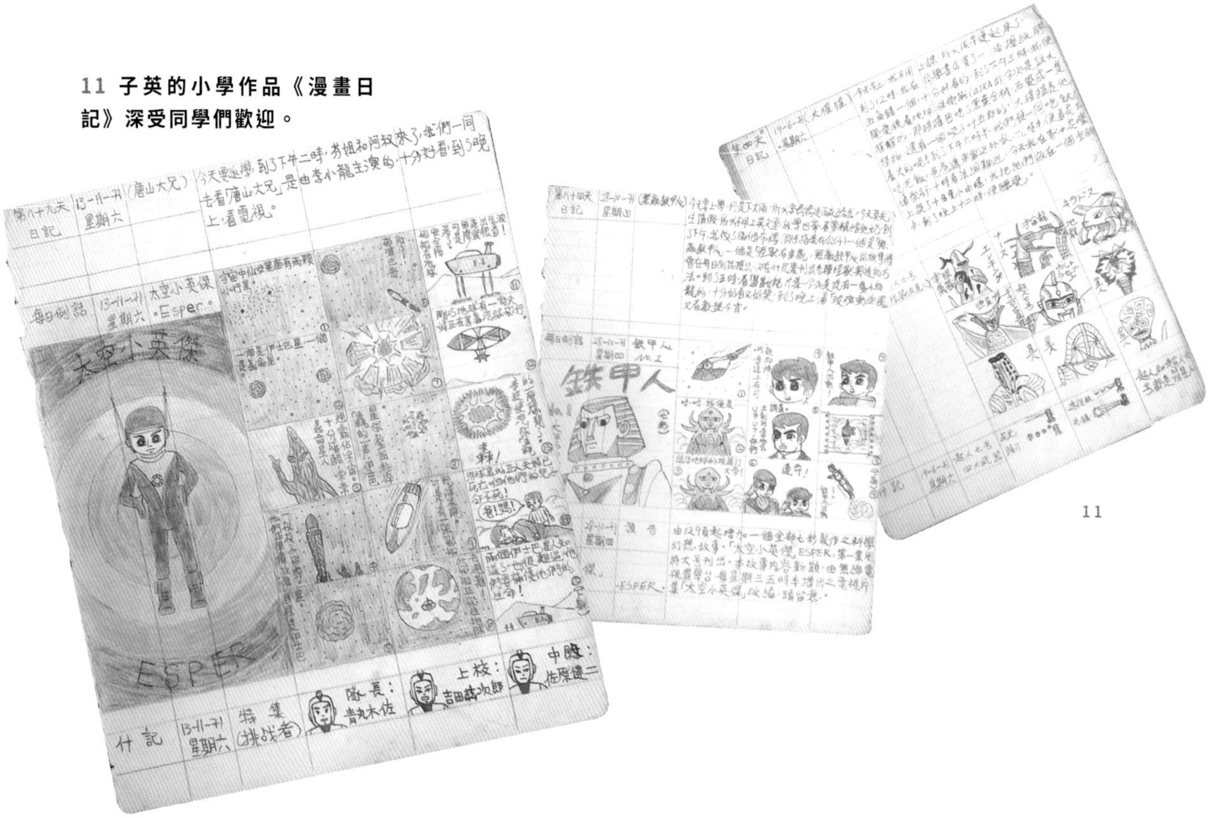

出版，過往讀來零零落落的翻版漫畫，終有機會與原版對照，加以印證，解答各種謎團：「最重要的發現是，我酷愛的漫畫作品，大多出自日本畫家之手。」

日本雜誌縱是二手貨，最初他仍只能遠觀不能擁有，後來獲家長准許有限度的購買。縱然只能從漢字去揣測內容，但圖像具力量，足教他全情投入，逐頁細讀。這些漫畫雜誌屬週刊，包含多個連載漫畫，但在二手書店購買，期數難免不完整，故事斷裂，但無礙他樂在其中，回味再三：「真箇睇到爛！」當然沒有爛，因為他悉心珍藏每一冊。

見樹以外他也見到林，發現當時日本漫畫業界已非常蓬勃，走紅的創作人眾多，作品的題材新穎：「我不喜歡武俠或鬼怪類的漫畫，最熱衷科幻漫畫，尤其有機械人的。日本在六十年代已有很多出色的科幻漫畫，香港完全沒有，漫畫的水平實難與日本相提並論。」通過大量閱讀汲取到充沛的養料，日本漫畫在他的腦海烙下深刻的印記：「有時候想：自己做不做得到？有衝動創作自己的作品給人觀賞。」

時為一九七一年，一個十一歲的小五學生，可踏的舞台不多，只能墾耕自己的園地：「學校要求寫日記，我太愛畫公仔，文字以外會加添九格漫畫；撰寫雜記時，也畫一些漫畫。」每天寫，每天畫，並公開給同學讀。畫的盡是新近看到的日本漫畫人物、怪獸、機械人，家人又很時髦地裝設了新面世的無綫電視，他迷戀的電視節目和卡通片集，一一變成日記內容。林林總總盡是少年人的至愛，加上他以連載模式創作，具追看性，這冊日記功課漸變成同學間的「日報」，大家每天守候，你我傳閱。讀者的熱情反應，驅使他更用心的畫公仔、寫逸事，不經意把畫筆與文筆磨利，一直寫到小學畢業。

14

13

12

12 1974 年左右，幻想自己出版一本日式漫畫雜誌。 13 講談社的月刊《*TV Magazine*》，每月都會訂閱。 14 自 1973 年開始於智源書局購買日本書刊，單據一直保留。

智源書局・如入仙境

雖云着迷漫畫，子英卻從未玩物喪志，學業成績並不遜色。小學畢業後，他隨家人遷往葵興邨，入讀聖公會林護紀念中學。距離市區近一站，書店內日本漫畫雜誌的呼喚更響亮，當時父親已轉職酒樓，他甚至到那兒兼職賣點心，多掙零錢購買漫畫雜誌：「升中後，我已懂得乘小巴到奶路臣街，但仍只能買舊書。」

從沾塵、破損的舊書中，他意外地發現到一條線索：「部分舊書貼着一個價錢標籤，上面印有『智源書局』四字。」陌生的店名有着無窮引力，他翻揭厚重的電話簿，查到它位於尖沙咀金巴利道。

一九七三年某天，這位好奇的中一學生，乘車向金巴利道進發。抵達後，沿窄梯拾級而上，心情七上八落，一門之隔是個怎樣的空間？「第一次去，一推開門，好震撼，眼前全部是日文書，如進天堂。」智源銷售的全屬新貨，雜誌期數齊備，且刊期新，毋須滯後觀賞，同時也發售中連載漫畫結集的單行本，印刷精美，甚至有精裝本；另外，亦有關於日本流行資訊、當地電視節目的雜誌：「怎辦好？件件貨品都想要。」

智源書局好比埋藏一枚磁鐵，時刻把他攝着，「簡直泥足深陷，經常前去。」奈何銀根有限，只能放長線，仔細選購，同時開始替人補習賺外快，支持興趣。起初他訂閱幾本至愛的雜誌，訂購項目逐步增加，幾個轉身已成熟客，與老闆交往漸深，不旋踵更有了個人「專櫃」——因訂購速度遠超經濟所能覆蓋，只好暫存於專櫃，留待之後購回。「當時坊間的日本漫畫都是翻版的，為了更有系統的讀，我堅持讀原裝，即使很貴，雜誌每冊也售七、八元。」

15,16 子英年少時每兩週畫一張大海報！ 17 七十年代中拍下的照片，看到子英的小小工作枱和喜愛的雜誌。

行動起來・投稿日本

一九五九年十一月，智源書局舉行週年紀念減價，當時報章報道：「創立於公元一九四五年，今年十一月十六日就是該店第十四週年紀念」，又指它「向售中文圖書、東南亞各地書刊及其他外文書刊等。近數年來增加供應日文圖書雜誌。」

其後書局發展為日文書刊專門店，營運至今逾七十載，乃幾代人的智慧泉源，子英是其中一位受惠者：「它讓我很有系統地了解日本漫畫，認識不同的漫畫家及各種類型的作品。」時為七十年代中，源自日本漫畫的文化產物漸次登陸香港：日資百貨公司發售衍生自漫畫的新穎玩具；無綫、麗的兩家電視台亦引進日本卡通片集，如《鐵甲萬能俠》，以及取材自漫畫、由真人演繹的《小露寶》、《幪面超人》等：「當時日本漫畫已作多元發放，連載漫畫會出版合訂本，又製成電視動畫及電影，生產玩具，影響力很大，業界發展得很成熟，是一項備受重視的文化產業。」

為了更全面的貼近日本漫畫，他買來「靈格風」語言教材套自學初階日語，又選購日本電視劇集唱片，經常聆聽，磨練發音，對日本文化着迷得很。愈挖得深，發表慾愈濃，擔任中學美術學會會長期間，便在壁報上繪畫日本漫畫……縱使致力經營創作舞台，終究囿於校園圈子，他意猶未盡，心底有更遼闊的一片天。

就讀中二、三期間，從日本電視雜誌看到供讀者投稿的專欄，和風漫畫他早畫得純熟，毫不考慮便行動起來，畫下怪獸投到遠方。最終，作品順利獲刊登，且一而再、再而三，相當鼓舞：「他們會寄來道謝信，送上紀念品，像用於製作版面的幻燈片、漫畫手稿照片，以至海報、紀念版手巾仔。即使不獲刊登，也會回信解釋原因，同樣有紀念品，可見雜誌很尊重讀者。」

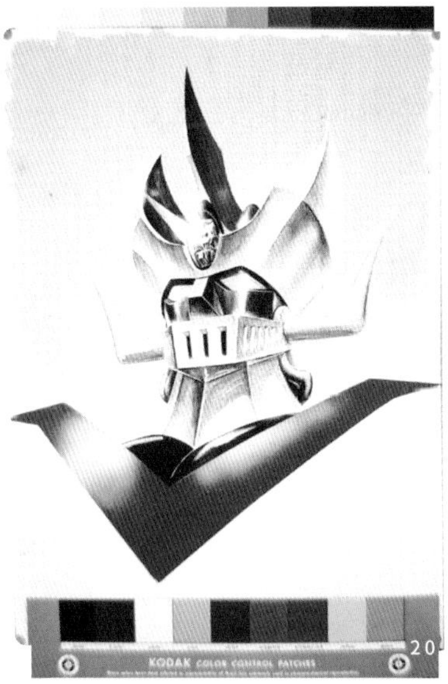

20

19

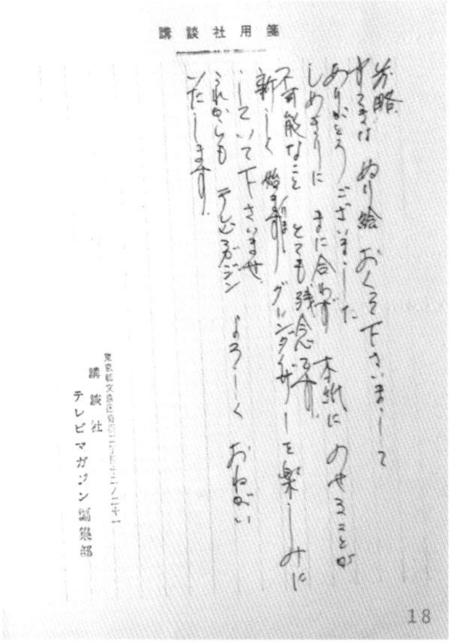

講談社用箋

前略
ぬり絵 おくって下さいまして
ありがとうございました
しめきりに まに合わず 本紙に のせることが
不可能なこと とても残念です。
新しく始まる新番組 グレンダイザーを楽しみに
していて下さいませ
これからも テレビマガジン よろしく おねがい
いたします。

講談社
テレビマガジン編集部

18

22

21

18 中學開始投稿到日本出版社，每次都收到回信，慢慢建立了一種關係。 **19** 投稿到日本的部分作品，很有石森畫風。 **20-22** 出版社寄來的紀念品每有驚喜。

除了投稿，又畫畫送給同學，更把睡床一側的牆壁變成展館，張貼親手以廣告彩繪畫的海報，隔週更換一張：「真的很想從事漫畫創作。」但近在咫尺的香港，漫畫業仍很原始，無論作品類型、內容及業界的成熟程度，皆難望日本的項背：「我不時想：何解香港做不到？如何把日本的東西引進香港？」他曾依照日本漫畫雜誌的模式設計了一個封面，連同計劃書寄給本地的業界名家，建議香港也製作這類雜誌，但去如黃鶴，獲得零回音。

子英的心已飛到東洋去。作品既獲日本雜誌肯定，他希望多行一步，圓畫迷的夢想，亦深信非空想：「希望拜會心儀的日本漫畫家。」

第一部分：漫畫

日本漫畫篇

G O N A G A I

狂野豪爽 永井豪

chapter 1.1

一九七五年夏某天，盧爸爸建議農曆年假期來一趟家庭旅行，目的地擬選台灣。盧子英卻有異議：「咦，台灣？我想去日本。」赴日的旅行團索價甚昂，父親仍心平氣和的探問原因，兒子調皮的答：「我想去日本探望漫畫家，你支不支持呢？」

父母深明兒子的愛好，思量過後，放膽讓時年十六的子英帶同十四歲的妹妹首度越洋外闖，相當開明，唯獨有一要求——要他事前做好「功課」，即做足資料搜集。子英對此胸有成竹，蓋因歷年閱讀漫畫雜誌，對畫家的背景已有底，何況畫家多在作品旁留下聯絡地址，一扇門恍若已在那兒，只消輕叩，就有人開啟。

他積極做「功課」——鑽研東京都地圖、摸索交通線路、仔細編排好六天的行程。出發前月餘，陸續向心儀的畫家寄出信件，可惜，天天守望，回音卻杳然，他疑心信是以英文撰寫之故。農曆年逐步迫近，臨出發前終於收第一封回信——永井豪以工整的英文寫下歡迎短箋。子英憶述：「不

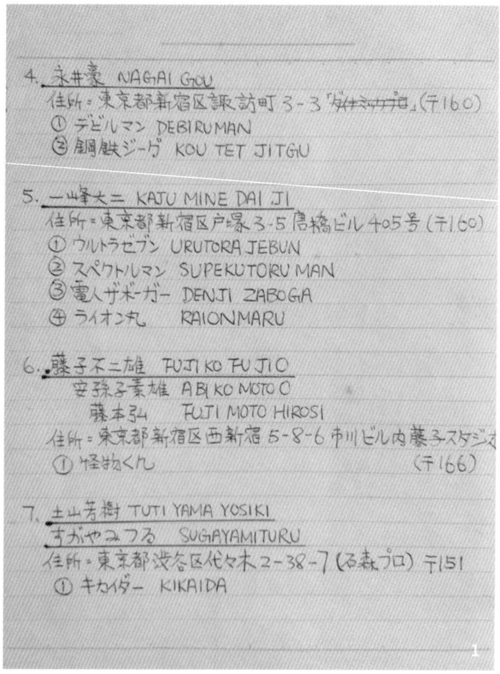
4. 永井豪 NAGAI GOU
住所：東京都新宿区諏訪町3-3「~~ダイナミックプロ~~」(〒160)
① デビルマン DEBIRUMAN
② 鋼鉄ジーグ KOU TET JITGU

5. 一峰大二 KAJU MINE DAI JI
住所：東京都新宿区戸塚3-5 高橋ビル405号 (〒160)
① ウルトラセブン URUTORA JEBUN
② スペクトルマン SUPEKUTORU MAN
③ 電人ザボーガー DENJI ZABOGA
④ ライオン丸 RAIONMARU

6. 藤子不二雄 FUJI KO FUJIO
安孫子素雄 ABIKO MOTO O
藤本弘 FUJI MOTO HIROSI
住所：東京都新宿区西新宿5-8-6 市川ビル内藤子スタジオ
① 怪物くん (〒166)

7. 土山芳樹 TUTI YAMA YOSIKI
すがやみつる SUGAYAMITURU
住所：東京都渋谷区代々木2-38-7 (石森プロ) 〒151
① キカイダー KIKAIDA

1 1976 年首次赴日，之前做了不少規劃行程的功課。 2 子英和妹妹出發赴日當天，爸媽倆到啟德機場送機。

管如何，我都會如期出發，收到這封信，就更有信心，至少有一個人歡迎我。」

原非首選・格外驚喜

子英和妹妹隨旅行團出發，但不參與觀光活動。航班於午夜抵達東京，入住位於新宿的京王酒店。興奮心情難以按捺，翌晨一早起床；這天天清氣朗，渴望已久的漫畫之都就在眼前。匆匆用過早點便出發拜訪永井豪，途中卻迷了路。他手握永井的住宅地址向油站職員問路，竟獲引領至他的工作室 Dynamic Production，那是一幢兩層高的洋式建築，是永井豪於一九七〇年成立的公司。

甫進工作室，觸目是當時正熱推的《鐵甲萬能俠》系列第三輯《巨靈神》的海報。經接待處通傳，不旋踵，永井和秘書今泉玲子下來相迎，繼而領他倆到辦公室閒聊。三十一歲的永井，友善，熱情，好客，教子英大為振奮；對眼前的陌生人，原只有紙頁上的認識，竟生起幾分親切感。然而，計劃約見的多位漫畫家，論最想會面的，永井實非首位。

一九六八至六九年間，永井憑漫畫《無恥學園》嶄露頭角，故事圍繞一所充斥古怪人物的學校，是相當大膽的少年漫畫，也是同類漫畫首現女性裸體，頗富爭議性；一九七三年推出的《*Cutie Honey*》，女主角常有破衣變身的場面，女體乍現。永井曾剖白，加插這類情色小節，是給讀者甚而自己點滴趣味與刺激；從中窺見其放浪以至鄙俗的風格。

早年香港的翻版書商迴避這類偏鋒作品，永井在本地毫不普及，雖則他於一九七二年憑《鐵甲萬能俠》聲名大噪，但片集遲至一九七五年才在香港播

3 永井豪寄來的第一封信，用英文書寫。
4 1976 年的永井豪。

3

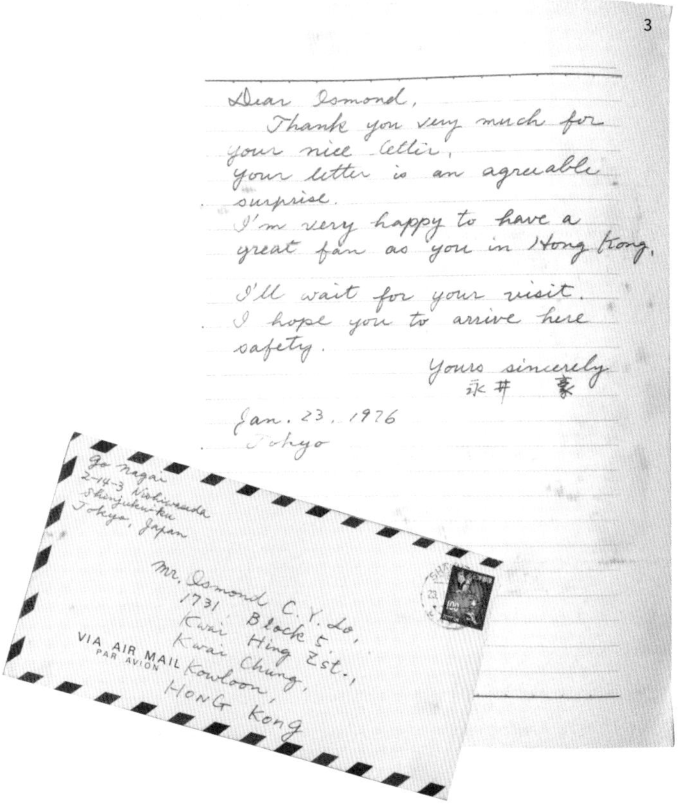

Dear Ismond,
Thank you very much for your nice letter.
Your letter is an agreeable surprise.
I'm very happy to have a great fan as you in Hong Kong.

I'll wait for your visit.
I hope you to arrive here safety.

Yours sincerely
永井 豪

Jan. 23, 1976
Tokyo

Go Nagai
2-14-3 Nishiwaseda
Shinjuku-ku
Tokyo, Japan

Mr. Ismond C.Y. Lo,
1731 Block 5,
Kwai Hing Est.,
Kwai Chung,
Kowloon,
HONG Kong

VIA AIR MAIL
PAR AVION

4

5 1973 年的一期《少年 Jump》，以《鐵甲萬能俠》作封面。 6《金剛飛天鑽》 7《惡魔人》 8 第一張親手接觸的永井豪手稿是《真假南友》。 9《魔王但丁》的原稿數頁。

6

5

出，認識他的本地人不多。子英之前稍有涉獵《惡魔人》，後追讀《鐵甲萬能俠》一號、二號，鍾愛得很，但永井仍非其至愛：「永井的想像力很豐富，選材多樣，有三大方向：既有關注社會議題的，亦有神魔對壘，而機械人科幻作品更為人熟悉。我喜歡他設計的角色，倒不太愛其畫作，因畫風較粗糙，線條亦欠精緻。」帶着這印象來訪，揣測其為人也是粗枝大葉的，豈料他是一個很和善，兼且帶點害羞的大男孩。

毫無保留・作品公開

一九七六年，永井豪已憑多個作品躋身當紅漫畫家之列，面對這位來自千里以外的中四學生，他全無架子，亦不會落閘加欄，維護「商業秘密」，工作間的中門為訪客大開，不慌不忙的領子英參觀製作流程，從旁介紹；當時他有多個連載漫畫，製作團隊達十數人。

向來只能閱讀印刷品的子英，這回首次接觸原畫稿，更目擊畫師的繪圖工序，一切盡是秘密花園的風景，眼珠子轉個不停，也來不及捕捉：「畫稿原來相當大張，畫得很精細，十分漂亮，給我留下深刻的印象。」手持向父親借來的相機，原想幫忙記錄，但按不了兩下便告失靈，頓陷困境，永井見狀立刻請同事拿來相機協助拍攝。子英交出菲林，欣慰有這位看來相當專業的攝影師隨行，心頭石便放下。

子英酷愛繪漫畫，身處夢工場，自然躍躍欲試，永井人同此心，着他在畫稿上試塗幾筆過把癮：「我很感興趣他們所用的墨水，仔細地審視，永井旋即送了一瓶給我，又多贈了兩個筆嘴；我一直不捨得開封，保留至今。」

7

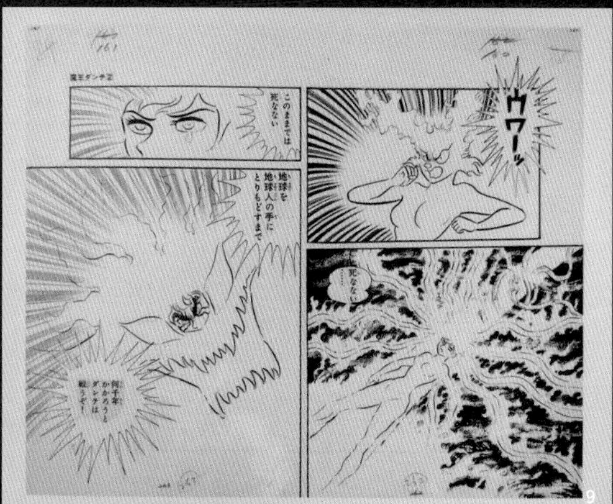

9

8

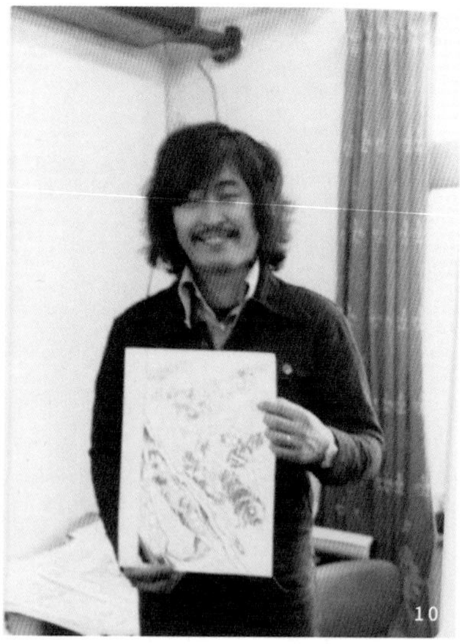

10 一位助手持《三一萬能俠》的手稿供子英拍照。 11 今泉玲子和永井的棒球隊「地球防衛軍」。 12 漫畫助手工作中。 13 首次嘗試繪製漫畫的滋味，永井也讚好。 14 永井送贈的「Pilot」墨水，一直珍藏至今。 15 於會客室一起看錄影帶。 16 於永井的會客室中閒談。 17,18 保險起見，永井和我們特別拍了即影即有照片。

作為首位來訪永井的境外畫迷，子英與妹妹獲款待到接待室，那兒佈置齊整，更陳設了不少獎盃，包括石川賢贏得的「麻雀王大賽」獎盃。石川是永井的畫師，後闖出名堂，更與永井合作創造出膾炙人口的「三一萬能俠」。當天石川有事外出，子英與他緣慳一面。

永井一直隨行，饒有興味的與子英攀談。他坦承英語不靈光，所寫的英文短信是邊查字典邊拼砌出來的，此間交由今泉玲子充任翻譯。子英完全不懂日語，僅說得出漫畫作品名稱，玲子的英文也十分普通，言語溝通存在隔閡，交談難免破碎，但身體語言加上大家熱誠投入，盡力溝通，締造一場滿溢生氣的對話。

子英吐露熱衷設計機械人，永井興致勃勃的想看其作品，子英也早有準備，立刻奉上。永井認真的逐張細看，又與同事分享，大家邊看邊輕聲討論。「他看罷我的畫作，認為我適合做角色設計。」言談間，子英亦披露心跡，渴望完成中學後赴日發展，投身漫畫界，畢竟當時香港的漫畫圈仍未成形，難與日本相提並論。

獲得欣賞．收穫豐富

接待室備有影音設施，包括第一代巨型的U-matic錄影機。他和妹妹先後欣賞了永井的新作《巨靈神》、糅合多個機械人角色的《鐵甲萬能俠》電影版，以及剛推出的《金剛飛天鑽》。同期香港仍在播映首輯《鐵甲萬能俠》，這些動畫新作絕對遙不可及，難得一睹。

看片之餘，永井又介紹動畫製作，為補足言語的局限，他拿來供拍攝用的膠片，對照講解。子英深感機會難逢，請攝影師拍攝，永井即爽快指示：「毋

15

16

17

18

須拍攝，全部送給你！」教子英喜出望外：「膠片上的畫畫得非常漂亮，雖然都已拍成電影，依然珍貴，我開心到暈！」永井又展示《金剛飛天鑽》的模型，解釋設計構思，說罷也贈送子英。

觀看影片時，永井留意到子英帶同畫簿，便為他即場繪畫：「他主動畫下『巨靈神』，先用鉛筆起稿，很認真的畫。」子英出發前也專誠畫了一幅如同海報大小的鐵甲萬能俠圖畫作見面禮，此間禮尚往來，永井攤開一看，即興奮嚷着：「很好！很好！」隨即請同事把畫張貼在接待室的牆上。

在Dynamic Production留了一個上午，兩層樓的範圍教人目不暇給，滿載而歸。告別前，玲子領他們到書庫，請子英隨便挑選。縱然心頭愛大量，他仍相當節制，只選了一冊罕見的初版書，玲子卻抵不得，給他額外添上一大疊；之後被永井發現，他再次展現豪爽本色，大手大手的把書本餽贈子英，滿滿的塞了一大袋。

19

20

19 探訪當日，永井繪贈的《巨靈神》。 20 因為鍾愛永井筆下的機械人，當年加入了「巨靈神俱樂部」。

21 1980 年再訪永井豪，除了子英，還有當時已成老友的紀陶（圖中）。 22 子英的一位中學同學也是永井豪的讀者。

摯誠交往・友誼永固

所謂「滿載而歸」，非指禮物所得，而是對漫畫家有另一角度的了解：「妹妹對漫畫不熟，也很開心，感受到永井的摯誠、親切。我作為尋常的小漫畫迷，得到他這樣貼心的招待，恍如做夢，很開心，很興奮，難以忘懷。」這天湊巧是星期六，心情就是那種週末的雀躍，快樂就定格在分別前與永井合攝的一張寶麗來「即影即有」照片上。

玲子送別他倆時，與妹妹交換了項鏈留念：「雖然相聚了數小時，卻真有依依不捨之情。」照片是即影即有，情誼卻沒有即離即棄。回港後，子英立刻把照片沖曬出來，那位職員的攝影技術頗失準，光暗不均；但不打緊，快樂時光早記心內，他選了效果稍佳的寄給永井。

永井很快便寄回一封英文長信，欣喜在遠方有子英這位忠實的「粉絲」；字裏行間更體現即使言語阻隔，子英的話仍入到他的心。永井誠懇表白，若子英往日本發展，他樂於延聘他當助手，扶持他繪畫漫畫，但磨練日語是必須的，請他務必努力。

子英完成學業後便加入香港電台電視部動畫組，打消了赴日發展的想法，但與永井仍維持聯繫。一九八〇年，子英與港台的同事赴日旅遊，期間與好朋友紀陶即興的前往探訪永井，猶幸他沒有外出：「闊別四年再見面，大家都很開心；永井亦欣慰我正從事動畫工作。」子英留意到接待室的牆上仍貼着他的鐵甲萬能俠畫作：「很感動！貼了四年，可見他當時並非客套，作狀貼給我看。」

由一九七八至八〇年，永井先後在歐美揚名，外地粉絲大增，但子英這位首度來訪的海外畫迷依然特別，因為已成朋友。二〇一五年，香港舉行「永井豪珍藏」展，子英也從旁協力，借出藏品，情誼延展至今：「在芸芸日本

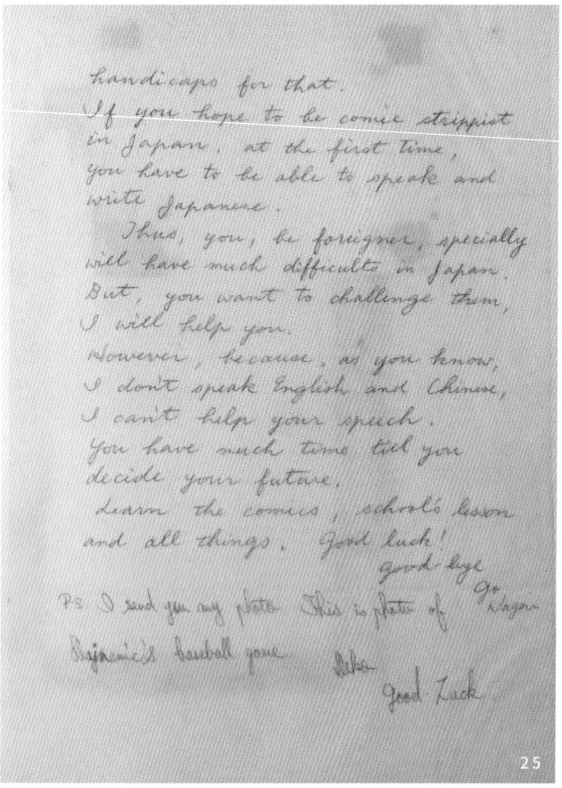
handicaps for that.
If you hope to be comic strippist in Japan, at the first time, you have to be able to speak and write Japanese.
Thus, you, be foreigner, specially will have much difficults in Japan. But, you want to challenge them, I will help you.
However, because, as you know, I don't speak English and Chinese, I can't help your speech.
You have much time till you decide your future.
Learn the comics, school's lesson and all things. Good luck!
good-bye
Go Nagai
PS. I send you my photo. This is photo of Dynamic's baseball game.
Good Luck
25

23

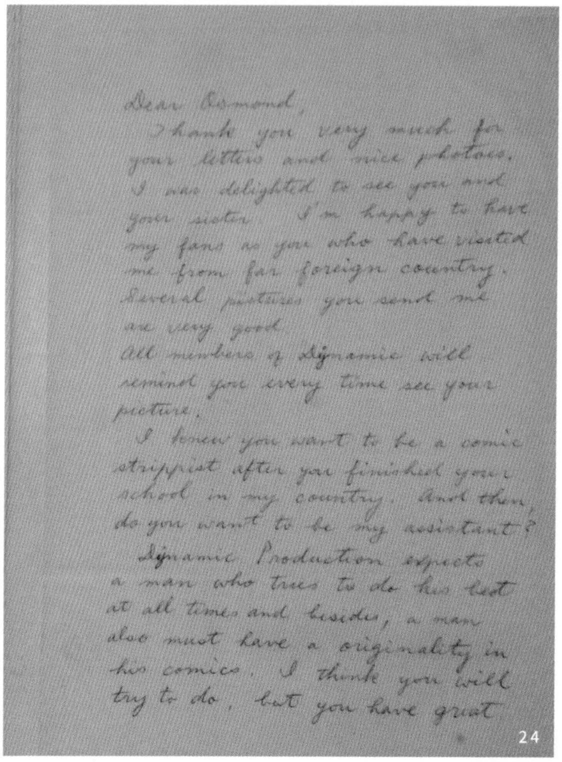
Dear Osmond,
Thank you very much for your letters and nice photos. I was delighted to see you and your sister. I'm happy to have my fans as you who have visited me from far foreign country. Several pictures you sent me are very good.
All members of Dynamic will remind you every time see your picture.
I knew you want to be a comic strippist after you finished your school in my country. And then, do you want to be my assistant?
Dynamic Production expects a man who tries to do his best at all times and besides, a man also must have a originality in his comics. I think you will try to do, but you have great
24

26

27

漫畫家中，我對他的感情最深。」

回想一九七六年那個週末午後，離開Dynamic Production時，心內滿足，坦然感到「永井的為人一點不粗疏鄙俗，待人處事很細心，懂得關心和尊重別人，那是難得的品格。」生平首度拜訪日本漫畫家，得到如此美好的印象，為子英的動漫旅程拉開亮麗的序幕。

23 永井寄來的賀年咭。 賀年咭內還有今泉玲子的訊息。 **24,25** 1976 年收到的永井豪第二封來信，有不少對子英到日本發展的建議，很有心。 **26-27** 2015 年在港舉行的永井豪展覽，子英也借出了部分展品。

永井豪（1945~）

早於六十年代末期已於日本漫畫壇嶄露頭角，但真正影響了全球的作品，是於一九七二年面世的《鐵甲萬能俠》系列。

從操控的方式以至武器的變化多端，萬能俠系列改變了機械人漫畫的傳統觀念，不單如此，作品中的歹角設計亦極富想像力，成為作品中重要的一環。

同期的另一作品《惡魔人》則以但丁的《神曲》為藍本，將神、魔、人的複雜關係以漫畫表現，作品中有大量的性與暴力描寫，其實充份反映了人性的醜惡，至今仍是一部富爭議之作！

以上兩部作品透過永井粗豪的筆觸表現，可謂恰到好處，要認識永井豪，這兩部作品應是首選，最近，英文版亦於全球發行了。

電光人間
悪人スカンクに利用された透明ロボット
スカンクだ 例の物を うけとりに きた へへへ へへへ……
スカンク
お茶の水博士
中村警部

OSAMU TEZUKA

與手塚治蟲的緣

chapter 1.2

當盧子英仍回味永井豪的熱誠親和時，料不到由手塚治蟲公司寄來的回信剛抵達他香港的家門。可是，都不要緊了，當刻手中無信，但心中有，去意已決。赴日的第四天，週一的晨早，他領着妹妹出發，按雜誌刊登的地址，順利找到手塚Production。

製作公司位處商廈，他徑直登樓造訪。職員見兩位少年訪客便上前了解，對話展開，歷經一輪英、日語交鋒，只築起一堵牆，大家都無能為力，子英卻摸索到「手塚先生不在辦公室」的信息。

雖撲個空，卻沒失望

一九七六年，手塚治蟲已是知名度甚高的前輩級漫畫家。那時香港的日本漫畫市場雖滯後，但他的名字已在畫迷中流轉，其早年作品《小飛俠》（原名《鐵臂阿童木》）約於一九六五年已有翻版在港流通，捧讀的便包括子英：「起初不知道作者叫

1 1976年首次訪日，出發後才收到手塚的來信，告知見面安排。 2 位於高田馬場的「手塚production」。

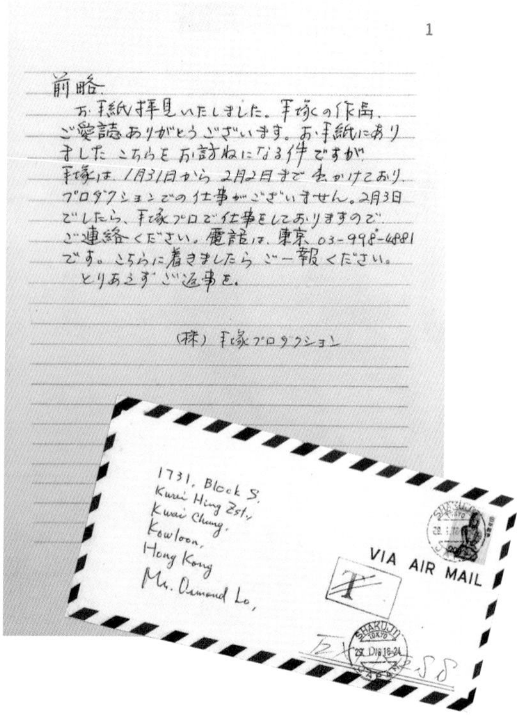
前略
お手紙拝見いたしました。手塚の作品、ご愛読ありがとうございます。お手紙にありましたこちらをお訪ねになる件ですが、手塚は1月31日から2月2日まで出かけており、プロダクションでの仕事がございません。2月3日でしたら、手塚プロで仕事をしておりますので、ご連絡ください。電話は、東京 03-998-4881です。こちらに着きましたらご一報ください。
とりあえずご返事を。
(株) 手塚プロダクション

1731, Block S,
Kwai Hing Est.,
Kwai Chung,
Kowloon,
Hong Kong
Mr. Osmond Lo,

VIA AIR MAIL

手塚治蟲，但故事很吸引，人物多元化，角色性格有細緻的刻畫；畫像的線條雖簡單，但造型突出，讓人留下深刻的印象，整體而言，超越了當時讀到的一般漫畫。」

《小飛俠》動畫是日本首個電視卡通片集，於一九六三年首播，後來由麗的影聲引進香港，並翻譯為《小飛俠》。子英家從未裝置這有線頻道，猶幸姨母家有，每回探訪，他的雙眼便鎖緊熒幕，投入《小飛俠》等卡通片集中。

隨着閱讀日本漫畫雜誌，對手塚的認識加深，才知《小飛俠》僅是他創作的一隅，對餘下有待探索的代表作充滿好奇：「很想補看，尤其是《火之鳥》，香港沒有翻版，從未讀過。」雖曾透過智源書局訂購，但多數已絕版，無緣一窺全豹：「這次去日本，期望能看到這部傳說中的作品。」

縱然與手塚公司的職員陷於語言僵局，子英並未失望，只因職員都熱心解困，包括聯繫提供即時電話傳譯服務的機構：電話內的翻譯員聽罷職員的日語說話，便以英語轉告子英。雙方勉強溝通，原來當天手塚正在北海道出席會議。職員細問子英留居哪家酒店、返港日期，盤算過後，初步估計會面有期：「他們請我放心，應趕得及安排與手塚見面，約定後再通知；的確，我很想見到手塚。」

派下「定心丸」之餘，職員繼續殷切招待。這兒實非畫室，而是商務辦公室，周遭井然有序，靠牆的大櫃放滿公文袋，內裏有何奇珍？職員洞悉畫迷心意，逐一拆開展示：「全是保存完好的漫畫原稿，黑白、彩色都有，看到着色的筆觸，很細緻，真箇目不暇給。」當時仍未流行出版畫冊，能一睹手稿絕對稀罕，他忙不迭拿出新購買的相機拍照。臨走時，更獲贈一九七六年月曆，各月份均襯以手塚的焦點畫作，精美得很。

3

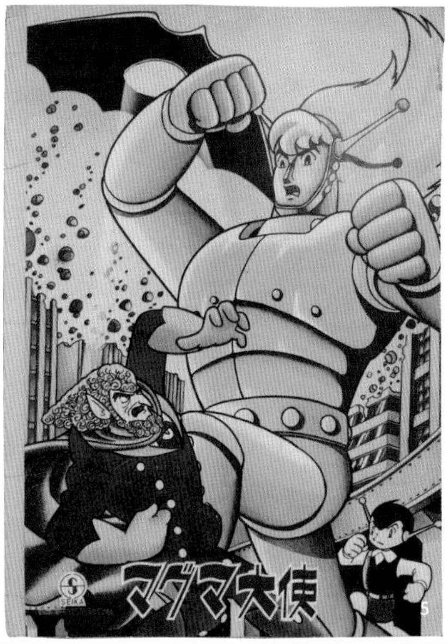

5

4

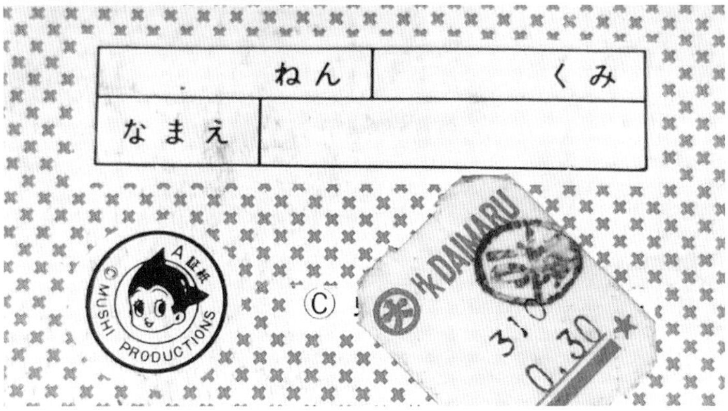

7

6

3 《小飛俠》是手塚最知名的作品，早於六十年代已有港版漫畫面世。 4 於六七十年代的無授權手塚漫畫。 5-7 六十年代尾，於大丸百貨公司用三毛錢買下的記事冊，保存至今。

10

8

9

酒店會面・歡迎入職

隔天晚上，果然收到職員來電，約定翌日黃昏五時在新大谷酒店（Hotel New Otani）見面，並垂詢他想獲得哪款贈書、希望手塚為他畫甚麼畫……「由安排懂英語的職員來電，到仔細做事前準備，實在很貼心，各個環節都一絲不苟。」

異鄉人難得獲禮遇，且是一而再。翌日上午他造訪石森章太郎的公司，因行程生了枝節，時間趕迫，而新大谷酒店的位置相對隔涉，石森公司的職員青柳誠便拍心口協力，召來的士陪同前往，且代付車資。進酒店後，獲悉手塚因公事而遲來，作為局外人，青柳誠繼續肩起責任，請他們享用飲料，一起靜候。

他們在約定的地點守望，手塚姍姍來遲，突然傳來人聲，子英已判定：他來了！「他穿着整齊的西裝，戴起他那標誌性的畫家帽，臉上掛着親切的笑容，但甫見面，仍感覺到一股威嚴！」手塚與子英握手，並送上卡片；礙於交際經驗有限，子英霎時語塞，

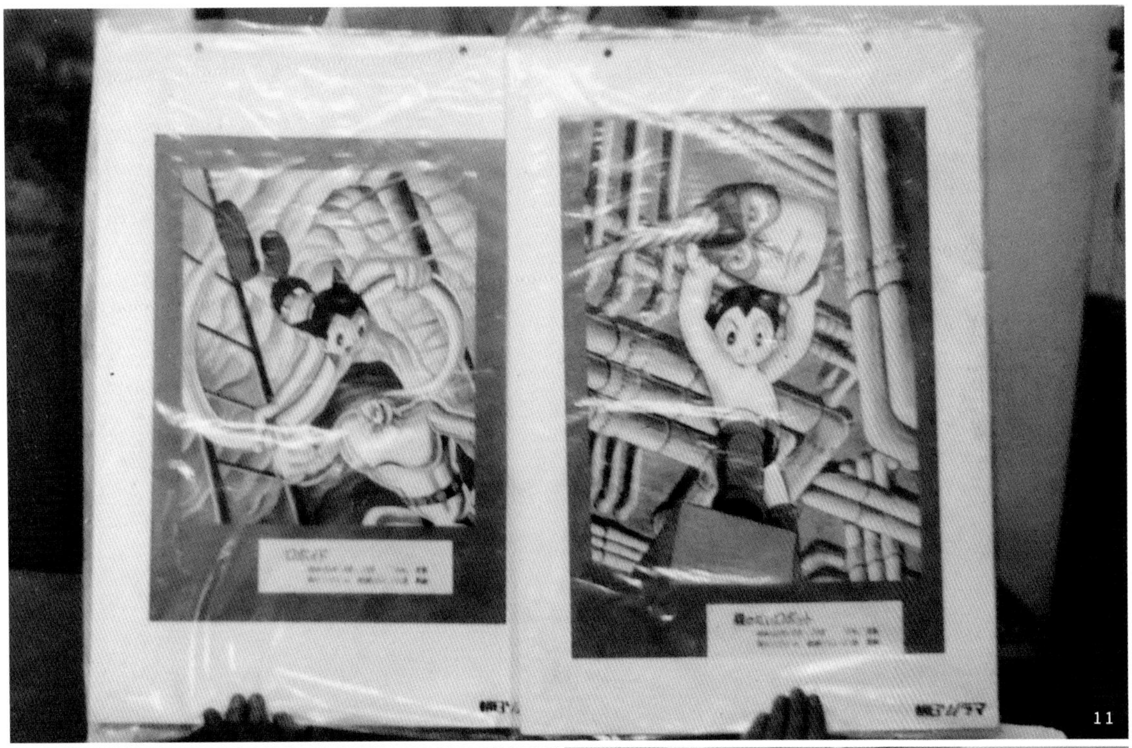

11

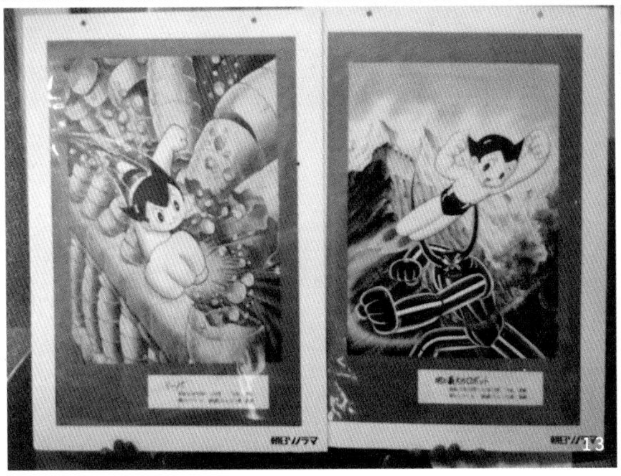

13

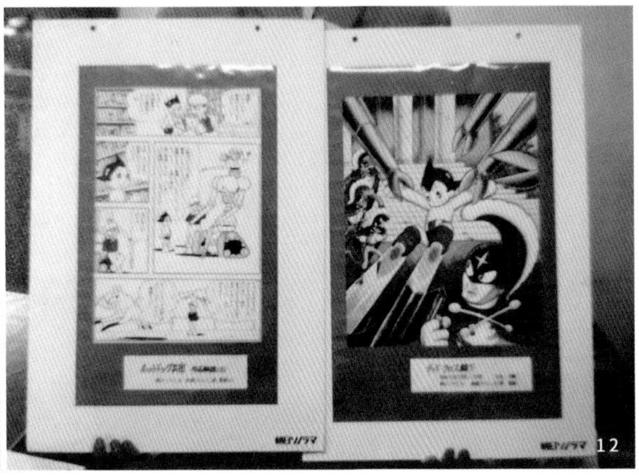

12

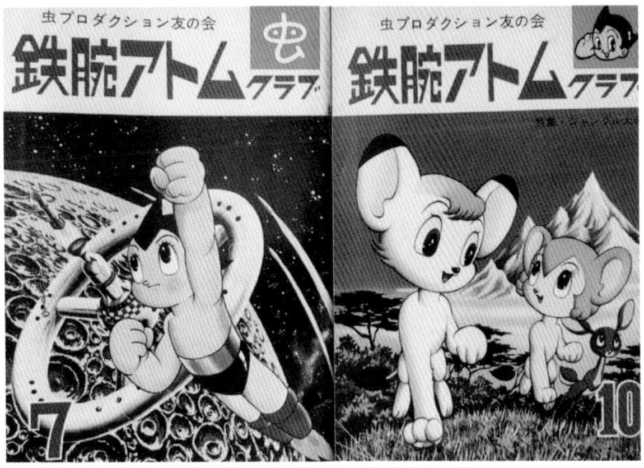

14

8,9「手塚production」的一角。 10「手塚production」送贈的1976年年曆。 11-13 參觀「手塚production」，首次接觸手塚的畫稿，拍照留念。 14 出版於六十年代的「小飛俠俱樂部」雜誌，滿載罕有的手塚漫畫及資訊，已絕版多時。

クションご案内
17

15 「手塚 production」送贈的簡介小冊。

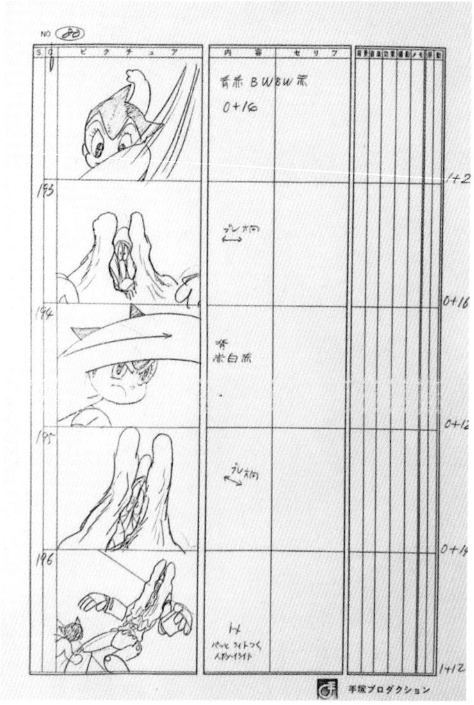

16

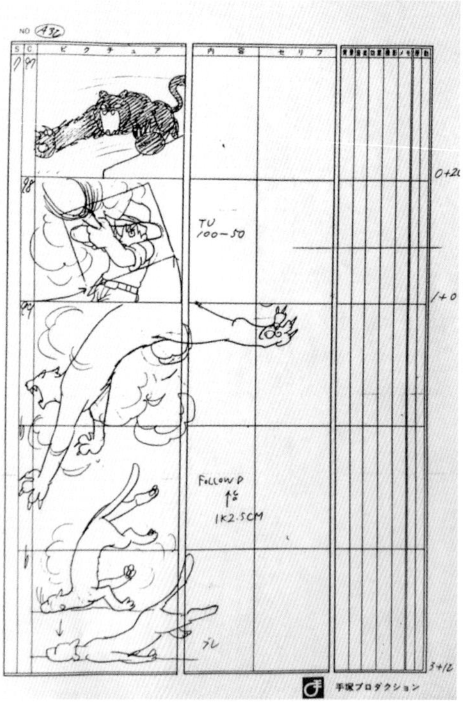

17

與翻譯員同行的手塚率先提問。

淺談期間，子英首次知悉手塚是醫學博士，之前赴北海道乃出席醫學會議。以醫療為背景的《怪醫秦博士》，就於一九七三年起發表。子英鍾愛科幻故事，這位具科學背景的漫畫家笑言：「我也擅長繪畫這類作品。」

按子英事前的意願，手塚贈他《三眼神童》的合訂本贈書，並即場簽名，又在他的畫簿畫下「火之鳥」，筆鋒利落純熟，轉瞬即成。子英坦言一直與《火之鳥》緣慳，深感遺憾，手塚聽罷哈哈笑着說：「你好彩呀！下半年我會繪畫《火之鳥》的新一輯故事。」

畢竟初見，對話僅屬寒暄，但作者與讀者，中間的交匯點就是漫畫，以畫交流，猶勝萬語千言。子英遞上畫稿給手塚過目，他認真細看，並說：「你適合擔任動畫設計，現時日本對這類人才需求甚大。」他又探問這位東渡來訪的畫迷是否想在日本工作？子英斬釘截鐵的答：「想！」手塚喜道：「歡迎你來我公司工作，我也可以介紹你給石森，其實幾年前也有一位台灣年輕人在我公司實習。」

動畫影展．幾度重逢

子英是首位親身跑到日本拜會手塚的香港畫迷，而那位較他早一步的台灣年輕人，就是現於大學從事動畫與影像學術研究的余為政。

是次碰面時間雖短，卻樂在心頭。同年八月，子英讀新推出的日本雜誌《漫畫少年》，果然看到手塚提及的《火之鳥》系列新作「望鄉篇」。早期主要讀他的短篇，已深被吸引：「取材多樣化，由科幻到古裝兼備，亦曾改編日本的童話，也有寫實作品，觸及心理學範疇，構圖相當大膽，是一位

18

19

20

16,17 「手塚 production」相贈的動畫storyboard，十分珍貴。 18 從手塚手上接過的名片。 19 《火之鳥》親筆畫，子英珍藏至今。 20 《火之鳥》的早期合訂本。

21 子英的恩師余為政是首位到訪手塚的華人，時為 1972 年。 22 手塚送贈的簽名漫畫。 23 再會手塚，他為子英繪製了以動畫製作為主題的親筆畫。

很厲害的漫畫家。」一直追隨他的作品，見證其創作力之強，歷久不衰，一九八一年，手塚創作出以江戶時代為背景的《向陽之樹》，更糅合其曾祖父手塚良庵的事跡，之後他以希特勒等三個歷史人物為骨幹，發展出《三個阿道夫》。

在漫畫界，手塚的權威地位毋庸置疑，動畫領域他也積極開拓，及後更全力支持於一九八五及一九八七年舉行的首兩屆「廣島國際動畫影展」。當時子英已涉足動畫製作，既是正職，也是公餘興趣，更與同路人成立了「單格動畫會」，並獲邀出席上述兩屆影展：「見籌備委員會名單有手塚的名字，好開心，可以再次見面。」

當時手塚已屬大師級，在業界地位崇高，仍熱心的出席了多場活動。可惜與會者眾，子英難於趨前攀談，猶幸前緣仍有機會再續。

首屆影展的某場放映會上巧遇手塚，見觀眾疏落，子英抓緊機會上前問好：「還記得我嗎？」開場白雖老套，但事隔九年，總得探詢一番，難

23

24

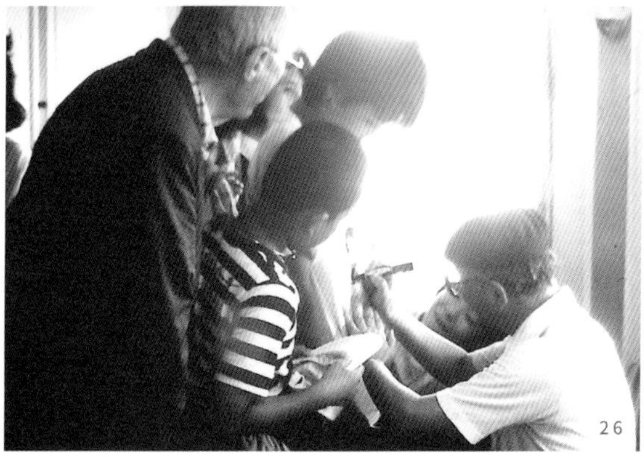

26

25

得對方熱切回應：「當然記得！」欣聞子英已從事動畫工作，他即席畫下小飛俠、小白獅一起製作動畫的圖像，作賀禮餽贈子英，又樂見將來有合作的機會。「再次近距離與他接觸，很興奮；和第一次見面的印象有別，今次感受到他隨和、活潑的一面。會場上他總是焦點所在，對各方邀請簽名、作畫，他都友善回應，來者不拒。」

一九八七年的第二屆，大會安排與會嘉賓遊船河，前往宮島。一如往昔，手塚總是亮點，引來畫迷麇集。有人忽發奇想，請手塚在其身上的大會T恤簽名，大夥兒有樣學樣：「部分女士更不避嫌，請他在胸前落筆，他也欣然滿足要求，很玩得。」

手塚身體力行支持該兩屆動畫影展，不僅親身出席，更特別攝製動畫短片作首映：第一屆的《跳躍》(*Jumping*)，主觀鏡頭持續跳動，愈躍愈高，愈跳愈遠，上天下海，由叢林、城市到戰場，別具寓意；第二屆的《*Broken Down Film*》則大玩懷舊情調，重塑世紀初的動畫質感，

28

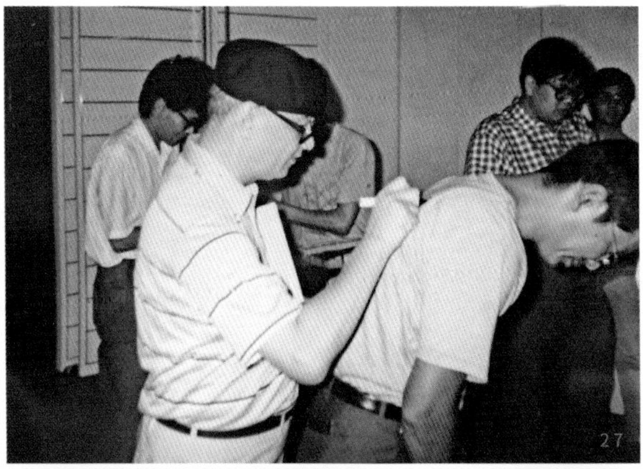

27

29

24 與上海美影前輩合照於 1985 年第一屆廣島國際動畫影展，左起王樹忱、手塚、王柏榮、常光希和子英。 25 1985 年，手塚與余為政再聚於廣島。 26-28 手塚每次出席大小活動，都忙於為大家簽繪。 29 1987 年第二屆廣島國際動畫影展。

幽默、風趣。

抱病在身，堅持創作

第二屆廣島國際動畫影展的來賓中，包括內地的代表團，他們從中取經，於翌年舉辦了第一屆「上海國際動畫電影節」。雖然上海並非動畫國際協會（ASIFA）的會員，卻仍獲該協會全力支持；上海動畫展頗具規模，手塚亦蒞臨支持。子英懷着雀躍的心情參與，更大力推動動畫迷同行，向大師請益。「開幕禮上見到手塚，非常愕然，他消瘦了許多，一下子便聯想到患病。」後來獲悉他確診胃癌，多次進出醫院，大會也着他毋須勉強，但他堅持赴會，尤其重視與中國動畫之父萬籟鳴同台亮相。

動畫展期間，手塚在太太陪同下出席了多項活動，但往往早退：「有次和他閒談，他笑言每晚早走，因為要回酒店趕稿。」對漫畫創作從未言棄，縱有病在身，仍緊握畫筆創作，漫畫

30 **1988 年首屆上海國際動畫電影節，也是手塚最後參與的公開大型活動。** **31** **第一屆上海國際動畫電影節，台上的手塚（右二）顯然消瘦了。** **32** **手塚簽繪於上海國際動畫電影節的場刊。**

連載持續，他的敬業與投入，教人佩服又感動。時為一九八八年十一月，這是子英最後一次與他見面，翌年二月他便與世長辭。

「前後十二年多，有機會和手塚見過幾次面，實在很難得，那是他最忙碌、創作最豐盛的時期。」無奈永別，雙方的緣卻未中止，往後透過撰文、籌辦活動，把手塚其人、其作品向不同年代的畫迷推介，雙方維繫着精神上的交流。

譬如九十年代初香港首次正式推出手塚漫畫全集，子英撰寫了不少引介文章，更參與籌備以手塚為題的月刊，惜最終沒有刊行；又如一九九三年八月藝術中心舉辦、史上最大型的「日本動畫大師——手塚治蟲」影展及展覽，子英任顧問，參與挑選展品、選片、排片及出版場刊：「這是日本以外首個最大型的手塚作品展，他的遺孀及製作公司的社長都來港出席，活動十分成功，選片很全面，展出不少真跡；因為之前的經歷，我才可以投入這項工作。」

34

33

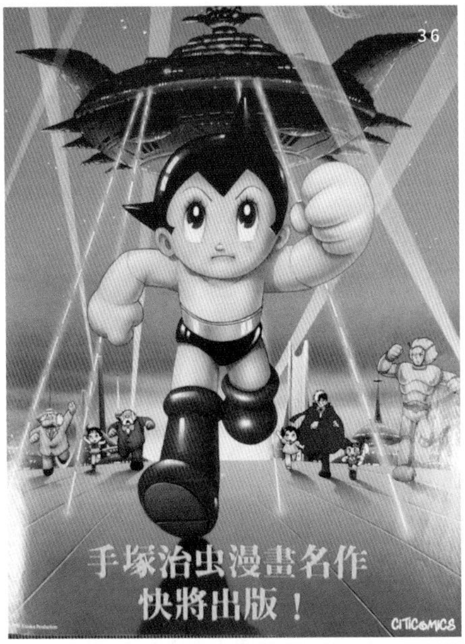

36

35

37

33 由朝日新聞社主辦的「手塚治蟲文化賞」，是十分重要的漫畫獎項。 34 手塚治蟲文化賞的頒獎場面。 35 手塚治蟲漫畫全集廣告。 36,37 手塚治蟲的漫畫全集，香港版授權予文化傳信出版。

41

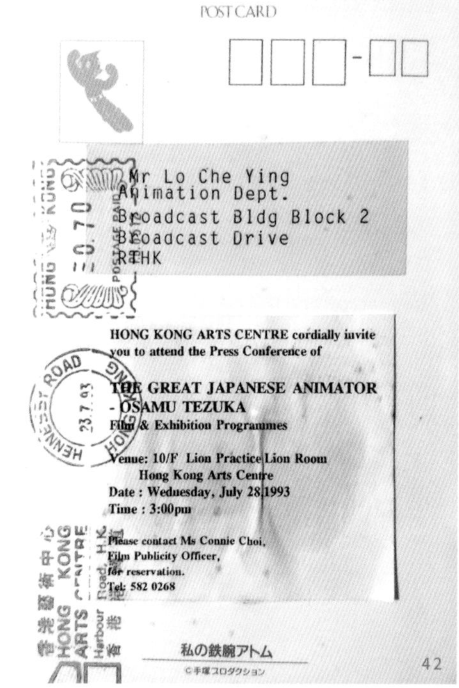

42

43

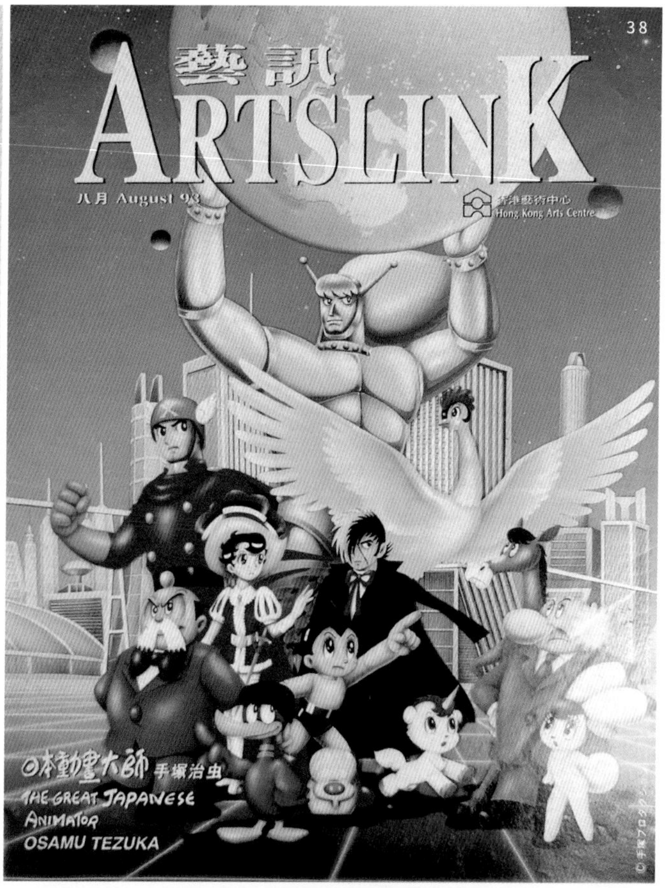

38

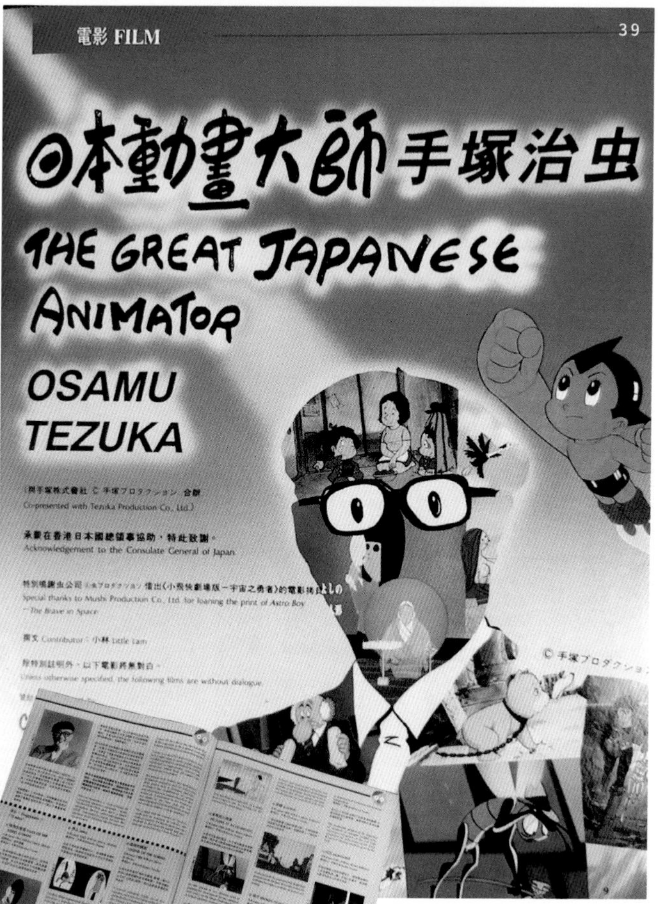

39

40

38-40 首次在港舉行的手塚治蟲大型展覽，時為 1993 年。 41 為展覽出版的精美場刊，由子英主編。 42,43 手塚展覽的明信片，寄給各嘉賓。 44,45 精品方面，子英只收集昭和年代的手塚產品，這是其中兩件。

成人動畫．隔代閃亮

在漫畫圈中，手塚治蟲固然是一個響亮的名字，他也醉心於動畫，在日本動畫發展史上，具有拓荒者的重要位置。早年他已為東映開發電影動畫，率先把個人作品製成電視卡通片集，之後又創建動畫圖像庫，簡化工序，控制成本，提升製作效率，增加製作量。創作上他也是先驅，勇於探進成人動畫領域，顛覆動畫只給少年人觀看的既定規範，發展其公司的「Animerama」三部曲。

一九六九年，由他構思並參與製作的《一千零一夜物語》公映。「當時日本動畫還未有直接描繪性愛的作品，電影亦未分級別，影片出現情慾畫面，給觀眾頗大衝擊，尤其家長。影片的製作雖優異，票房卻失利。」手塚再接再厲，於一九七〇年推出《埃及妖后》，「影片的內容跨越時空，遊走未來與古代，表現手法很大膽，極具創意，但走得太前，觀眾並不接受。」

46,47 1993 年手塚夫人訪港，與香港漫畫人一聚。 48 子英與手塚長女 Rumiko 在港會面。 49 與手塚真合照於東京，2004 年。

動畫投資龐大，票房接連敗北，更差點拖垮了公司，隨後於一九七三年公映的《悲傷的貝拉朵娜》，他只參與前期工作，便放手他人製作，影片因而沒有多少他的風格。

先行者的力作，流過歲月長河，時間終還它應有的位置。上述作品近年於西方影展放映，廣獲好評。二〇一七至一八年在香港舉行的「手塚治蟲誕生九十周年電影回顧展」，子英參與籌劃，除介紹他膾炙人口的代表作，更焦點推介三部成人動畫，全面的展示其創作成就：「動畫涉及團體合作，相對於漫畫，手塚的動畫未能達到很高的水準，但對於這個媒體，他是非常有心的，無論商業或獨立自主的製作，都全力推動。」

首次與手塚見面，子英十六歲，今天他與手塚的子女仍保持聯繫，四十年前後，牽引的是一段難得的半生緣，既是畫緣，也是人緣。

手塚治蟲（1928~1989）

這位漫畫之神作品之多，有如天上繁星，
其實大部分於六十年代後面世的中篇至長篇作品都是水準之上，絕對值得一讀。
作為嘗試，我會推薦大家先從《小飛俠》開始，
其中一部中篇名叫《所羅門的寶石》，故事結構緊密，角色突出，是必看之選！
而手塚的驚世代表作《火之鳥》，
由多個不同時空、不同背景及人物的故事組成，讀者可自由選擇有興趣的篇章欣賞，
同樣可以感受到人類對永生的追求這個重要命題。
手塚漫畫線條簡單，但畫面上沒有多餘的信息，電影感豐富，一定要親自體會。

時間だ!!

SHOTARO ISHINOMORI

石森章太郎破格角色創造

chapter 1.3

來到日本的第三天，湊巧是星期日，各工作單位都休息，卻無阻盧子英的行程，因為石森章太郎在漫畫刊物公告的是住宅地址，際此週日，相信有更大機會碰到：「石森是我這趟旅程最想見的漫畫家。」心情興奮中又帶點緊張。

少年時代，子英只能通過翻版讀物接觸漫畫，當時石森已有不少作品，但在香港翻版市場流通的卻寥寥無幾，熱選只有《再造人009》（*Cyborg 009*）。然而，教子英喜出望外的是，八歲那年竟有機會在大銀幕看到劇場版，且是整整兩小時的版本。

非常科幻‧一讀難忘

《再造人009》漫畫於一九六四年起連載，一九六六年便推出動畫長片，分為上下兩集。一九六八年九月廿七日香港首映該片，兩集同場放映，片名譯作《飛天神童》，排映於金華、東樂等大型戲院。「影片的畫功不算

1

1《再造人 009》的動畫電影海報，當年港譯《飛天神童》。

精緻，但內容非常科幻，第二集題為『怪獸戰爭』，有大量機械人場面，畫面很豐富，兼且是彩色闊銀幕，在戲院觀看尤其刺激，留下很深刻的印象。」

隨後接觸到日本原裝漫畫刊物，便一直追隨石森的作品。一九七一年，他原創的《幪面超人》誕生，轉瞬爆紅，為日後發展的系列奠下堅實基礎；漫畫同時攝製成真人演出的片集，突破平面媒體，延伸至新興的電視媒介，影響深遠。「當時我很喜愛《幪面超人》，昆蟲模樣的角色造型非常破格，畫功精緻，場面具連貫性，電影感強，故事內容亦突破少年漫畫的套路。」

整個七十年代，石森創造了眾多內容迥異的角色，由畫功到角色設計都達至顛峰，先後推出《電腦奇俠》、《閃電超人》、《小露寶》、《變身忍者嵐》、《天地雙龍》、《大鐵人17號》、《五勇士》等多種作品，成就非凡。無怪乎子英的首張日本漫畫家拜訪清單，把他列於首位。

2-4 石森的代表作，毫無疑問是《再造人 009》。

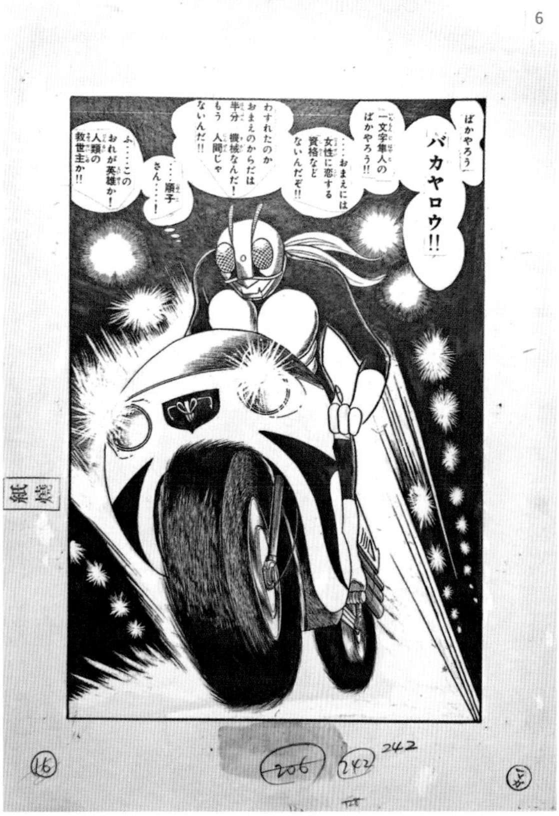

5,6《幪面超人》。
7,8 石森作品《閃電超人》也是子英的至愛。
9《變身忍者嵐》於 1972 年開始連載。

登堂入室・眼界大開

晨早，子英便與妹妹出發，按圖索驥，但住宅區的佈局不似預期，兜兜轉轉，近中午才找到。那是一幢兩層高的洋房，門外鑲有「石森」名牌。按罷門鈴，一位「歐巴桑」（大嬸）出來應門，子英以英語道明來意，不知對方理解否，總歸獲引領內進。穿過園子時，喜見一尊昂首振臂的幪面超人塑像，為這次來訪奏起序曲，偶像在望。

雖言語不通，「歐巴桑」仍盡責地反映實情，原來石森尚未起床。兄妹倆獲安排在工作室等候，這兒擁擠地放了十張辦公桌，因窗簾拉上了，光線昏暗。一側的書架放滿石森的漫畫剪貼簿，分門別類，數量繁多，牆上則懸起《再造人009》及《閃電超人》的油畫。觸目都是石森的作品，主角卻遲遲未見：「感覺等了很久，半小時有多，他才下來。」

把主人家從睡夢中喚醒，多少是打擾的，難得石森表現友善，領他們登

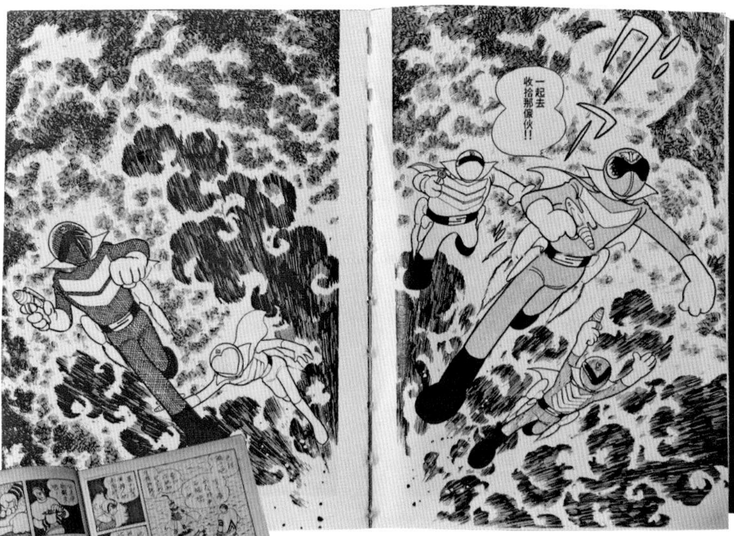

11

10

12

10《天地雙龍》。 11《五勇士》。 12 當年香港的未授權石森漫畫，這是《幻魔大戰》。

上二樓的會客室。由之前的幽暗空間轉到這片開揚的廳堂，氣氛怡然，教人豁然開朗。這時石森太太前來招呼，送上蘋果汁，另一邊則見他的兩位兒子在玩耍。石森話不多，說不上健談，猶幸他能說一點英語，尚且可以溝通。

石森好客地帶他倆參觀私人工作室，並分享當時正繪畫的《天地雙龍》原稿。子英趨近書櫃，眼見放滿單行本，數量之多教他驚訝。信口便問：「你最喜歡哪個作品？」石森利索地從架上抽出一冊書：「實在始料不及，是《宮本武藏》！回香港後我買來閱讀，果然畫得很細緻、很漂亮。雖然我覺得他精於科幻，他認為具代表性的卻是另一類作品，漫畫家就是可以這樣多面化。」

與各漫畫家見面的程序大同小異，子英都會遞上個人畫作求教。這一回他帶來自家創作的「檬面超人Atomic」造像，既是擁躉，畫來也帶點石森風格。石森仔細欣賞，喜道：「Very good！」。獲《檬面超人》原作者首肯，子英樂上心頭，把畫作餽贈。禮尚往來，石森送他一幅預先畫好的《再造人009》畫稿：畫作雖好，來人難免得一想二，希望多點度身訂造的意思：「當時我很迷《電腦奇俠》，於是請求他即場多畫一張。」石森樂意之至，先以毛筆勾勒線條，再以木顏色筆上彩，筆法純熟利落。

太空漫遊・啓發創作

主人家雖給吵醒，卻熱切的招呼兩位訪客，陪伴至下午四時，早午餐都暫擱不理。子英則收穫甚豐，尤其是開了眼界：「這次探訪，讓我見識到他的作品竟是如此豐富，即使是走馬看花，仍印象深刻，他實在是創作力很強，很了不起的畫家。」

13 於石森家門外合照。 14 石森與他的名作《幪面超人》塑像。 15 石森的工作室一隅。 16,17 石森版本的《宮本武藏》合訂本。 18,19 子英創作的《幪面超人 Atomic》，石森也讚賞呢。 20《龍之道》是子英於六十年代尾已十分欣賞的石森作品。

13

15

14

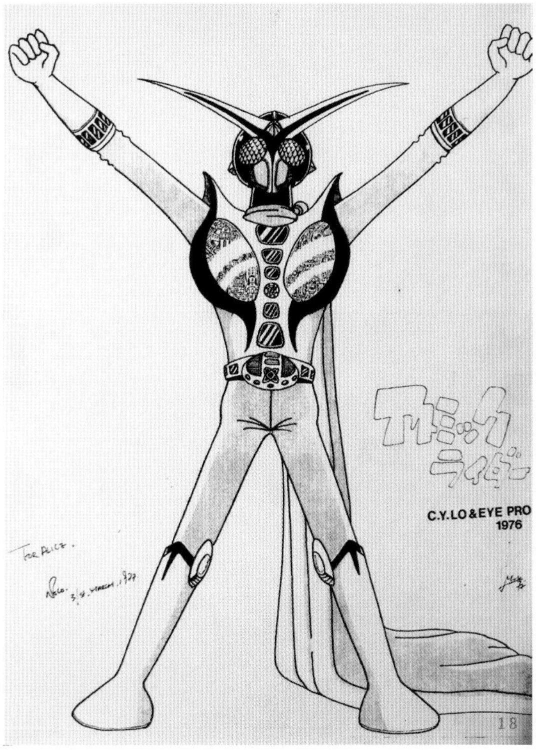

首次探訪後，子英持續跟進他的新舊作品，逐漸摸索到其靈感來源包括西方名著及各類書刊。石森曾在訪問表示，創作《再造人009》源於讀到《時代週刊》有關俄羅斯利用機械支架協助受傷運動員復元的報道。另外，美籍猶太裔作家以撒．艾西莫夫（Isaac Asimov）的科幻小說《*I, Robot*》，當中人與機械人衝突的母題，也融入其科幻作品。

石森也從電影擷取靈感，其工作室便放滿錄影帶。他早期的長篇作品《龍之道》，講述一個潛逃罪犯，所乘的太空船失事墜落，他從冷凍狀態中蘇醒，發現處身未來的地球。第一集以彩色發刊，首個畫面是浩瀚的宇宙，遙見微細的地球，一艘太空船徐徐前行，構圖顯見向史丹利．寇比力克的《2001太空漫遊》致敬，而他的作品不少都隱現此片的痕跡。

石森涉獵面之廣，亦一一呈現在他變化多端的創作上：「他設計的每一個角色都很『殺食』，極具創意，無論身份、背景都很出人意表，造型亦相當大膽，突破一般的英雄框架，如美國漫畫那類英雄人物，只在服裝上搞變化。我最愛他的《電腦奇俠》，角色是一個未完成的機械人，設計成露出半邊機器組件的造型，突破我們的常規想像。」

21 石森送贈的《再造人 009》簽繪畫作。

21

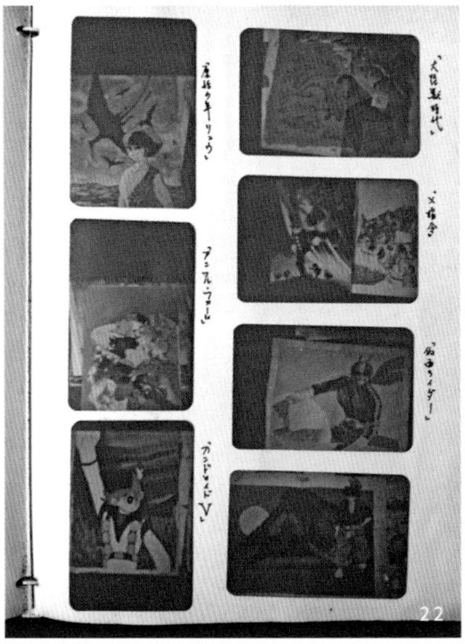

22,23 於「石森 production 」內見到大量石森原稿，這是當年拍下的照片。 **24** 位於後街的「石森 production 」。

科幻作品固然手到拿來，卻非石森創作的全部，八十年代他風格一轉，接續推出《日本經濟入門》、《世界經濟入門》、《日本之歷史》、《大酒店》等長篇寫實作品，畫風也扭轉過往力求精美的取向。誠然，論畫作標致悅目，得數他前期的作品，尤其六十年代末到七十年代，畫工不斷改進，愈見精細：「他追求細緻的畫法，一景一物都精描細畫，相當寫實，又能糅合漫畫化的人物，構圖亦饒有新意，善用跨頁呈現遼闊的視野；題材能夠遊走不同時空、情境，豐富多變。」

畫迷會長・指點迷津

石森是日本最多產的漫畫家，作品逾七百六十種。一九九八年離世前，他仍埋首創作《再造人009》終章《與神決鬥》，劇本亦已完成，計劃於二〇〇〇年推出，創作力實在強。即使身故後，其原創的《幪面超人》仍續

27

26

25

29

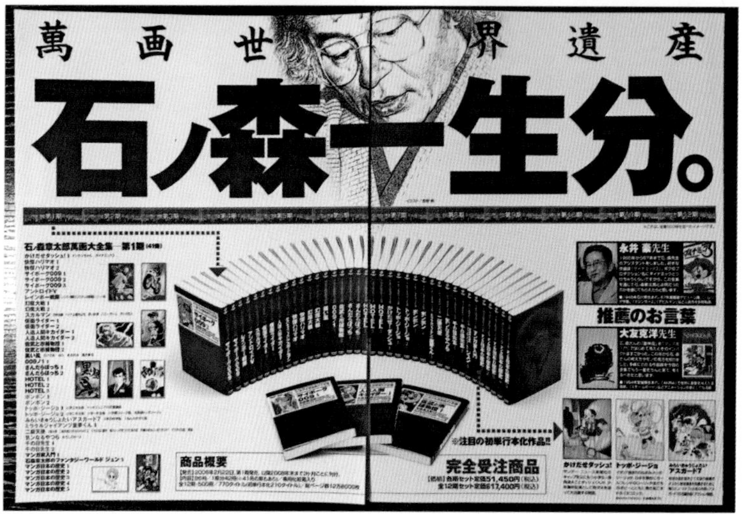

28

25-27 《*Play comic*》有段時期全由石森繪畫封面，都是美女。 **28,29** 石森漫畫作品之多，可入健力氏世界大全。 **30** 菅谷充送贈的《小露寶》及簽名漫畫。

有新作推出。可惜的是，他的作品雖不乏精彩構思，但發展下去常有草率收結之弊：「縱使序幕相當引人入勝，但也許他太忙碌，沒有時間細想故事的發展，導致無以為繼，馬虎了事，實在可惜。」

創作量豐，一度在十本畫刊連載作品，真箇分身不暇。他便提拔多名助手為畫師，負責繪畫由他設計角色的作品，這些後輩也展現功架，被眼利的子英識別出來，個別更進入他這次旅程的造訪名單中，包括菅谷充、成井紀郎。

在約定拜會手塚治蟲當天，子英順道拐到代代木區造訪石森製作公司。對此突如其來的訪客，負責接待的職員青柳誠非常熱心，展示大量石森的原稿，讓他對漫畫家有更全面、立體的認識。子英以為會同步見到若干新晉畫師，豈料不，他們都在自家的地方工作。青柳繼續發揮熱心本色，緊密撥電話，嘗試為他牽線。

莫負子英這位有心人，聯絡上菅谷充，相約在附近一家咖啡廳見面。菅

30

31 菅谷充親繪的《强者》。

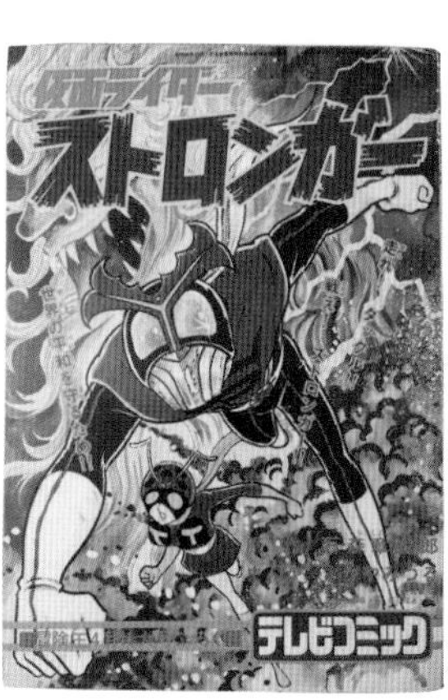

32 1976 年的菅谷充。 33《電子神童》。 34 菅谷充於 2011 年出版的自傳。 35 菅谷充版本的《幪面超人强者》。36 菅谷充近照。

38

37

39

37,38 青柳誠送贈的珍貴石森漫畫《黑之瞳》，1974 年出版。
39 青柳誠，攝於 2000 年左右。

谷主力繪畫幪面超人，屬少年漫畫風格，線條利落硬淨，相當討好，頗具知名度，後來更自立門戶，創作了《電子神童》。子英抱着碰運氣的心情來訪，獲菅谷即時答應赴約，十分難得。菅谷年方廿五，帶點羞澀，但能說一點英語，大家可以交流。雙方閒聊半句鐘，臨走前他給子英繪畫了自家版本的「幪面超人」及「小露寶」。

這時子英要趕緊前往拜會手塚，青柳繼續護航，陪伴前往。與青柳有緣相遇，回港後續有書信往還，成為朋友。青柳是頭號漫畫迷，自言躺在漫畫書上睡的。他是石森畫迷會會長，甫見面便贈子英一冊會刊，內載不少石森從未出版單行本的早期作品，很珍貴：「青柳讓我見識日本漫畫迷的瘋狂，大家都是石森迷，他很理解我的心情，樂於無條件協助。」

兩年後，子英應青柳邀請，替該會刊繪畫了一個短篇故事，內容是《電腦奇俠》的後傳：當電腦奇俠把所有邪惡的機械人兄弟殲滅後，重返實

40

41

42

40-42 子英為石森同人誌繪畫《電腦奇俠後傳》的部分畫稿。

驗室，檢視種種殘骸。雖則故事很簡單，篇幅亦不多，卻是難忘復難得的體驗。

石森故事・改編孤舟

往後，子英曾兩度在頒獎禮重遇石森，當天的小畫迷已成動畫工作者，但對偶像的追捧未變，甚至更進一步，把對方的作品改編成動畫短片，來一回精神交流。

一九七七至七八年間，子英開始製作動畫，便想起石森的一個短篇，描述漫畫家的好友離奇失蹤，他在對方家中的被鋪櫃發現線索，那兒竟能通往異度空間……他把這意念再發揮，製作成動畫作品《孤舟》，更參加同年的獨立短片比賽，故事獲評審稱許。

石森是當時子英最熱愛的漫畫家，欣慰面見其人之餘，更接觸到他公司的新晉畫家，以至畫迷會會長。猶為難得是，首度拜訪已登堂入室，認識到他的家人。探訪當天，他和妹妹離開時，石

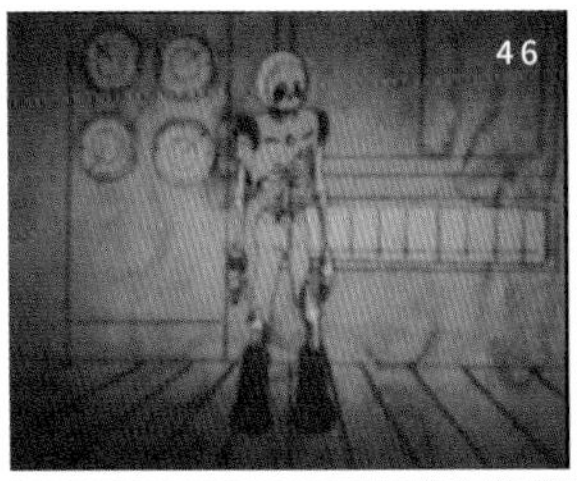
46

45

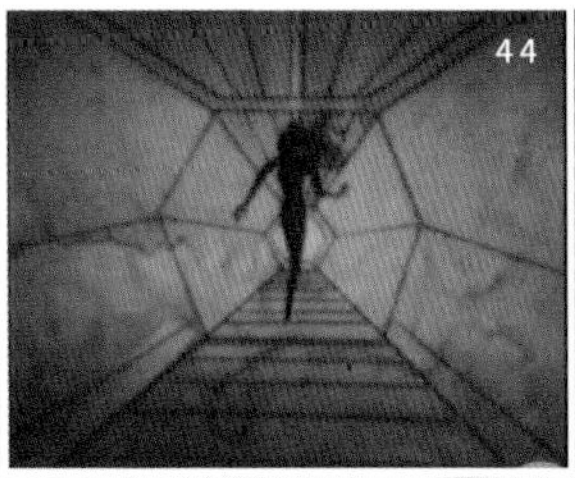
44

43

47

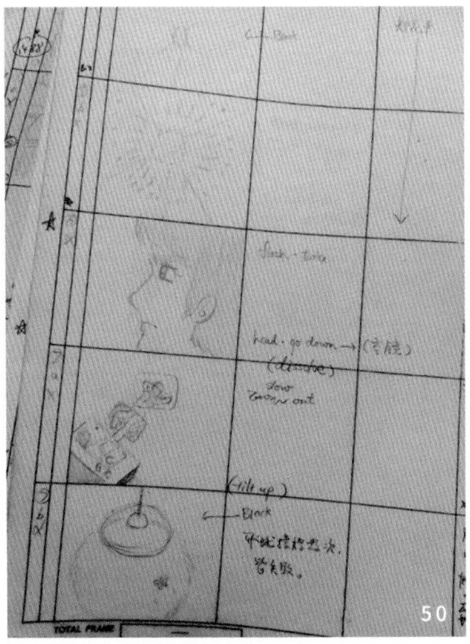
50

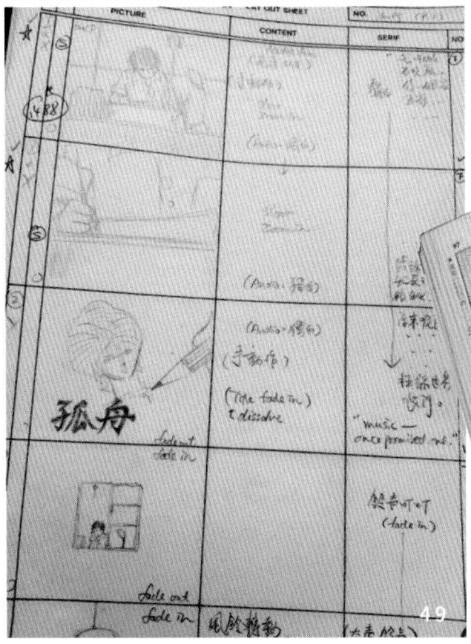
49

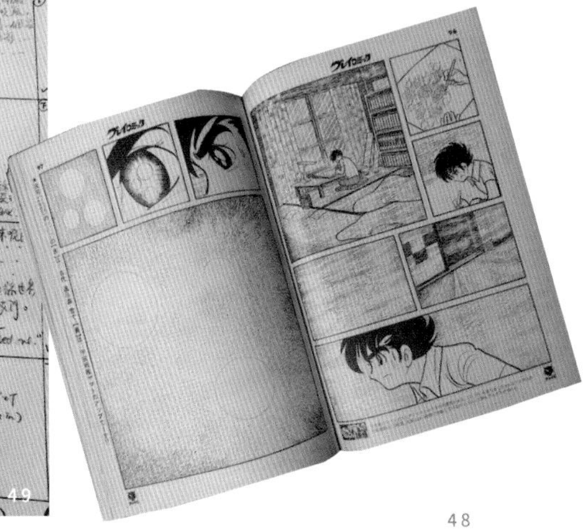
48

43-46 改編自石森漫畫的短篇動畫《孤舟》，1978 年製作。 47 《孤舟》的動畫稿，當然是石森風格。 48 石森七十年代作品《四次元半》，子英將其中一個故事改編成動畫。 49,50 動畫《孤舟》分鏡本，改編自石森的短篇漫畫。

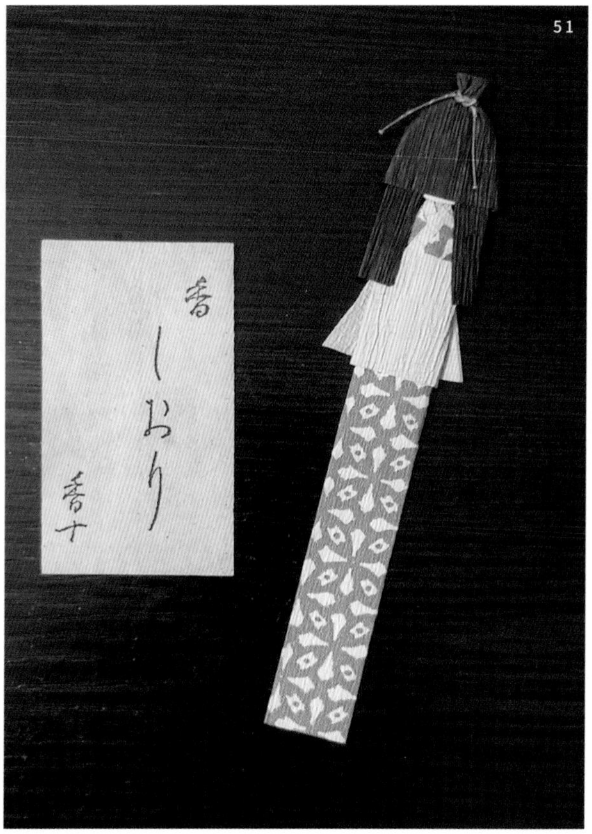

51 石森太太送贈的日本傳統書籤。 52 位於日本石卷市的「石之森萬畫館」。

森太太剛要外出，便主動駕車送他們回酒店。告別前，還細心地留下石森的聯絡電話，又給子英妹妹送上透着芳香的紙本書籤。

事隔四十年，那書籤仍散溢幽香，一如當天與石森交流的情景，那豐富窩心的滿足，迄今依然清晰，餘溫猶在。

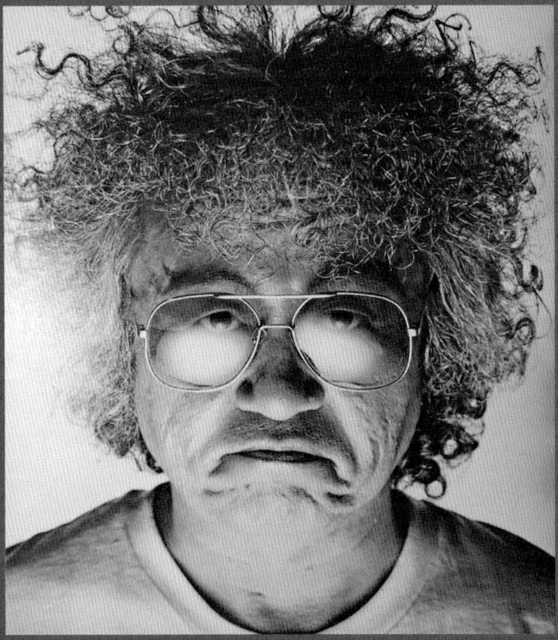

石之森章太郎／石森章太郎

（1938~1998）

雖然石森擁有大量作品，但其中頗多是純粹為製作電視片集或商品而創作，以致後勁不繼，草草收場。
他的代表作，無可否認一定是《再造人 009》，
此作品連載達二十多年，充分表現了石森在不同時期的畫功及敘事手法上的變化，別有一番趣味。
我個人特別喜愛於一九六九年面世的長篇《龍之道》，
一方面因為這是石森向 Stanley Kubrick 致敬之作，
另外，六十年代末至七十年代中期是石森畫風最細緻的時期，一群助手都是最頂級的，
在人物造型上突顯了石森角色修長的身段，而背景的複雜及偏向寫實的表現，
也能配合內容得以充分發揮，更難得的是故事結構十分完美！

TAKUMI
1994.9.23

T A K U M I   N A G A Y A S U

到講談社找永安巧

chapter 1.4

從智源書局源源不絕買來日本漫畫、雜誌，不僅反覆細味，盧子英有更進取的行動：投稿、參加抽獎遊戲。對這位不諳日文的香港讀友來函，編輯亦盛意拳拳的禮待，其畫作獲刊登的次數不少，兼且寄來致謝信、禮物。

由公司發來的郵件，早期是預先印備的劃一函件，後來則由人手親筆回信，日文外，更有以英文書寫：「回信並沒有署名，不知是誰寫，但過了一段時間，已可辨識出某一兩位的筆跡，漸漸產生熟絡感。」當時購買的讀物，主要由講談社、集英社出版，兩家公司也成了首次訪日的目標。

訪講談社：見識出版界龍頭

子英最早期在智源購買的日本週刊，包括《少年 Magazine》及《TV *Magazine*》，均由講談社出版。前者於上世紀五十年代已發刊，乃日本最早以週刊形式出版的漫畫雜誌，囊括

1

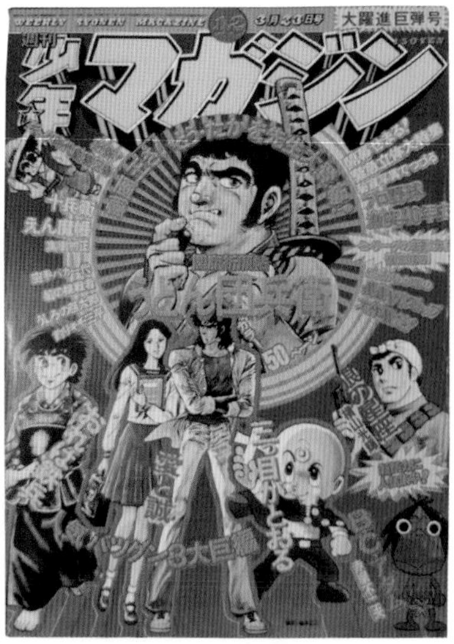

2

3

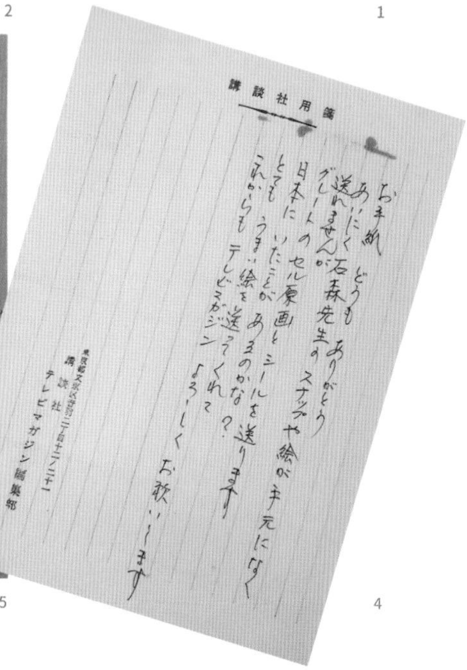
講談社用箋

お手紙どうもありがとう
あいにく石森先生のスナップや絵が手元になく
送れませんがグレートのセル原画とシールを送ります
日本にいたことがあるのかな?
とてもうまい絵を送ってくれて
これからもテレビマガジンよろしくお願いします

東京都文京区音羽二丁目十二ノ二十一
講談社
テレビマガジン編集部

4

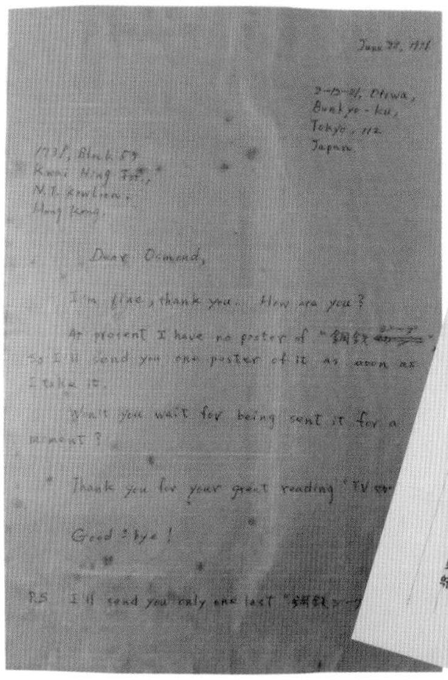
June 28, 1978

2-12-21, Otowa,
Bunkyo-ku,
Tokyo, 112
Japan

Kwai Hing
N.T. Kowloon,
Hong Kong.

Dear Osmond,

I'm fine, thank you. How are you?

At present I have no poster of "鋼鉄
so I'll send you one poster of it as soon as
I take it.

Won't you wait for being sent it for a
moment?

Thank you for your great reading "TV

Good-bye!

P.S. I'll send you only one last "鋼鉄

5

6

大量新晉漫畫家，甚具影響力；後者約於一九七二年推出，一本相當創新的綜合雜誌，內載改編自人氣電視片集的漫畫，以及大量與電視相關的流行資訊，彩圖豐富，讓身處外國的子英也能緊貼日本的電視潮流。

一九一〇年創立的講談社，絕對是老字號，在七十年代的出版界，地位舉足輕重。公司立於一幢三十年代的英式建築，古氣盎然，與其輝煌歷史相互映襯。造訪出版社，目的在了解精美書刊背後鮮為人知的製作過程，當時年紀小，子英揣測畫家都在那兒工作，期望見到繪畫《愛與誠》的永安巧，以及成井紀郎。

之前探訪過幾位名家，子英和妹妹多少已熟習程序，面向接待處人員，便直接告知想面見《少年 Magazine》及《*TV Magazine*》的編輯。一如既往，不旋踵便獲安排在會客室守候。不久，兩位編輯進來，有禮貌的遞上卡片，不因為是少年訪客而有所待慢。子英坦率吐露渴望與漫畫家見面，兩位編輯交頭接耳片刻，以有限、但尚

7

10

9

8

1-3《愛與誠》連載時的《少年Magazine》。 4,5 講談社編輯的回信，早期全用日文，後來開始用英文回信了。 6 值得紀念的《少年Magazine》第1000期。 7 講談社《少年Magazine》編輯部。 8 子英攝於講談社正門前。 9 講談社的田宮一編輯。 10 講談社的三樹編輯。

11

可理解的英語回覆：「成井紀郎不在這兒工作，永安巧偶然在這兒畫畫，可惜他這陣子生病了，不會回來。」無疑是一記悶棍，但能夠踏進出版社，亦非一無所獲。

二人組既是少年漫畫編輯，自然明白畫迷的心意。於是領他倆在社內參觀，兼且非機械式的「到此一遊」，對這位遠方來客，不無貼身的垂詢：

「你是否曾寄信來投稿、參加抽獎呢？」

「是呀！」

「我記得你呀！」

繼而送上兩本該社剛出版的雜誌，還補充：「若有問題，可以多點寫信來詢問。」實在窩心。如此連線，陌生人之間便生起了無形的親切感，子英腦海閃過那些他已能辨識的回信筆跡：「會不會就是他或他寫的呢？」不肯定，但說不定就是他們。

作為大型出版機構，講談社的辦公室龐然有序，職員眾多，體現其業界龍頭的氣勢。話雖如此，兩位編輯沒有搬出商業世界秘而不宣的令牌，反而是開誠佈公，與眾分享，向子英展示永安巧、永井豪等多位名家的原稿，部分更是剛出版的作品，教來人眼睛閃閃發亮，隨即傳來一輪密集的照相機快門「咔嚓、咔嚓」開合聲。

尤為難得是，由漫畫原稿到付梓印刷之間的編輯、校正工序都盡收眼底，編輯還耐心的從旁講解，像如何把漫畫家的對白手寫稿植字，編印後再剪貼到畫稿上，又如「執白」，就是把原稿中出界、有瑕疵的地方，以白色的廣告彩塗抹掩蓋：「看到原稿上各種細緻的修飾位，這些經印刷後都一一隱藏起來，平日實在難得一睹。」

13

12

11 **石森章太郎的《鐵面探偵》及矢口高雄的《天才小釣手》原稿。時連載於《少年 Magazine》。** **12,13** **子英妹妹在永安巧的工作位置留影。**

劇畫名家的細膩情書

事實證明，子英的揣測亦非全然不準確，至少永安巧確實會在講談社工作，並設置了一張小小的辦公桌。奈何與他緣慳一面，只有望桌止渴，好歹算是見識過。

永安巧是少數沒有聘用助手的漫畫家，僅由太太協力，因描畫精細，作品往往花較長時間完成。子英造訪期間，他患了相對重的病，休息了一陣子，即使連載作品也要暫停。子英隨編輯來到他工作的地方，周遭貼滿《愛與誠》的海報，畫家埋首工作的身影隱約浮現。

一九七三至七六年在《少年Magazine》連載的《愛與誠》，堪稱永安的代表作，也屬經典。漫畫於一九七四年首次被改編為電影，由山根成之執導，西城秀樹演出，而無綫電視也於一九八二年把該故事移花接木，再現於連續劇《香城浪子》。《愛與誠》由梶原一騎編劇，永安運用豐富的想像力，配以細膩的筆法，把淒美的愛情故事圖像化，躍然紙上，功力匪淺。

子英雖熱衷科幻讀物，對這部愛情漫畫卻情有獨鍾：「當時對永安巧的認識不多，沒有讀過他以往的作品，但《愛與誠》的畫風教人眼前一亮，相當吸引，尤其鍾愛他的人物造型及畫面構圖，非常悅目，實在愛不釋手。」

日本漫畫界有兩大繪畫類型：漫畫、劇畫，永安屬於後者：「相對於漫畫在處理角色上的誇張手法，劇畫以寫實方式呈現，約於五十年代起流行，源於一批畫家向以寫實畫風著稱，即使創作漫畫，亦無意改變風格，繼續以接近真人的比例、傳神的線條去描畫角色，這類型漫畫擁有眾多讀者。」縱然畫法傾向寫實，但題材並無局限，一樣可以處理科幻故事。

業界也有兩類型不同的漫畫家：其一是把故事與圖像創作集於一身，另一是聚焦於繪畫圖像，作品多夥同編劇合作，永安便屬這一類，其作品如《沙

16

15

14

17

14,15 永安巧的《愛與誠》。 16《愛與誠》連載內文。
17《愛與誠》的漫畫版主題曲唱片。

流羅》、《鐵道員》等均為改編，其他如繪畫《死亡筆記》的小畑健，也屬這一類。這類型漫畫家的創意一點不遜色：「畫家須把故事內容消化，擬出細緻的分鏡，構思畫面佈局，把故事用圖像演繹出來，從中體現個人的創意與心思。」

訪集英社：少女漫畫掌門人

講談社所在的護國寺區，屬於出版社集中地。告別了該公司，子英便與妹妹到附近的集英社。該出版社於一九二六年創立，同樣是老字號，七十年代，其風頭不若講談社凌厲，但過去幾十年力爭上游，憑着《少年JUMP》週刊等多種雜誌，以及推出如《龍珠》等大熱漫畫，現已立於業界前沿。

子英懷着好奇心探索漫畫世界，憑個人觸覺、品味，加上對繪畫的酷愛，他的涉獵面較一般熱血少男寬廣，除

19

18

18 集英社外觀。 19 集英社內的《少年Jump》收藏。

理所當然的閱讀少年漫畫，也旁及少女漫畫。當時集英社旗下有兩本極具代表性的少女漫畫雜誌：《*Ribbon*》月刊及《*Margaret*》週刊。兩本刊物集合不少漫畫家，包括相當數量的女性畫家。

相對於少年漫畫，少女漫畫由故事內容到繪畫風格，也有其類型特色，角色造型往往溢滿粉紅花俏的女性色彩：「譬如女角擁有圓大的眼睛，瞳孔內星光閃閃的模樣，我個人其實不太接受這種過於女孩子味道的畫風。」然而，讀到一条由香莉的作品，便另眼相看：「她的作品有別於一般少女漫畫，角色造型不會太誇張，線條十分流麗，構圖具美感，我被她的畫功所吸引。」

當時一条已有不俗的知名度，漫畫刊物往往把她的作品放於主打位置，並以彩頁刊出，像當時正連載的《*Designer*》。這次集英社之行，子英希望與她碰面。

20,21 集英社內的兩位編輯。
22,23 集英社編輯部風景。（攝於 1976 年）

編輯人妻・玫瑰的名字

和講談社的遭遇竟然很相似，同樣由兩位編輯前來招呼，他們指一条不在該處上班，無法安排見面。編輯只能向子英展示其彩繪原稿，再領他參觀公司。集英社位於一幢多層高的商廈，工作間井井有條，職員細心地整輯畫稿，雖然人數眾多，氣氛卻很安靜：「意外地發現他們備有不少圖鑑、參考書，一直以為繪畫漫畫，舉手提筆便成，原來也要很多參考材料。我向他們學習，回港後添置了一些圖鑑作參考。」

告別集英社，其中一位編輯送子英離開。乘升降機時，他興之所至的向子英探問：「你聽聞過池田理代子這位漫畫家嗎？」驟來帶口音的英語，子英剎那間意會不到，雙眉一鎖，額角湧出問號，對方覺察，即信手在紙上寫下該名字。子英從記憶的海洋打撈，勾起一絲印象，也就禮貌地點頭說：「認識。」編輯自豪的告知：「她是我太太！」哦，原來如此，但印象

26

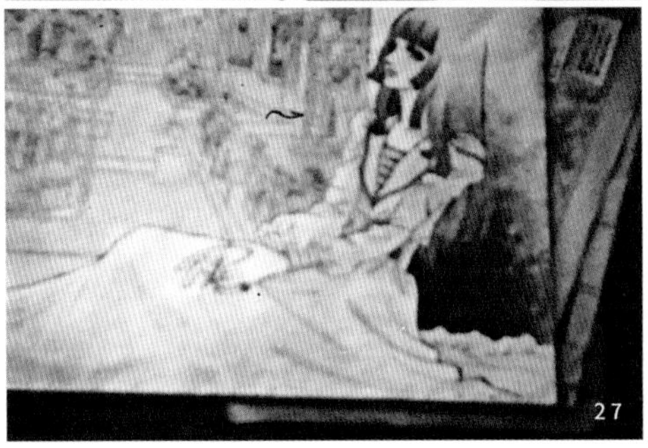

27

28

24

25

24 集英社的少女漫畫雜誌《*Ribbon deluxe*》，創刊號就有一条的《*Designer*》。 **25** 一条由香莉近照。 **26,27** 集英社編輯展示的一条由香莉原稿。 **28** 一条由香利的自傳《戀愛少女漫畫家》。

29,30《少年 Jump》作品《龍珠》及《Wingman》的原稿，這是子英八十年代中期再訪集英社時拍下的。

實在模糊，沒有更多的回應。

好奇的子英不會就此作罷，回港後查看資料，才知這位池田理代子是極具知名度的少女漫畫家，其作品《梵爾賽的玫瑰》（又名《女強人奧斯卡》）在當時廣受歡迎，亦被視為少女漫畫的重要作品，曾被改編做動畫片集，以至電影，同時，寶塚歌舞團也改編為舞蹈劇，成為該團的長壽劇目。

與幾位心儀的漫畫家確實是緣慳，首度造訪落空，迄今依然沒有和他們碰過面。不過，這天的造訪前提是漫畫出版社，總歸如願以償。

永安巧（1949~）

師承自日本劇畫界的兩位代表人物小島剛夕和南波健二，
永安巧於七十年代憑《愛與誠》這部作品一躍而成漫畫巨星，甚至影響了當時很多的香港漫畫家！
永安巧取勝之道是他處理人物的精緻描寫，尤其是他筆下的女性，
既有外表嬌柔的一面，亦具堅強的性格，都讓讀者看得特別投入。
永安巧所有作品都有原作依據或編劇協助，讓他可以專心去營造漫畫分鏡等的細節，
不用再在情節發展上分心，達到 visual storytelling 的境界。
《愛與誠》是他代表作，起碼要看兩遍，而另一個選擇是《潮騷傳說》，
少女主角令人神往，而具奇幻色彩的故事來自松山善三的劇本，在永安作品中比較罕有。

うれしくない。
これからまた
ずうっと
ドラえもんと
いっしょに
暮らさない。

FUJIO FUJIKO

兩位一體 藤子不二雄

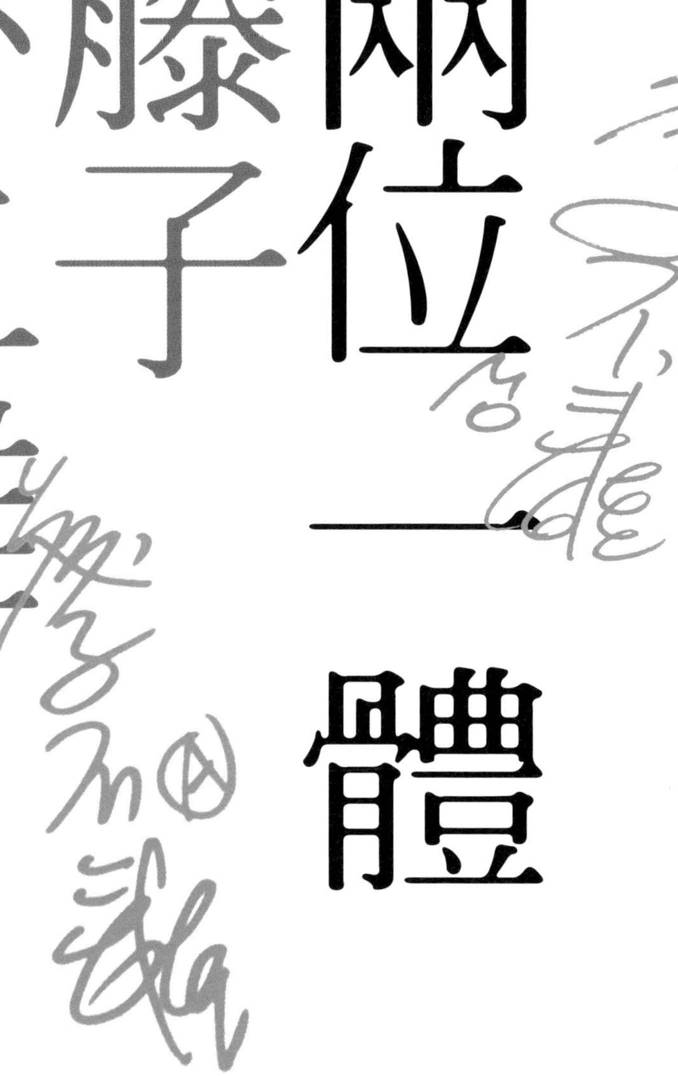

chapter 1.5

從小酷愛閱讀，盧子英廣泛涉獵各種圖文書刊。尚未接受原裝日本漫畫洗禮前，香港友聯出版社的《兒童樂園》色彩奪目，畫功精美，內容益智，也深得他鍾愛。

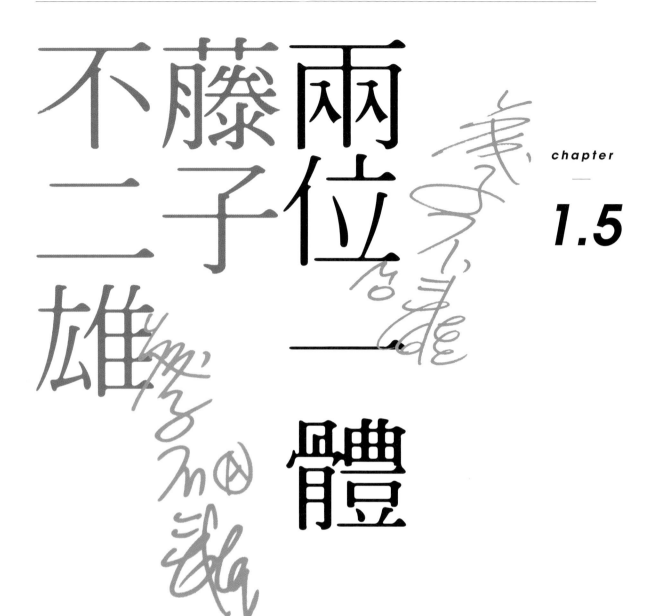

翻開一九七三年五月十六日第四八九期《兒童樂園》，他驚喜的讀到新登場的漫畫《叮噹》（現用回原名《多啦A夢》。該篇題為「隱形漆」的小故事，把率真的幻想融入生活，教讀者捧腹：「《叮噹》的出現，對我是一個很大的衝擊。」之前子英已深愛《Q太郎》漫畫，甚至在「日記」作業中，襲用《Q太郎》的形像繪畫自家的小故事，與原作者藤子不二雄早來了一次不算宏大，卻別具意義的精神交流。

再度訪日・首選藤子

六十年代，日本漫畫在香港的發刊仍然雜亂無章，未滙成洪流，但藤子不二雄的《Q太郎》是個異數，在翻

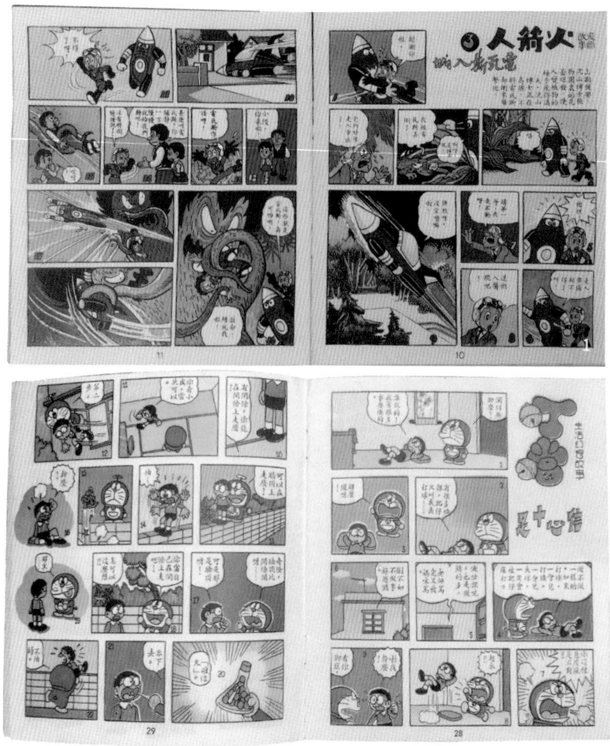

2

3

版漫畫市場備受熱捧，讀者眾多，當中包括子英：「它的內容能夠融入生活環境，卻又充滿妙想天開的趣味，這種題材是香港所沒有的。加上篇幅短，不難讀，容易投入。」

除獲得閱讀的樂趣，更給他無盡的繪畫動力：「Q太郎的造型以簡單的線條構成，容易模仿，於是嘗試繪畫。」小學時期，他提交的日記作業，天天超額完成，文字以外，更加插漫畫，當中包括以Q太郎為藍本的再創作故事，甚至以整版篇幅畫下大型的Q太郎畫像，這份作業成了同學間傳閱的「日報」。

藤子不二雄六十年代末的作品《神奇小子》，曾以《飛天貓》之名在香港推出翻版書，流行程度不若《Q太郎》，但子英同樣鍾愛，亦把它畫進「日記」作業：「它的題材更貼近少年人的心境，一個普通的學生換上神奇衣裝，就能飛天遁地，鋤強扶弱，每當變身英雄時，又有替身代他上課……很多小孩子都有這種幻想，包括我自己。」

及至一九七三年讀到《叮噹》，故事同樣以充滿缺點的主角獲得身邊的守護者解救為題，類近的幻想世界，卻有更精彩、更富玩味的情節：「《叮噹》可謂《Q太郎》的進化版，叮噹擁有神奇百寶袋，隨時拿出對應難題的法寶，變化多端，想像空間更遼闊，創造出更多好玩的故事。」

一九七六年首次遊歷日本，幾天的行程，能造訪的漫畫家有限，總歸是一次成功的經驗，與漫畫家面談的渴望常在心頭湧動，伺機再發。直至進入香港電台工作，終抓到可乘之機。時為一九八〇年，他與同事、友好組織了一次觀光之旅。觀光是主菜，當中的間隙，他擬開出另一桌盛宴——「好想前往探訪漫畫家，與上次不同，沒有事先安排，興之所至，首選就是藤子不二雄。」團友中的林紀陶也是日本文化愛好者，於是拉着他，加上中學同學一起前往。

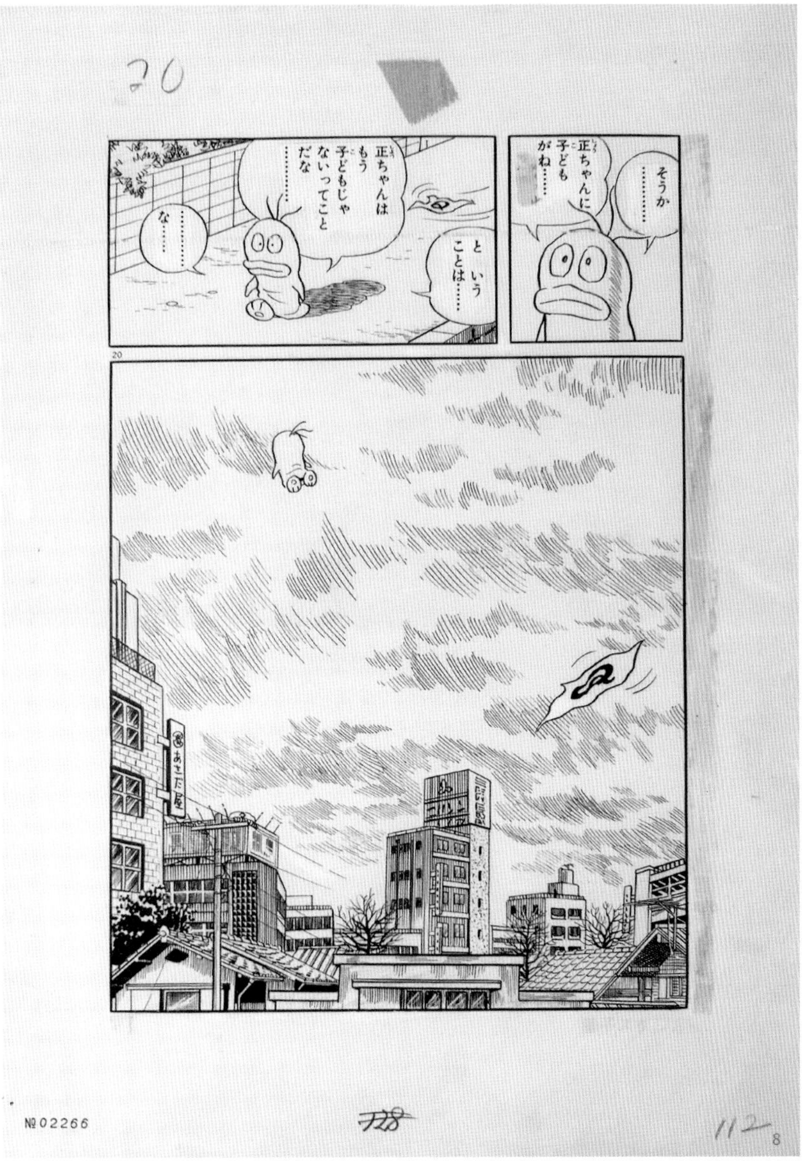

8

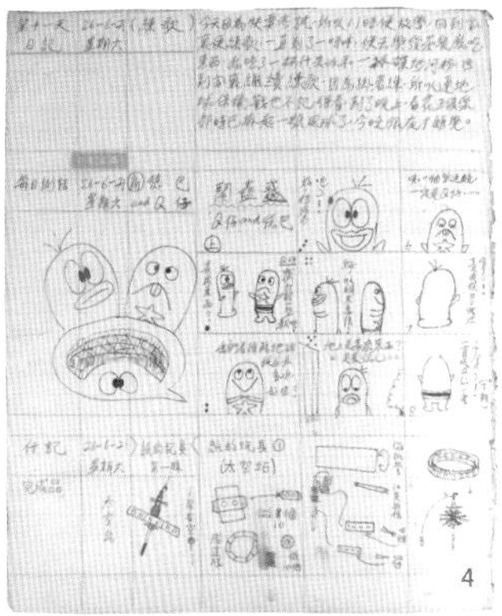
4

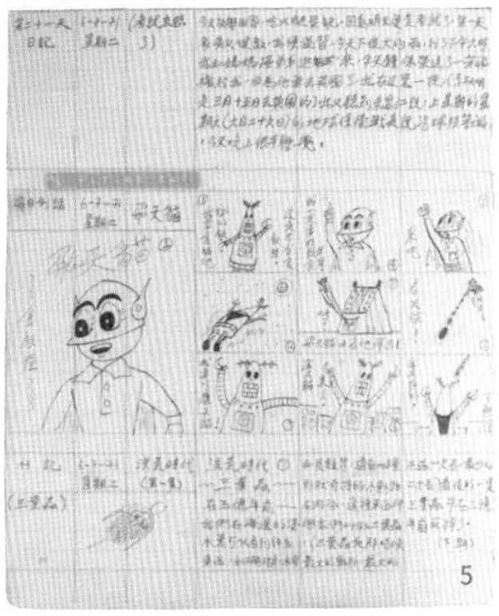
5

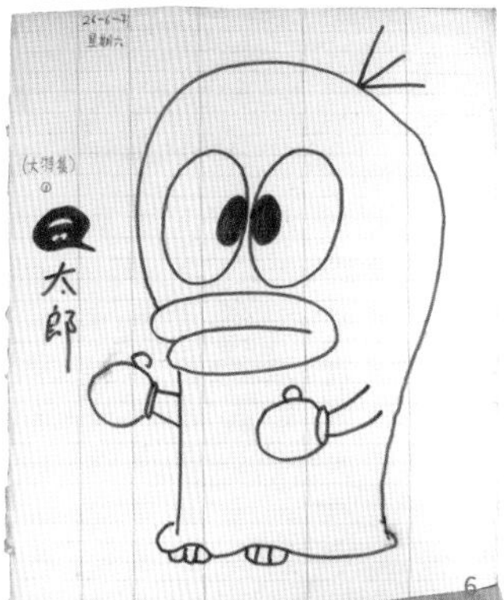

6

7

1 其實子英最早接觸的藤子作品應該是六十年代於《兒童樂園》中連載的《火箭人》。 2《叮噹》自七十年代起於《兒童樂園》中連載，大家開始迷上了這部藤子F不二雄的漫畫經典。 3 藤子六十年代科幻作品《火箭人》。 4 子英於小學日記中繪畫的《Q太郎》漫畫。 5 日記也畫了《飛天貓》，即《神奇小子》。 6 子英筆下的《Q太郎》，當然是小學生水平了！ 7 六十年代的港版《Q太郎》。 8 劇畫風格的《Q太郎》。

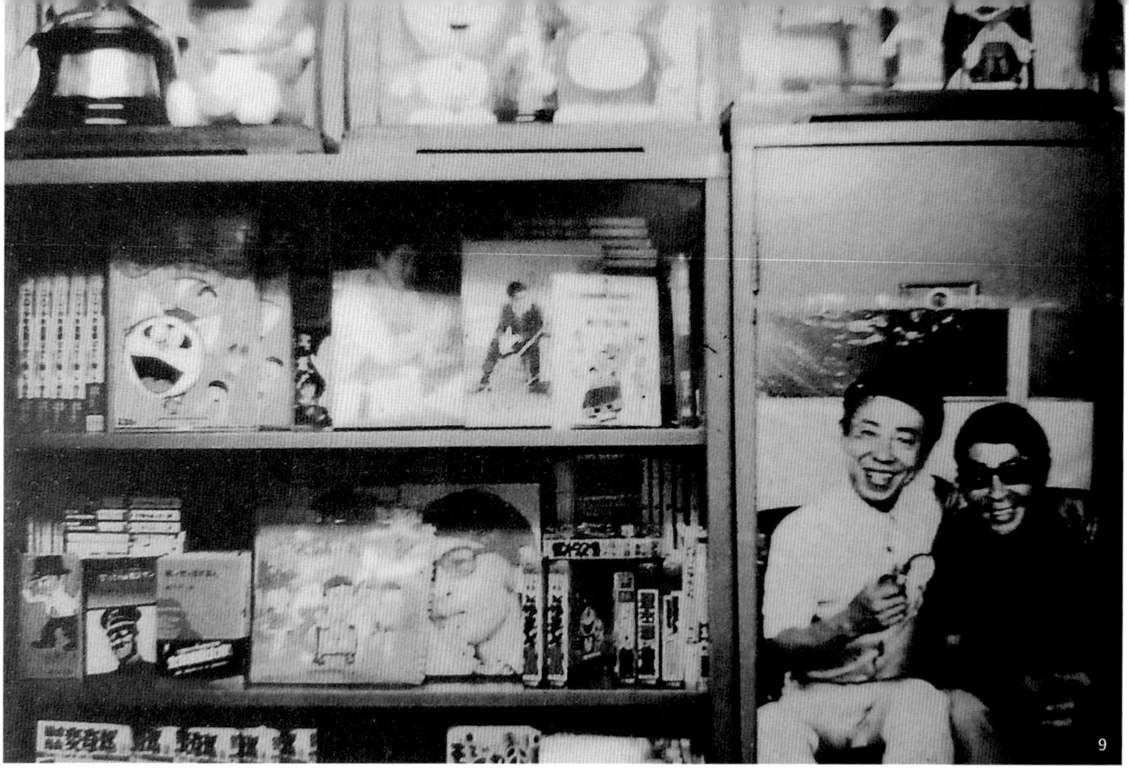

9

既是即興起行，見到與否無疑充滿變數，骨子裏又覺得不無可能，故下定決心，乘了四十五分鐘車前往他們的工作室。

鍥而不捨・終能見面

藤子不二雄乃合二為一的筆名，漫畫家藤本弘，以及安孫子素雄以兩位一體的形式，共同創作，故採用聯合筆名。他們合作無間，及至一九八七年才分道揚鑣，各自發展，筆名也略作改動，各自在原有的筆名上加入本身姓氏開首的字母，安孫子素雄成了「藤子不二雄Ⓐ」，而藤本弘則變成「藤子不二雄Ⓕ」，後來再修訂為藤子・F・不二雄。

藤子的工作室位於一座老式洋房中，頗為破舊，室內有着類近的情調，空間淺窄、陳設逼仄、光線幽暗，但換個角度，又不無點滴素樸的庶民風味，帶着奮幹的踏實感覺，當中陳設少不了獎座，以及衍生自漫畫的商品，琳瑯滿目。可惜，緊接迎來失望，前來接待的職員告知，兩位漫畫家剛巧外出。既沒有預約，遇不上亦無怨尤。難得職員熱情款待，拿來不少兩位漫畫家的作品原稿分享。

子英的日文較四年前進步，利便訪談，可惜附近正進行裝修工程，挖掘開鑿的噪音粗暴地侵擾，鑽得人心煩意亂，溝通多少受到障礙。告別時，依然獲贈親筆畫稿，卻是預先已畫好、帶樣辦色彩的紀念品。

造訪過程雖怡然，但未能與兩位主角碰面，離圓滿尚有十萬八千里之距。過後子英愈想愈不服氣：「見不到他倆，實在失望，加上我很喜歡那工作間的氣氛，於是決定隔天再試，希望周遭的工程已完成。」隔天他獨自成行，下午三時左右抵達。上回那友善的職員見到這張熟悉的面孔，發出會心微笑，

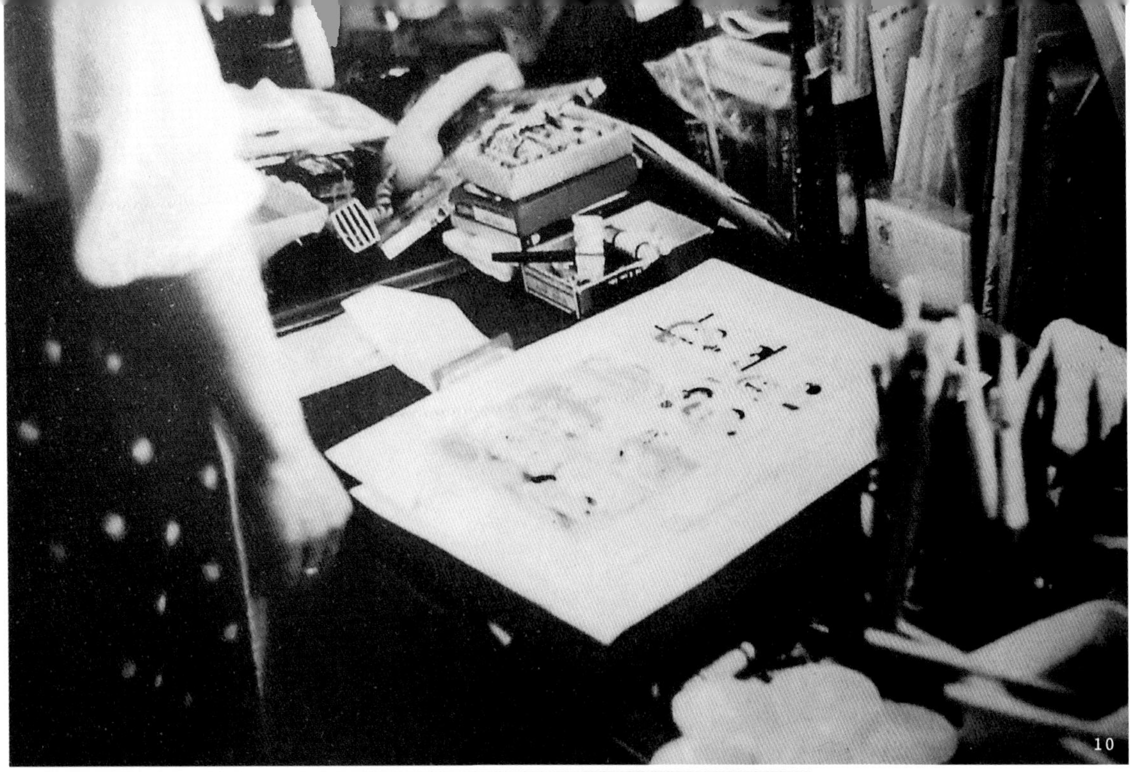

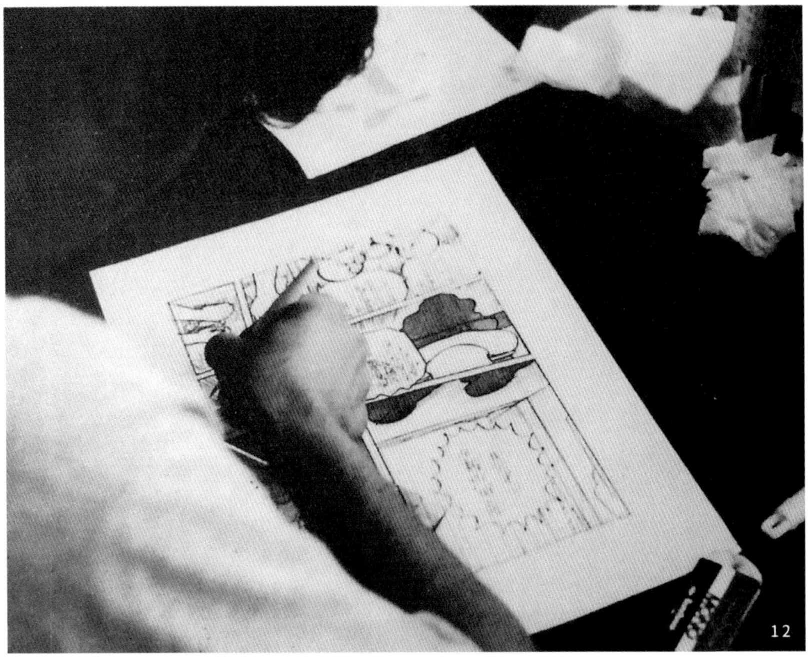

9 藤子工作室內佈滿各式紀念品。 10 藤子工作室內的風景。 11 書架藏量甚豐，亦可見到讀者送贈的畫稿。 12 原稿製作中。

13

繼而轉身向後方通傳有訪客，門徐徐拉開，見背後藤子Ⓐ及藤子Ⓕ都在座。

二位一體．各具個性

事隔一天，外邊擾人的工程暫竭，清清靜靜的。兩位畫家打扮輕鬆，穿着拖鞋，相當隨意。淺談下，體會到藤子不二雄既合二為一，亦一而為二，譬如個性便有分野。藤子Ⓐ較為主動、健談，藤子Ⓕ則寡言，略顯羞澀，教子英意外：「從照片所見，藤子Ⓕ的造型相對突出，又是《Q太郎》、《叮噹》的正式作者，想像他的性格會較活潑。」

是次來訪雖云心血來潮，實有備而戰，帶來那冊小學「日記」作業。立於偶像面前，子英瞬間回到那些年，化身小畫迷，遞上拙作。兩位畫家饒有興味的隨「日記」走進時光隧道，細看某年某月遠方少年畫迷演繹他們的構思。

看到以整版篇幅繪畫的Q太郎圖

13 兩位一體的藤子不二雄，攝於八十年代（左為藤子Ⓕ）。 14 香港的讀者應該最喜歡《多啦A夢》吧！ 15 首次探訪藤子不二雄收到的紀念品。

15

14

像，原作者都相當振奮，獲子英同意下，便把它影印下來；讀到參考其作品而畫下的「子英版Q太郎」漫畫，他們又興致勃勃的取出自家的合訂本，找來原型故事與之對照。「他們很認真的逐頁翻看，看得很開心，讀到某些頁面，還豎起拇指誇讚。」兩位都樂在其中，真情流露。期間又好奇的垂詢：「你還見過哪些畫家呀？」

「之前探望過手塚、石森，今次亦再訪了永井豪。」

「手塚是我們的老師，至於石森則是很要好的朋友。」

對子英千里迢迢前來，訪尋到多位畫家，他們都很欣賞。幾句尋常的回應說話，卻隱然勾畫出他們這一輩漫畫家的成名軌跡。當年，來自日本各地的漫畫愛好者，從鄉下來到東京闖蕩，大家志同道合，聚攏於常磐莊的小旅館，努力地畫出彩虹。

在工作室逗留了近兩小時，子英與眾人相處融洽，臨別時，畫家應他的要求，親筆繪畫了Q太郎畫像相贈。「也許我遠道從香港而來，且早

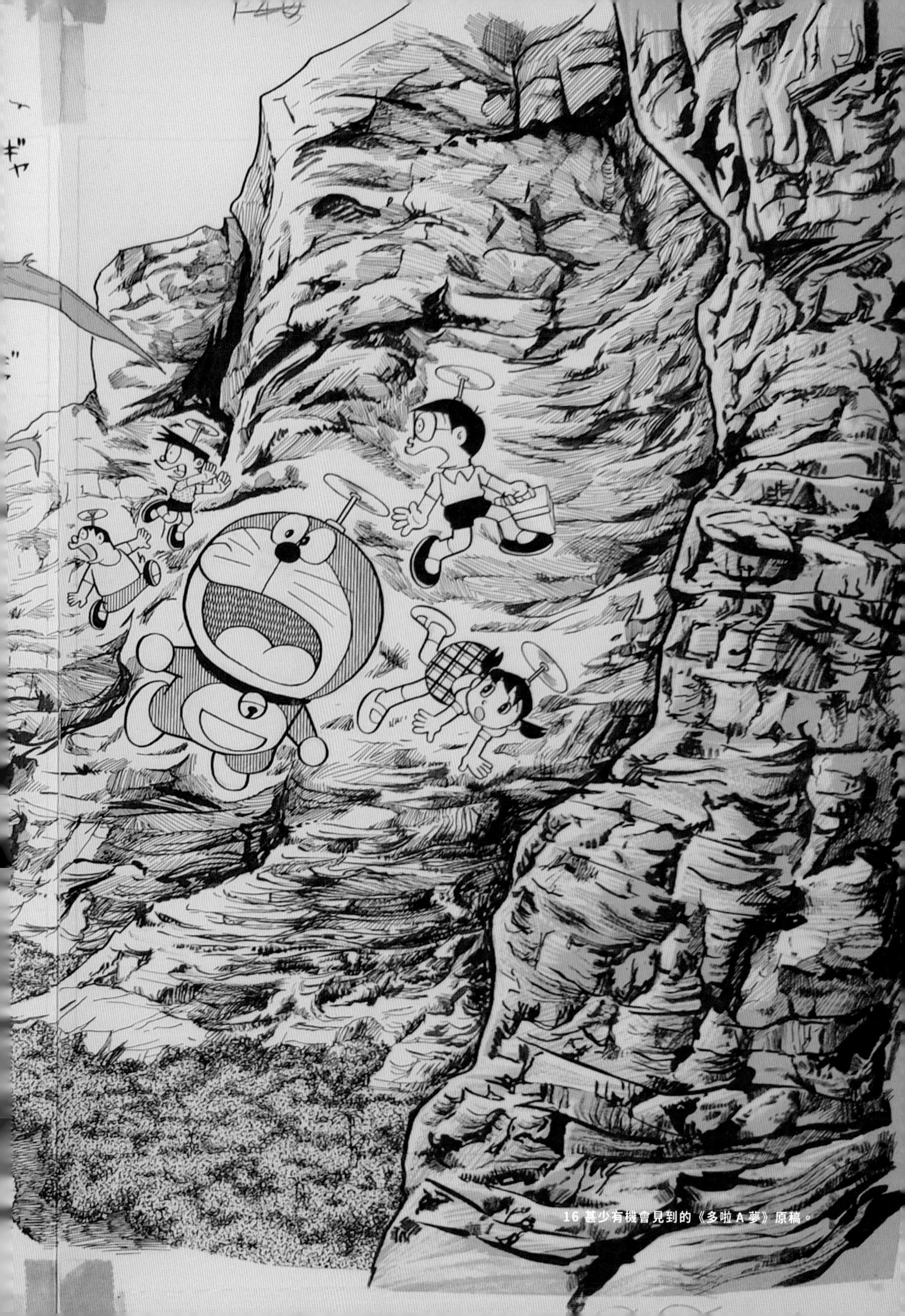

16 甚少有機會見到的《多啦A夢》原稿。

№02383

18

17

17 早逝的藤子F不二雄。 18 罕見的藤子F自畫像。

於一九七一年、還在讀小學時已模仿繪畫Q太郎，更畫滿厚厚的一本『日記』，是一個很忠誠的讀者，令他們感到格外有趣，表現興奮。」

子英慶幸自己那鍥而不捨的動力，撲個空之後仍堅持再返，才能同場面見完整的藤子不二雄。「這次見面後，曾與藤子Ⓐ碰過幾次面，反而藤子Ⓕ，僅有這一面之緣。深深體會到，只消有機會就要抓緊，若失去了，不一定可以再遇上。」藤子Ⓕ於一九九六年因病辭世。

藤子魅力．歷久不衰

和其他漫畫家碰面的經驗類近，揚手揮別，不代表畫上句號，反之是序幕，延續篇緊接翻開。回港後不久，子英收到藤子寄來的回信及賀年卡，信箋既有生猛的叮噹，更有驚喜的文字：「信是用中文寫的，非常難得，看到他們很有心思。之後兩、三年他

19

21

22

20

19,20 藤子A送贈的簽名漫畫。 **21** 藤子知道子英喜愛《怪物小王子》，送他非賣品貼紙。 **22** 與藤子不二雄A，攝於2004年。

23-25 週刊《少年King》第800期的特輯由多位漫畫家講述自己的《漫畫道》。 26 藤子來信，用中文書寫，份外親切。

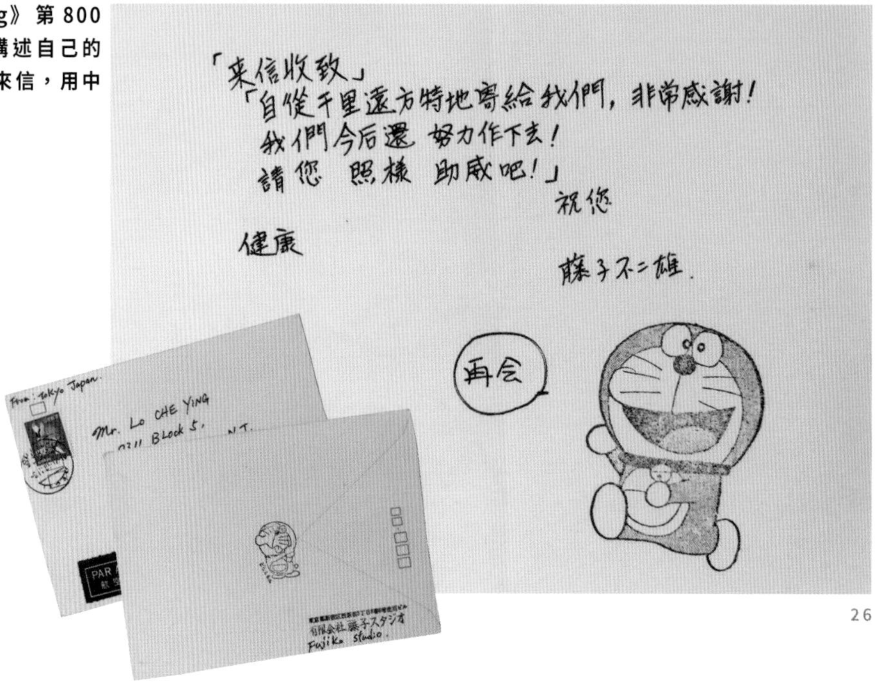
「来信收致」
「自從千里遙方特地寄給我們，非常感謝！
我們今后還 努力作下去！
請您 照樣 助威吧！」
祝您
健康
藤子不二雄.

26

們都寄來賀年卡，但這是唯一一封用中文寫的，十分珍貴的禮物。」

信中他們請子英繼續支持，寫下「請你照樣助威吧！」用詞縱或未夠精準，但細想，所謂「吶喊助威」，挺傳神的揭示漫畫迷的追捧狂熱，何況字裏行間流露種種外國人寫中文的趣味，又與他們創作的幽默小品一脈相承，體現漫畫家的真性情。

由推出至今，《叮噹》的人氣從未滑落，受歡迎程度不遜當年，由漫畫、電視片集到電影，真箇歷久常新，代代相傳。對香港讀者而言，明顯的轉變是名字修正了。藤子．F．不二雄離世後，按其遺願，自二〇〇〇年起，各地版本的漫畫都統一採用原來的角色名字，我們熟悉的「叮噹」就變成「多啦A夢」。

二〇一八年秋，東京六本木舉行了一次大型的「藤子不二雄Ⓐ作品展」，展出他創作的如《忍者小靈精》、《怪物小王子》、《黑色推銷員》等的畫稿，呈現其創作歷程。其中一個展區重構當年常盤莊的環境，讓參觀者認

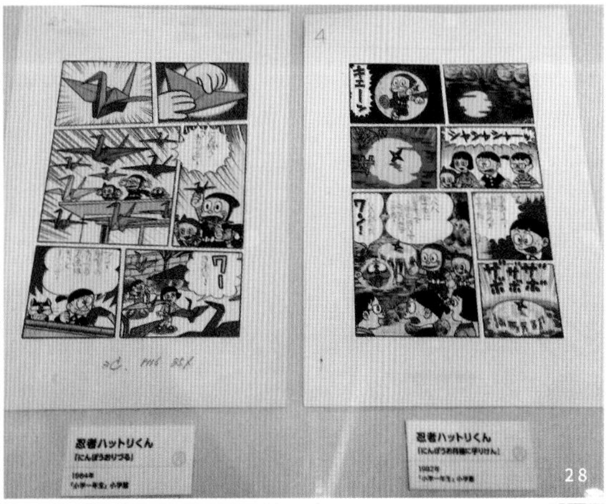

27,28 藤子Ａ部分個人作品的原稿，十分精彩。 29 藤子Ａ的個人作品《少年時代》，獲獎無數。 30 當年藤子二人於東京常盤莊的工作室。 31 藤子Ａ筆下的常盤莊漫畫家，都是大師。

33

32

32,33 攝於 2018 年的「藤子不二雄 A 展」會場內。

識那一輩漫畫家的發跡地。

展覽由陳設到瀏覽安排都很貼心：「不少展覽嚴禁拍照，這次卻標明歡迎拍照，並建議大家把照片放在社交平台分享，大會甚至安排專人協助拍攝。」會場設計了多個場景、漫畫角色的立體塑像，大玩視覺錯亂，獨個兒selfie絕不能照出到位、搞鬼的照片，必須由他人代勞，可見主辦單位何其細心。

在藤子不二雄Ⓐ童真無盡的作品簇擁下，大夥兒都卸下世故的外衣，掏出純真的心。子英也不例外，在展品前或躺或倚，融入幻想天地，攝出鬼馬的「到此一遊」。

藤子不二雄

藤子・F・不二雄（1933~1996）

藤子不二雄A（1934~）

數十年來運用同樣簡單、不變的漫畫線條，這兩位漫畫人卻創作了無數短小精悍而耐人尋味的作品，從《Q太郎》開始，藤子就致力發展一個有趣的構思——讓一個超現實的角色於普通家庭出現而產生種種化學作用，之後更誕生了《忍者小靈精》、《神奇小子》及最具代表性的作品《多啦A夢》！不過我還是對《Q太郎》情有獨鍾，因為此作並沒有倚靠神奇法寶，也可以帶來一個又一個妙想天開的小故事！除此之外，《怪物小王子》將中西方的恐怖文化結合，卻又有一份獨特的幽默感，畫面黑白分佈很有 Film Noir 味道，也是我的至愛！

藤子A老當益壯。

C6248
999

LEIJI MATSUMOTO

松本零士的999

chapter 1.6

當盧子英還沒有登上「銀河鐵道999」列車，未見識無垠宇宙的深邃意境，對作者松本零士只有模糊的了解：「他六十年代參與製作的《太空小英傑》，在香港有過翻版書，頗受歡迎，但那時未知道作者是誰。」

直至閱讀《宇宙戰艦大和號》，松本零士風格化的筆觸把子英攝着，其名字由是上心。一九七六年一月赴日訪尋漫畫家，事前擬定的採訪名單也寫下他的名字，但排於較後的位置：「當時讀他的作品並非太多，雖然喜歡，但未算很鍾愛。」未能面見是意料之內，連擦身而過都談不上，過後竟相隔八年才遇到，會面地點更在香港。當時子英已是《銀河鐵道999》的頭號粉絲，由衷喜愛。

兩項新作．一看傾心

回到一九七六年一月，子英的心儀漫畫家清單中，松本尚且位列後方，但事隔一年，來了個一百八十度轉

2

3

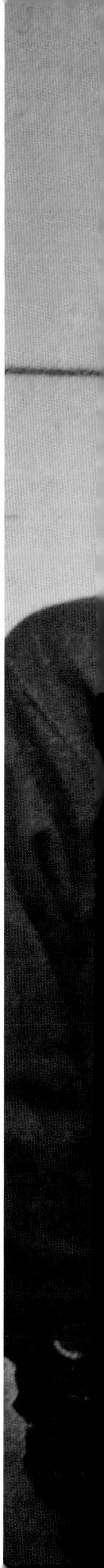

1 珍貴的照片，左起井上智、手塚治蟲及高井研一郎，前方是18歲的松本零士。 2 早幾年日本終於將松本版的《太空小英傑》再版。 3 松本零士版的《太空小英傑》是最早登陸香港的作品，出版於六十年代。

變。一九七七年一月，松本一口氣推出兩個全新的漫畫，其一是在《少年King》漫畫週刊連載的《銀河鐵道999》，另一是刊於《*Play Comic*》漫畫雙週刊的《宇宙海賊夏羅古》。二者儼如兩枚強力磁石，把子英深深吸引。

七十年代中後期，本地的日資百貨公司陸續強化書刊部門，提供更多選擇，像銅鑼灣的松坂屋便有售青年漫畫雜誌《*Play Comic*》，當時已屆青年期的子英就是長期訂戶，追讀松本、手塚、石森等名家的連載：「首次日本之旅後，衝擊很大，心態相當瘋狂，定期買入大量漫畫閱讀，憧憬將來能當上漫畫家，甚至到日本發展。」

《宇宙海賊夏羅古》敘述獨來獨往的英雄人物夏羅古，駕着幽靈戰艦於星際遨遊，至於《銀河鐵道999》則關於一輛在漆黑宇宙前行的列車，結伴上路的兩位乘客在一個個星球車站的遭遇。二者皆以宇宙為背景，對正子英這科幻迷的胃口，重要的是，松本以他別出蹊徑的筆觸，加上匠心獨

6

5

4

運的構圖，把科幻內容優美地呈現，突破一般少年漫畫的風格，氣象萬千，魅力沒法擋。

「松本作品常涉及星宿銀河、地下室等場景，每每塗抹大片黑位，營造孤寂、淒美的氣氛，若以電影感而言，就是帶着表現主義，以至黑色電影（Film Noir）的情調。他勾畫的線條很美，粗幼對比分明，又善於運用跨頁，空間感表現獨到，圖像壯麗。這類視覺效果在當時的漫畫實屬異數。」繪圖即使如此玲瓏細緻，仍能同期推出兩款連載作品，子英甚佩服，松本由是成為新的追隨焦點，連載作品期期捧讀。由朦朧到熟悉，能夠面見真人，已是一九八四年的事。

首度碰面・徐克引介

七、八十年代之交，子英對動漫的興趣有增無減，不僅閱讀、觀賞，進而修讀課程，更加入香港電台電視部從事動畫製作。年輕時赴日本當漫畫家的心願打消了，卻沒有失落感，畢竟動畫工作做得愜意，即使一九八一年徐克羅致他加入《蜀山》的特技製作團隊，他亦因為「太喜歡當時的工作環境」而婉謝。但依然有所得，既認識了徐克，又經常往製片廠探班，見證這部劃時代的土產特技電影誕生。

「一九八四年某天，收到徐克來電，告知邀請了松本零士來香港傾談合作，問我有否興趣與他見面。」答案毋須贅言，實在沒有說不的理由。原來徐計劃拍攝《科幻龍虎門》，他很欣賞《銀河鐵道999》的意念，認為有可用之處，故請松本來港商議。這個聽來不無噱頭的電影計劃，終究只留在構想的層面，迄今未見類似的作品面世。

4 於《*Play Comic*》連載的另一代表作《宇宙海賊夏羅古》。 **5**《少年Magazine》週刊。 **6** 科幻短篇《3000年之春》。 **7,8** 1984年訪港時的松本零士，另一張相是與松本合照，左起紀陶、松本、子英、鄧滿球與關振明，鄧和關也是動畫家。

大夥兒相約在新藝城電影公司會面，子英沒有參與該工作會議，僅與松本打了個照面，略作寒暄。一貫的畫迷本色，他帶來松本的書刊、畫冊索取簽名留念，對方喜上眉梢，逐一圓滿。這是松本首度訪港，逗留數天，相當清閒，子英順勢當導遊，帶他遊歷、嘆茶。當時「單格動畫會」已成立，造訪位於大角咀的會址便成為焦點行程。

「我向他展示了自己的作品，包括以《銀河鐵道999》為藍本製作的動畫短片畫稿。我們更請他繪畫圖案供製作會方的T恤，他繪下自畫像。談到他早年的一個貓咪角色，我坦言愛貓，剛巧手邊有一件T恤，便請他畫下這個貓角色，T恤至今都未穿着過。」松本大方的滿足各路求畫邀請，手法利落，大家有來有往，小小的會址盈滿快樂。

首次見面後，子英曾往日本探望過他數次，更曾造訪其工作室，並認識了他的太太、漫畫家牧美也子。淺淺的交往過程中，子英發現松本說話不多，予人較刻板的感覺，不過，他其實挺順得人意，沒有諸多計較，待人隨和。

銀河鐵道・忘情漫遊

《銀河鐵道999》連載了約二百多集，由一九七七年首讀，至一九八四年面見松本，期間子英跟隨這輛列車走過一站又一站，由漫畫、電視片集到電影，喜愛有增無減。

回想初接觸，可說一見傾心：「讀過首兩集便已着迷。」故事圍繞主角鐵郎與美達露登上999號列車，抵達一個個星球車站的經歷：「鐵郎是孤兒，期望以肉身換取機械人身軀，渴求永恆的生命體，每一集故事都貫徹這個追求永生孰對孰錯的命題，主旨無疑艱澀，但松本的演繹相當精彩。」999號

9

11

10

9 松本零士自畫像。 10 當年子英將松本的自畫像印成 T 恤，分贈多位友好。 11 松本愛貓，知道子英也愛貓，親自繪畫於他的 T 恤上。

14 13 12

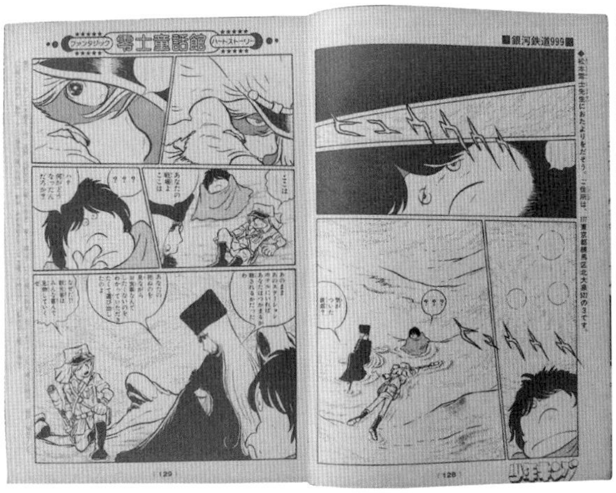

16 15

12-16 松本零士長篇巨著《銀河鐵道 999》，由 1977 年開始於週刊《少年 King》連載。

列車屬古老的燃煤火車，卻沿着無形軌道穿行於浩瀚無邊的宇宙，對比強烈，形成超現實的視覺風格：「這構思很厲害，更脗合松本的畫風，給他遼闊的發揮空間，畫出他專精的銀河、星雲，以至大黑大白的構圖，我對這類宇宙星空的畫面格外嚮往。」

一九七八年，獲悉《銀河鐵道999》將製作成卡通片集，子英大感振奮：「好開心，好想睇。當時更斥巨資買下高價的新產品：新力牌Betamax錄影機，把片集收錄保留。可惜它的製作水準參差，部分圖像歪曲，動作不順暢，整體並不理想，實在失望。」動畫講求團隊合作，若製作成員水準有落差，便難成精品。

不管漫畫或電視片集，在日本皆反應熱烈，劇場版動畫亦於八十年代初面世，分上下兩集。當時日本動畫長片甚少在本地發行，猶幸香港國際電影節安排放映，子英能先睹為快：「水準較電視片集優勝得多，雖然部分人物的造型修改了，但影片能夠呈現原作的神髓，畫面漂亮又豐富，屬頂級製作。」

17 松本筆下的《宇宙海賊夏羅古》。

18 松本筆下的《銀河鐵道 999》主角美達露。

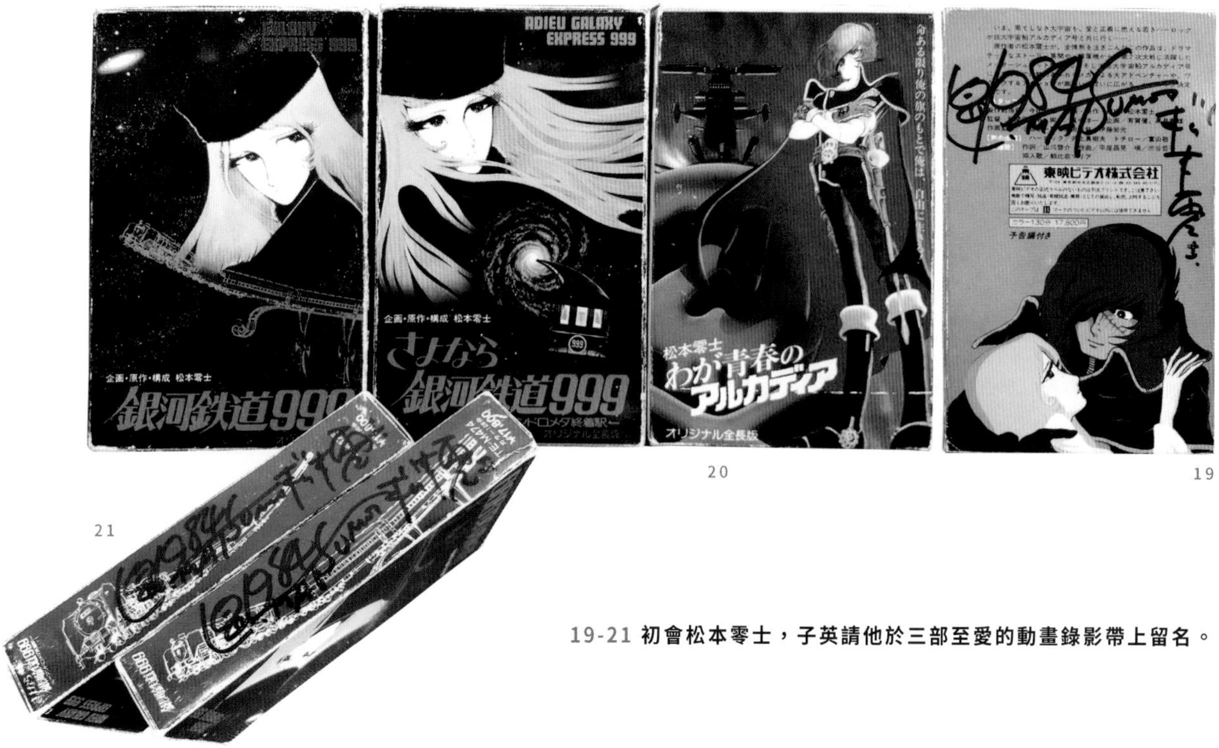

21 20 19

19-21 初會松本零士，子英請他於三部至愛的動畫錄影帶上留名。

松本當時在日本炙手可熱，劇場版相當賣座，不久又以新興的錄影帶形式推出：「我第一時間訂購，一盒影帶索價一萬七千日元，當時折合約千多港元，雖然貴，亦要買，沒法子，能夠擁有整齣電影，感覺實在美妙。」一片在手，可以反覆細味，笑言「睇到殘咁滯！」由《銀河鐵道999》、《宇宙海賊夏羅古》，到其後的《Queen Emeraldas》，三個故事的人物互有指涉，串連出一個松本構築的世界，他往後的作品皆圍繞這個世界發展出來，包括本地觀眾熟悉的《千年女王》，尤其是女主角的造型，可謂如出一轍：「女主角在他的作品佔關鍵位置，形象都參照俄羅斯女郎，身材高䠷，體態曲線優美，但往往襯以相貌平庸、矮小的男角，也許是作者的個人投射。」

借鑑松本．自製動畫

松本的長篇作品不多，早年畫過好些少女漫畫，亦曾創作以昆蟲為主角的故事，如《小蜜蜂》。《千年女王》的原作漫畫在報紙連載，讀者的迴響不及《銀河鐵道999》，但電視片集及電影版在香港都掀起熱潮，子英較欣賞電影版：「畫得相當漂亮，製作認真，音樂由喜多郎負責，英文主題曲亦很流行。」

子英酷愛松本的畫風，深受影響，毅然從創作的層面與他「crossover」。一九七七年，他修讀香港中文大學校外課程研習動畫製作，並買入動畫攝影機邊學邊做。當時讀《銀河鐵道999》已一年，尤愛其中名為「冰之星」的故事。話說美達露與鐵郎踏足一個極冷的星球，美伏在一片荒地上啜泣，鐵郎不明所以，後來發現那片實為冰封的墓地，美看到自己為換取機械身體而留下的肉身，凄然淌淚：「故事很浪漫，構思亦極漂亮，我萌生一念，要把

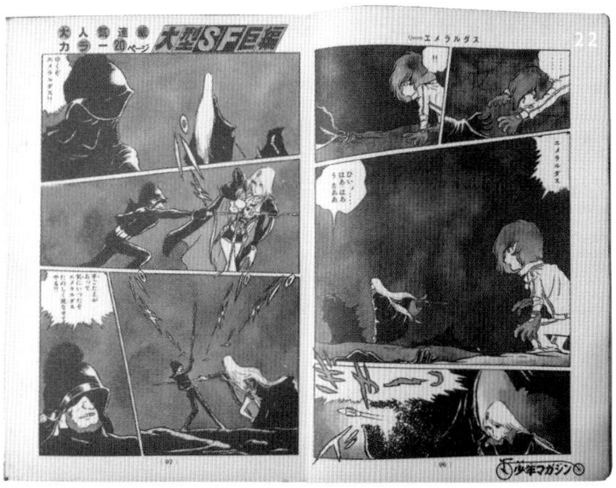

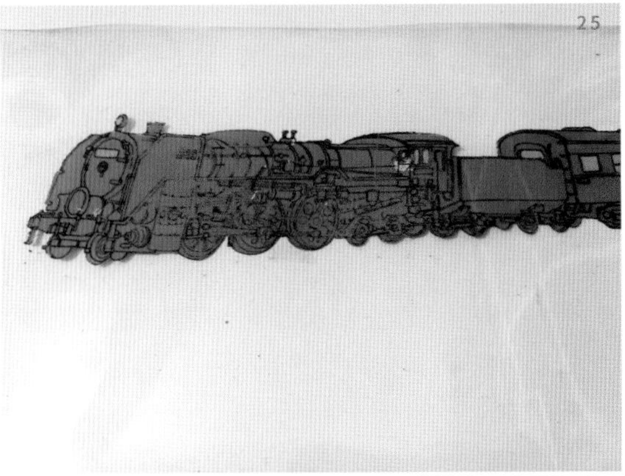

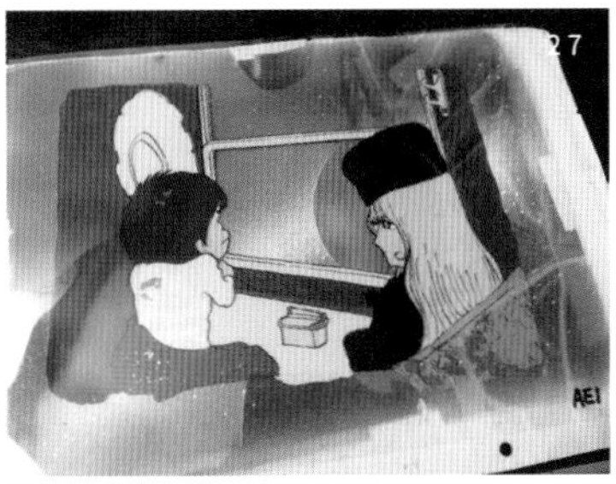

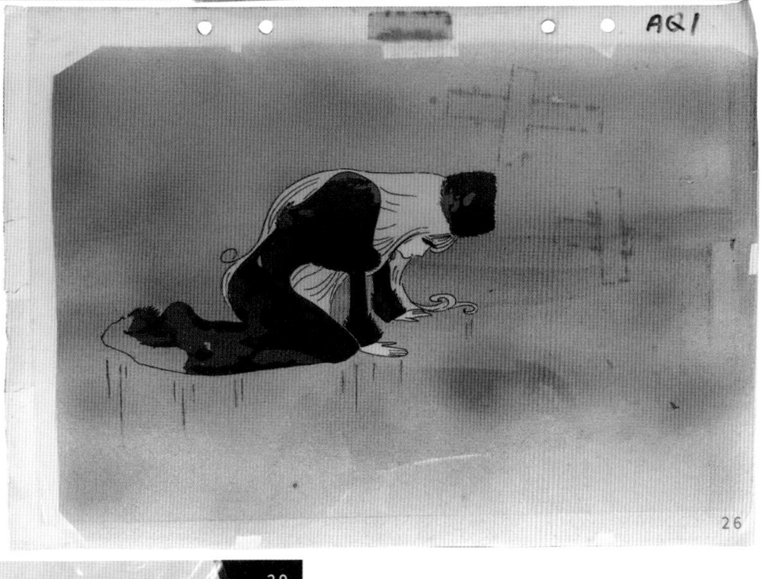

22 宇宙女海賊漫畫《*Queen Emeraldas*》 23 松本漫畫另一系列，以獨居男子為主角的《大純情君》。 24 軍事漫畫系列《*The Cockpit*》，另有一番風味。 25-29 子英於 1977 年製作的《銀河鐵道 999》動畫用膠片，顏色跟原著有點分別。

30

30 2016年舉行的松本夫婦聯展，松本太太牧美也子也是漫畫家。

它製作成動畫。」

從一個業餘的初學者來說，這無疑是宏圖，難得內心的火燒得正熾。他先擬好故事圖，為保留松本的畫風及圖像線條，他把漫畫放大拍攝，沖曬成照片，作為繪畫動畫稿的基礎：「我採用傳統的日本模式，以動畫膠片一幅幅的去處理。」當時香港找不到合規格的動畫物料，歷經搜尋才買到工業用的醋酸膠片，經剪裁，勾畫圖像，再以模型油上色。畫稿只得他一雙手繪畫，上色工序則找來妹妹及友好協助。「做起來相當花功夫，合共畫了幾百張膠片，人力所限，有些地方得『偷雞』，並不精細。」

受制於當時菲林的局限，他把故事分為兩集，原定每集約三分鐘多。「最終只完成了上集，亦沒有配音，今天看來也很有趣，總算完成了一項工作。」他曾把這個無聲的作品在小型聚會上放映。松本第一次來港時，他也把這「子英版999」的畫稿給他過目：「他還讚賞畫得好，當然是客套話而已。」

從稍為「阿Q」的角度看，這「子英版999」亦堪稱「先驅」。日本原裝版電視動畫於一九七八年底推出，他這套動畫短片則於一九七八年初完成，足早了半年多。礙於行得太先，出現了美麗的誤會：「原漫畫是黑白稿，為動畫稿上色時，只能瞎猜，我參考了香港的火車顏色，999號列車用上綠色，後來看電視片集，原來是灰藍色。」

年屆八旬的松本，近年鮮少推出漫畫作品，但《銀河鐵道999》等幾套經典，迄今仍閃亮。二○一三年，以電腦製作的立體動畫《宇宙海賊夏羅古》登場，在西方世界引起哄動。二○一七年，香港舉辦了「零士・Future in Hong Kong 2017」展覽，他應邀訪港，縱然只逗留一天，仍獲媒體廣泛報道，大師地位依然。一如他的999號列車，轟隆轟隆的直駛到今天，在老中青一輩又一輩的畫迷心中繞行。

松本零士（1938~）

成熟時期的松本零士最拿手是各種軍事機械的描寫，重量感和質感都掌握得很好，再加上幻想力，將一些古典船艦結合嶄新的未來設計，可謂無人能及，所以好此道者一定要看他的《*The Cockpit*》戰場漫畫系列。不過論野心及代表性，我一定推薦《銀河鐵道999》，這部作品是松本漫畫的集大成，既有一個追求永生的龐大主題，漫長的旅程容許情節上變化多端，想像力超卓，如果同時閱讀《宇宙海賊夏羅古》和《*Queen Emeraldas*》，將會看到更完整的松本宇宙。最近美國陸續出版松本的經典漫畫，硬皮精裝，而且保留大部分彩頁，極具收藏價值。

小野耕世
中国のアニメーション
中国美術電影発展史

K O S E I O N O

亦師亦友小野耕世

chapter 1.7

二〇一九年一月廿一日，盧子英收到小野耕世從日本寄來的賀年卡。豬年致意，小野按照日本傳統，以野豬的形象入畫，襯以他乘坐熱氣球升空的趣緻模樣。晃眼已收下小野寄來的三十多張賀年卡，每一張的圖像佈局大同小異，不過，年復年都是他親筆繪畫，滿載誠意，雙方交往三十多年，情誼匪淺。

小野擁有多重身份，賀卡圖像揭示的，包括漫畫家、熱氣球愛好者，不着痕跡的還有動漫及電影專家、專題記者、翻譯家、文化評論員及研究者。對子英而言，更是朋友，以及老師，多年來在他身上獲益良多，尤其在他引領下，有機會深探日本的動漫天地。

來港採訪・一見如故

一九八四年初，香港國際電影節策劃大員告訴子英，有一位前來採訪電影節的日本評論人想介紹他認識：「當然歡迎！他就是小野耕世，那時對他

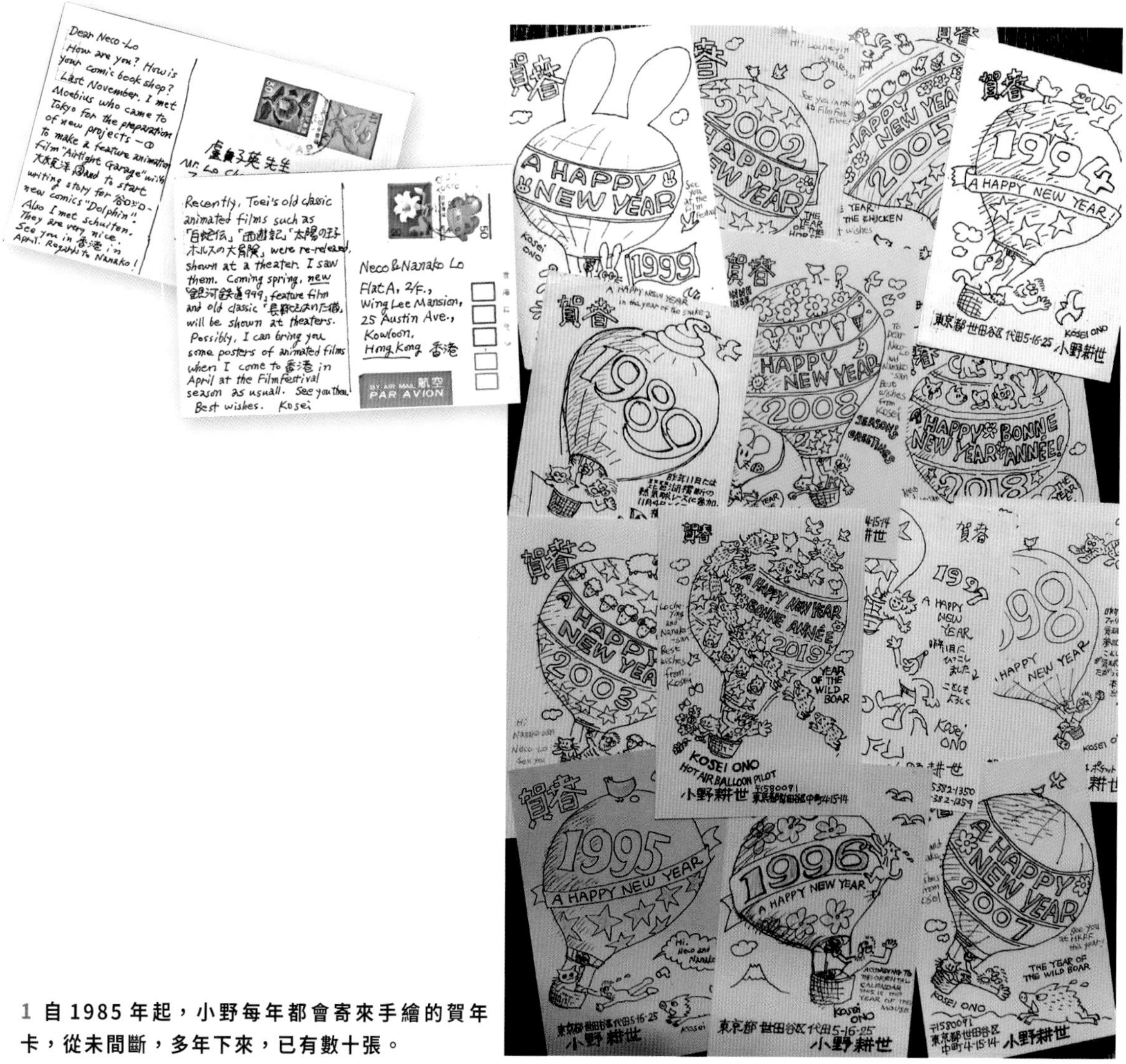

1 自1985年起，小野每年都會寄來手繪的賀年卡，從未間斷，多年下來，已有數十張。

的背景並不了解。」小野當時同步進行香港動畫概況的專題報道。「與小野認識後，可謂一見如故，尤其是他的英文根底好，英語說得流利，大家可以暢達的交流。」

子英與志同道合友好創辦的「單格動畫會」，當時如火如荼的運作，定期舉行放映活動及開辦課程，更積極與坊間的文化團體如香港電影文化中心、火鳥電影會等合作，推廣動畫欣賞，是小野這項專題報道所不能或缺的一站。子英引領他參觀大角咀的會址外，又給他放映本地的動畫作品，包括他自製的幾齣得獎作。「小野是個很好學、充滿好奇心的人，提出很多問題，很認真的用筆記簿摘錄下來。他還友善地提出，若我需要日本方面的資訊，他樂意提供。」時間印證他並非信口開河，而是言出必行。

該年年中，小野撰寫的專題在動畫雜誌《*The Anime*》刊出。這個有關亞洲區動畫發展的專題甚具瞄頭，該期主要介紹港、台兩地的動畫現況，篇幅達十多頁，彩色精印，目不暇給。

2-4 1984 年，小野首次來港，認識了子英等一班年青的動畫人，於《*The Anime*》內作了大型專題介紹。 5,6 1985 年的《*The Anime*》，小野再次報道了香港的行踪。

台灣方面介紹了胡金銓籌拍《張羽煮海》動畫（該片最終沒有完成），香港這邊自然包括單格各成員的訪問。小野盡責地給各受訪者寄上刊物，子英亦禮貌地回信道謝。沒有電郵、沒有手機的年代，一紙親筆信，雙方由是連線。

是年底，子英籌劃訪日，親炙他酷愛的日本動漫文化。在該領域摸索多年，浮光掠影式的表層輕觸已難以滿足他，他渴求深探，故先與小野聯絡，冀得到他這支「盲公竹」引路，小野也兌現承諾。「往後造訪日本，總涉及動漫事宜，差不多每次都約他見面，為行程探路。」當子英定好行程後，小野便查看該期間有何值得走訪的活動，向他引介，倒過來，小野也會主動出擊，遇到動漫圈子的特別聚會、具特色的文化活動，便通知子英，讓他能緊貼日本的文化動向。

7 小野的世界漫畫評論專書《*Comic is bible*》，1984年出版。 8 小野筆下的手塚治蟲，別有一番感受。 9,10 這篇刊於1973年《少年Magazine》內的美國漫畫女英雄特輯，應是子英首次接觸小野的文章。 11,12,15《*Superman*》和《*Batman*》的專書，這類美國漫畫的評論文字在日本也屬罕有，而且早於七十年代已出版。 13,14《*Marvel X*》是美國漫畫專門誌，小野也有專欄在內。 16 這本另類漫畫雜誌《*A-ha*》由小野擔任顧問，每一期都自日本郵寄給子英。

8

7

10

9

親身引路・謁見名家

小野絕對是一支可靠的「盲公竹」，更是一張尊貴的「通行證」：「在文化界，他的地位很高，大家都尊重他，有他在日本聯繫，很容易接觸到動漫界的人物，尤其是有機會與名家碰面。」譬如今已晉身殿堂的宮崎駿。

一九八五年，《風之谷》公映後一年，叫好叫座，投資者在酒店舉行祝捷大會。該次並非公眾活動，基本上只有獲邀者才能進場，子英在小野引領下，幾近通行無阻的直抵舞台前沿，與宮崎駿等多位名家零距離接觸（詳見〈與宮崎駿的一個下午〉）：「小野不時帶我出席首映禮、動漫圈子的聚會，尤其難得是頒獎典禮，像手塚治蟲文化賞、朝日新聞漫畫獎、小學館漫畫獎，這些場合並非一般人可以隨時出席。」

所謂江湖地位，豈會唾手可得。子英認識小野這年，他正值四十五歲盛年，在文化圈中打滾多年，無論報道、翻譯到研究，作品甚豐。他的興趣範

14

13

12

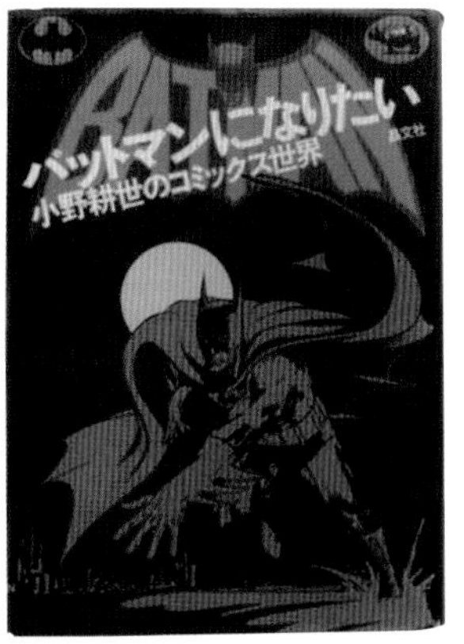

11

16

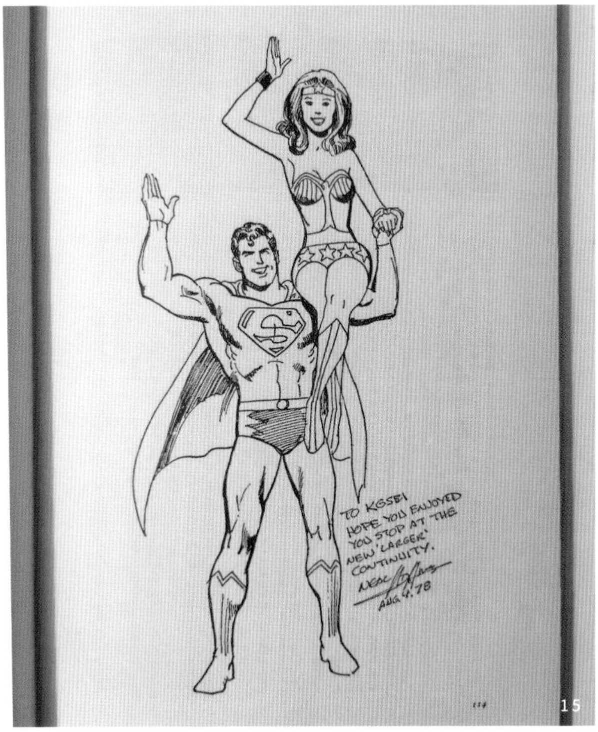

15

圍廣泛，以下三個領域更堪稱「達人」：其一是漫畫，以報道日本境外如歐、美、亞洲各國的漫畫為主；其次是動畫，觸及世界各地的作品；還有電影，集中介紹非主流的製作。

初識小野時，子英對他了解有限，略作搜尋，才知他是文化多面手。講述科幻文化的美國雜誌《Starlog》，其日文版製作較原版更完備、出色，當中便讀到不少由小野採訪、撰文的專題報道，以及翻譯作品。早於六十年代，小野已從事採訪工作，足跡遍全球，走訪過不少歐美漫畫圈的名人，「二〇一八年，Marvel的創辦人Stan Lee離世，小野分享了一幅他早年訪問對方時的合照，足教我們後輩嘖嘖稱奇。」

往前追溯，小野的父親小野佐世男，更形傳奇。他是漫畫家，繪畫的插畫風格獨特。他曾旅居印尼，早前當地出土了一批他的畫作，水準甚高，小野把這批畫運回日本並舉辦畫展。佐世男也是一位活躍的記者：「小野與父親見面的時間不多，加上他壯年離

17 小野與手塚治蟲及美國導演 John Guillermin，原圖刊於 1977 年的季刊《*Fantoche*》。 18 小野與日本動漫畫家久里洋二攝於廣島（1987 年）。 19 小野與 Marvel 之父 Stan Lee 的合照。 20,21 2011 年，小野為其父親策劃了一個大型展覽。

17

18

19

21

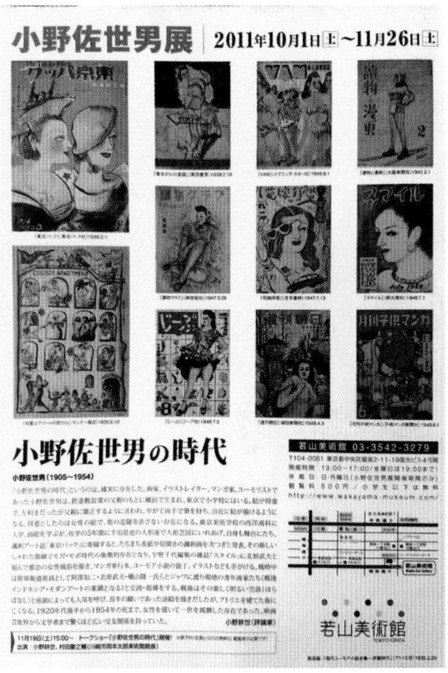

20

世，所以對父親的形象很模糊。據說他辭世當天，原本約了瑪麗蓮夢露做訪問，卻在途中因急病身亡，十分突然。」

中國動畫．溯源追蹤

把英文材料翻譯成日文，也是小野的重點工作，從而把西方的動漫作品、潮流文化帶進日本。結合採訪報道及翻譯專長，他進而從事研究著述。八十年代，他曾經出版關於Marvel漫畫及超人（Superman）的專著。「至今小野已有三十多本著作，個別的題材很專門，像探討東南亞漫畫的發展。大家認識之後，每當出版新書，他都會郵寄一冊給我。」當中包括一九八七年六月由平凡社出版的《中國美術電影發展史》（中国のアニメーション）：「這是一本相當重要的著作！」子英亦為此書付過點滴汗水。

早於一九八二、八三年，小野已籌備寫作中國動畫發展史。作為不諳普通話的外國人，又不能長期留在內地，進行起來便有相當難度。一九八四年認識了子英、紀陶後，彷彿開啟了一道便捷的門：「一直以來都沒有一本這方面的專著，所以我和紀陶都很支持這項計劃，樂意給他提供資料，盡力聯繫內地。」

他們先後聯絡了上海美術電影製片廠、廣州動畫廠等單位，一九八五、八六年間，伴同小野往還上海、北京、長春及香港，蒐集資料、採訪人物，為他充任翻譯。當時亦是撰寫此書的理想時機：「正值內地開放不久，對內對外的交流較前寬鬆，提供不少訪談機會，最難得是很多前輩導演仍健在，小野前後訪問了二、三十位重要人物。」

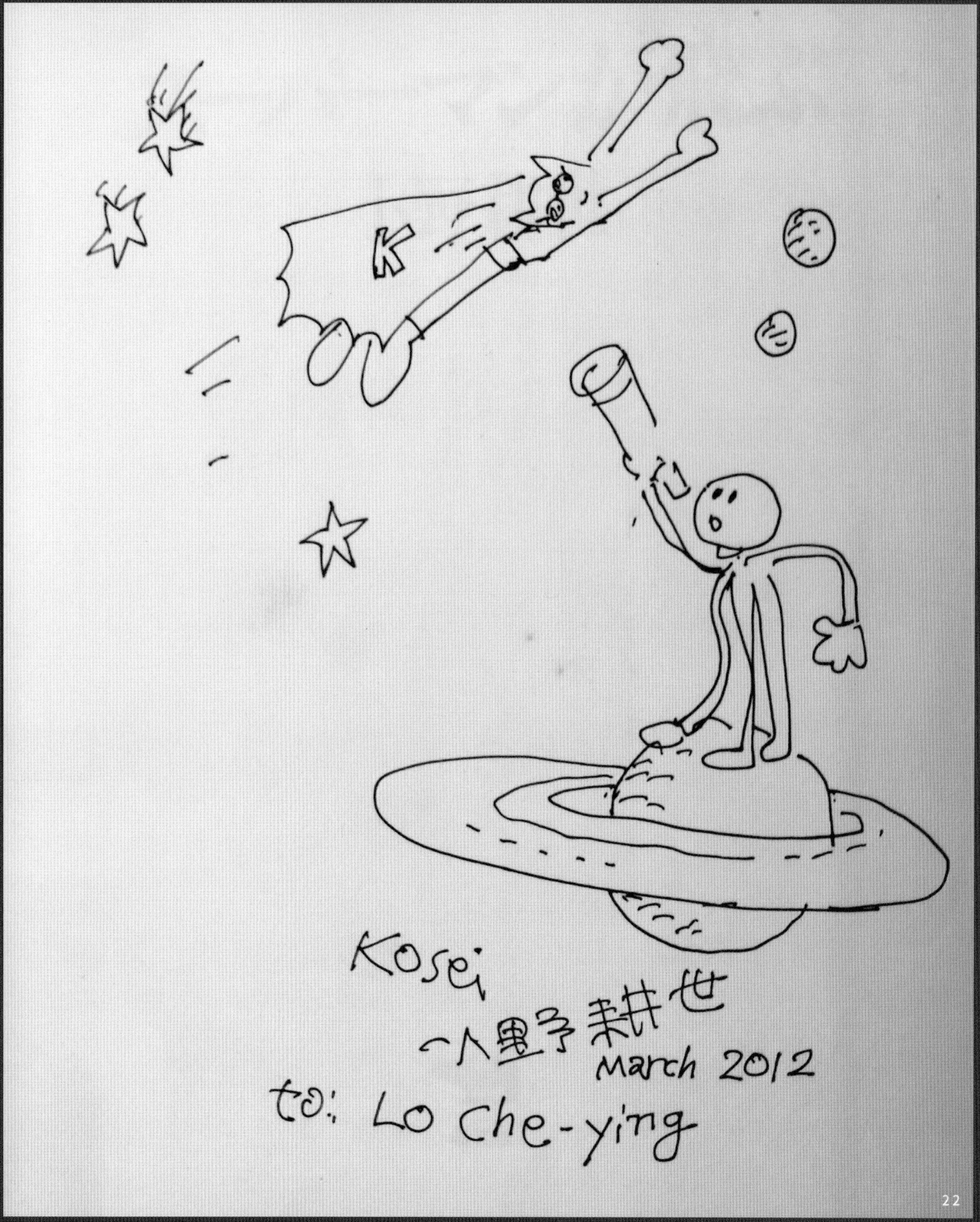

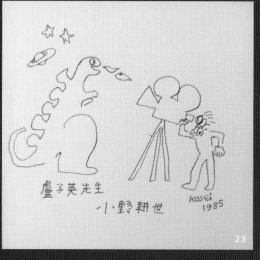

22

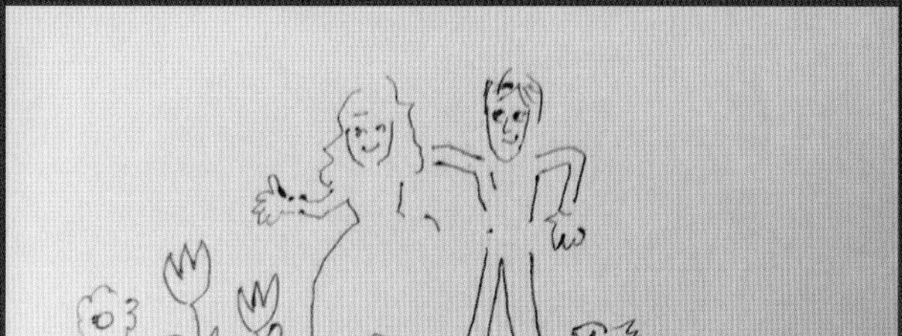

24

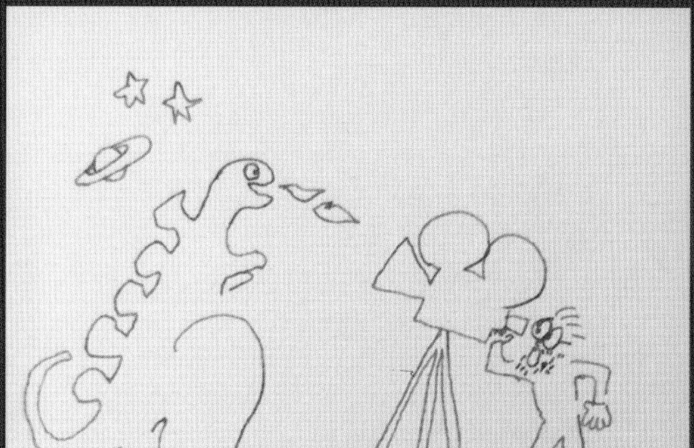

23

22-24 小野每有新作，都會贈書予我，並且加上繪圖及簽名。

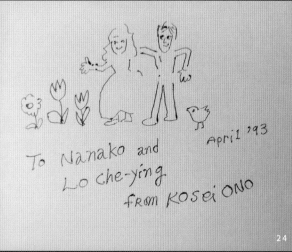

25,26 這本《中國美術電影發展史》是小野的重要著作之一，目前仍是研究中國動畫最詳盡的一冊。

憑藉小野專業的採訪，加上仔細的耙疏史料，以及虛心的研究，成就了這本內容豐富、資料翔實的「史書」，同時他把個人經歷貫串其中，寫來生動有趣。該書敍述的時間幅度由上世紀二十年代至成書時的八十年代，揭示中國動畫最早可溯源至二十年代的東北地區，當時已有一批日本人到當地進行動畫製作，可說是中國動畫的濫觴。

這是最早期的中國動畫發展專著，論探索的深度、材料的厚度，以及視野的寬廣度，亦遠超後來出版的類同著作：「小野曾表示，也許他是外國人，受訪者都表現坦率，無所不談，故獲得很多珍貴資料。」書本印刷了三千本，早已絕版，現屬高價古本，查看拍賣網站，競投價達六萬日元。

八旬長者・活力依然

二〇一九年，小野已屆八十之齡，活力如昔，行進依舊，雖則寫作的密度較盛年時放緩，但心與眼繼續張開，手還在密密的摘錄筆記：「他對動漫、電影的訊息仍然關注，見到紀陶便詢問徐克的動向，知悉好友陳果的片在東京首映，立刻捧場。」

造訪香港國際電影節也是他的年度約會，三十多年來風雨不改的赴會：「至今他仍替雜誌報道電影節，但採訪的心情有別，現在更大程度是與好友碰面聚舊。」與香港結下不解緣，對本地文化他樂於推波助瀾，像他欣賞利志達的漫畫，既在專欄撰文介紹，更聯繫推廣，催生在日本出版發行的契機：「小野眼光獨到，敏銳地發掘一個人、一件事的優點，精確地引介，加上個人的影響力，推廣上每見事半功倍。」

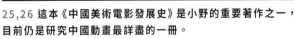

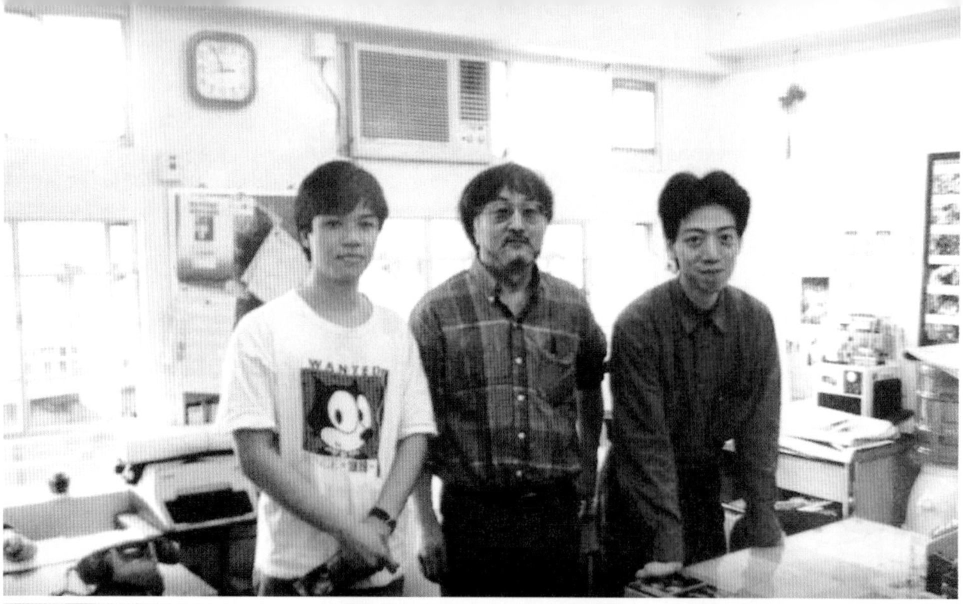

27

28

29

31

30

34

27 九十年代初，小野與利志達攝於次文化堂；小野也有在日本推介利的漫畫作品。 **28** 九十年代初攝於次文化堂。 **29** 除了子英，小野和尊子夫婦也是老朋友，每次到港都會見面。 **30** 小野間中也會去主持一些專題講座。 **31** 2015年小野獲得了日本文化廳的傳播文化賞，一班香港朋友齊齊為他慶祝。 **32-34** 關於亞洲漫畫的專書，香港佔了不少篇幅，其中有尊子、歐陽應霽及利志達的介紹。

35

36

歷年來獲小野開路、引路，子英由衷感謝：「他幫了我很多，每次的日本旅程，都有珍貴的收穫。」作為前輩，小野有別於傳統的日本人，不拘小節，態度開放，樂於助人。相知相交三十多年，單單那張每年準時寄抵的賀年卡，已見其待人以誠的熱忱：

「小野是一個很長情的人！」

35,36 小野與子英及紀陶的首張合照，刊於 1984 年的動畫月刊《*The Anime*》內，30 年後，再來一張。

小野耕世（1939～）

2017 年，小野到港參與中國動畫論壇，攝於科技大學。

小野雖然也是漫畫家，但以單格為主，亦好像沒有結集成書。他的主要身份是漫畫動畫的研究及評論者，而且不限日本作品，對象包括歐美以至東南亞，數十年來都活躍於這個界別，地位甚高。

他除了在各大雜誌上發表文章，很多重要評論和訪問亦會結集成書，多年來出版的個人或合著書達五十種以上，而大部分都成了絕版書，十分罕見！其中於一九八七年出版的《中國美術電影發展史》，內容珍貴，在二手市場動輒叫價數千元港幣，

而另一本於一九八九年出版的手塚專書《奔向漫畫宇宙之旅》比較易入手，是同類書中的代表作。可惜的是，大部分小野著作都沒有譯本，要懂得日文才可以領會他的研究成果了。

●うしおそうじ
●一峰大二
スペクトルマン

DAIJI KAZUMINE

chapter 1.8

最佳英雄扮演者一峰大二

一九七六年一月，盧子英首度訪日，事前擬定的探訪漫畫家清單，寫下長長的一串名字，他希冀盡力走訪。奈何清單過長，行程太短，失望難免。碰面得講機緣，事隔八年能與松本零士會面，難得！至於一峰大二，足足相隔廿八年才得見一面，有種失而復得的喜悅。當中的機與緣，仍得感謝小野耕世。

一峰活躍於六、七十年代，及至八十年代初，漫畫作品漸少，後期較為人熟知的有《怪盜亞森羅蘋》。日本漫畫界浪潮起伏，老將新秀交替起落，子英曾把視線移離一峰：「有段期間甚至很難找到他的作品，千禧年後颳起懷舊風，其舊作再受注目，我又想起他。」於是，二〇〇四年計劃日本之旅，便拜託小野聯絡一峰，看能否會面：「小野立即回覆：『沒問題，我們很熟！』」

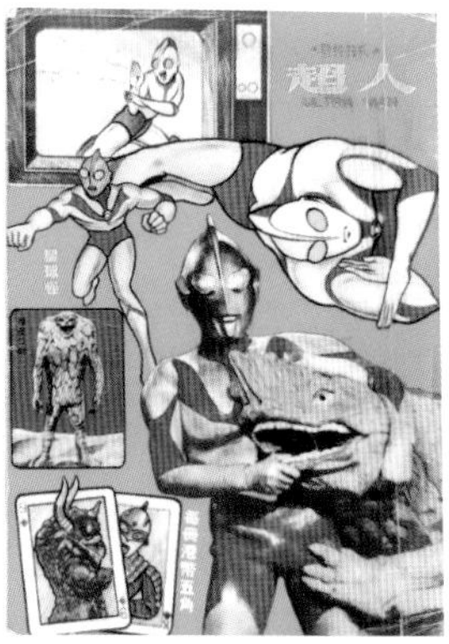

2

1

1,2 六十年代末《超人》在港熱播，大量港版漫畫出現，一峰版本的超人多被用作封面。 3,4 子英對《核子人馬米》情有獨鍾，這都是當年的香港版。 5,6 一峰版的《*King Kong*》，完全原創故事，但由於版權屬於美國電影公司，復刻的機會很渺茫了。 7 一峰較後期的作品《怪盜阿森羅蘋》。 8 罕有的一峰摔角漫畫《King Z》，也有科幻元素。

超人英雄．港迷熱捧

即使並非日本漫畫擁躉，總聽聞「鹹蛋超人」之名。這個家喻戶曉的英雄人物，來自日本電視台於一九六七年推出的《超人》（ULTRAMAN）片集，往後更發展為系列，衍生不同型號的人物。伴隨電視片集而發刊的《超人》漫畫，一峰大二是主力畫師。

早於六十年代末，香港已湧現翻版的《超人》漫畫，在書市備受追捧：「一峰在香港擁有很多讀者，那個年代成長的青少年，都讀過他的漫畫。」除《超人》外，子英亦喜愛《核子人馬米》、《電子分光人》及《獅子神》等作品，尤其欣賞他處理科幻作品時，既有幻想成分，又不乏科學趣味，別樹一幟。是故首度訪日，便把他寫入造訪名單，奈何一峰遠居市郊，幾經探尋，仍弄不清交通路向，只好作罷。

二〇〇四年經小野牽線，這張不一樣的人情卡一刷，即敲定見面。其時一峰仍遠居埼玉縣：「起初我計劃到他府上拜訪，但他很客氣，指路途遙遠，選擇直接來酒店與我會面。」一峰與太太同來，雖年近七十，仍精神健朗，因小野也在場，盈滿舊友重聚的熟絡感。子英與一九七六年那小伙子無異，率真投入，帶來六十年代香港的翻版漫畫，訴說追隨一峰作品的歷程：「他邊翻邊讀，看得津津有味，滔滔不絕的分享創作經過。」

明白畫迷心跡，雖從市郊前來，一峰仍帶齊畫具，應子英要求即場繪畫《電子分光人》角色，作為見面禮餽贈：「他仔細的繪畫，先起稿，再勾線，繼而上色，畫得很仔細，速度不遲緩，看不出已屆七十之齡。」

一峰部分六、七十年代的作品從未推出合訂本，子英腦海僅留下不整全的內容。二〇〇四至〇五年間，日本掀起漫畫再版風潮，既與一峰分享當年的翻版漫畫，子英乘勢建議他推出舊作的合訂本：「原來受版權所限，有些舊

宇宙
電視片集
超人
威震地球
每冊港幣五角

宇宙
電視片集
超人
殲滅地球怪
每冊港幣五角

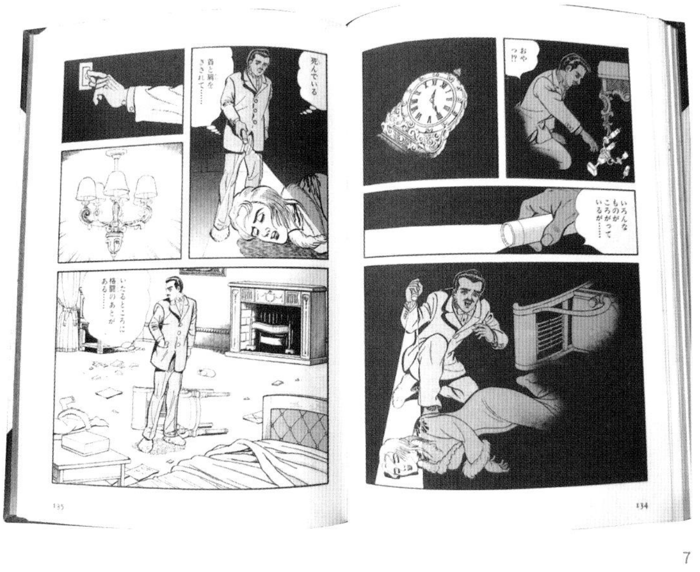

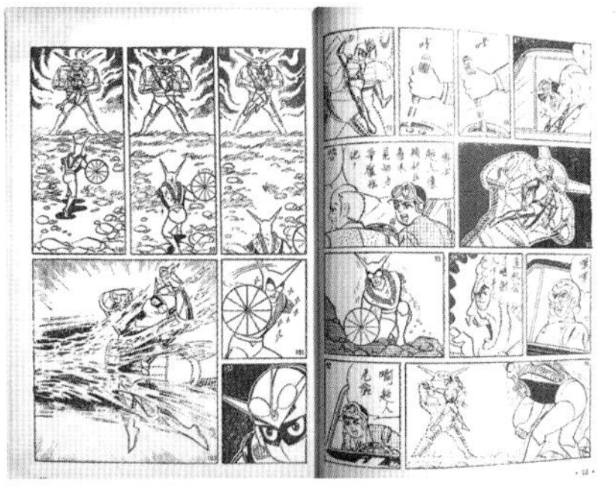

キングコング

9

11

10

13

12

9-13 首次見面，一峰已十分熱情，大談寫作心得之餘，請他繪畫也是有求必應。 14 獨一無二的一峰版《電子分光人》。

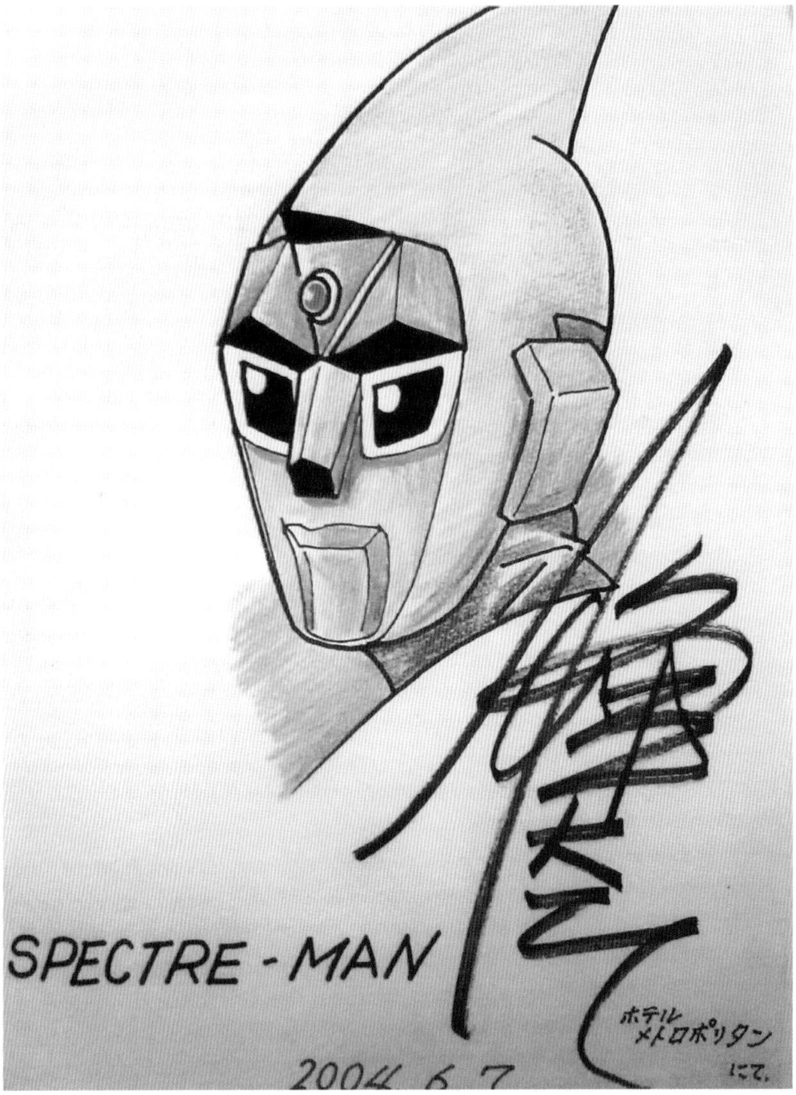

14

作無法再出版，猶幸他把原稿好好保存，我很感興趣。」夫婦倆隨即邀子英翌日到家中作客賞畫，熱情得很。

有條不紊．心細如塵

由東京市中心前往埼玉縣，乘個多小時車才抵達。那兒是一幢優雅的老式平房，結合住宅與工作室。一峰收藏了大量畫作原稿，如數家珍似的向子英介紹，教這長期畫迷樂不可孜：「他在週刊連載的作品，部分我無法完整讀畢，亦從未見出版合訂本，於是趁此機會補讀，盡情地細看他家中的畫作。」

前一天，一峰帶齊畫具為子英作畫，足見其心細如塵。當時子英談及喜歡他某幾套代表作，這天再訪，一峰已準備了該幾套作品，並簽下名字和親筆繪上彩圖，餽贈子英：「真箇隆重其事！他表示很高興遇見我這樣長情的讀者。」

這顆細心更見諸他有條不紊的處事

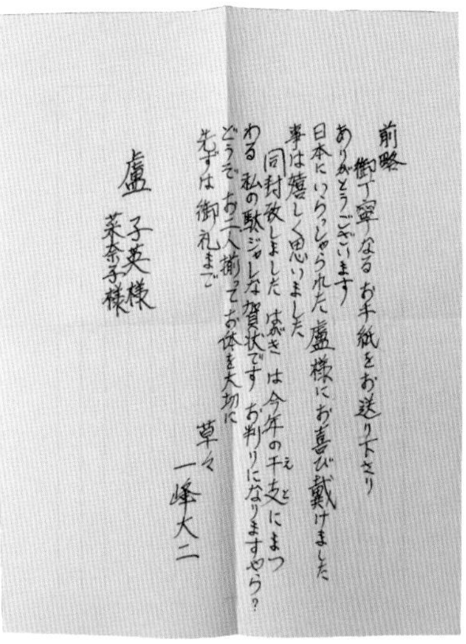

前略
御丁寧なるお手紙をお送り下さり
ありがとうございます
日本にいらっしゃられた盧様にお喜び戴けました
事は嬉しく思いました
同封致しました はがき は今年の干支にまつ
わる私の駄ジャレな賀状です お判りになりますやら？
どうぞお二人揃ってお体を大切に
先ずは御礼まで
草々
一峰大二
盧 子英様
菜奈子様

16

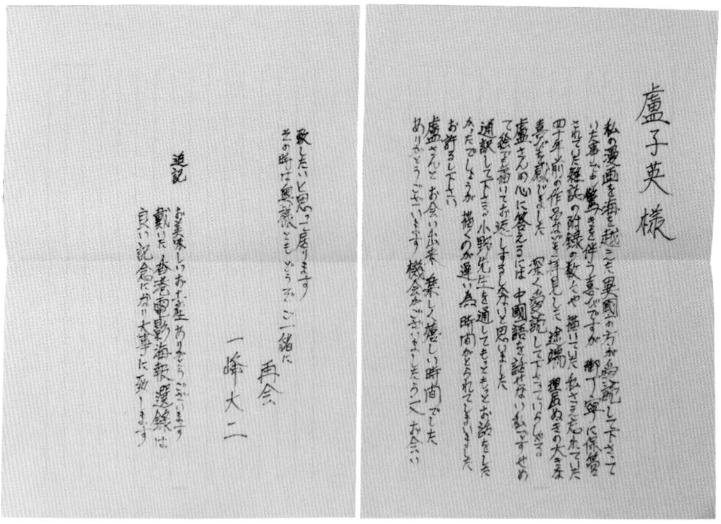

盧子英様
私の漫画を海を越えた異國の方が愛読して下さって
いた事は驚きを伴う喜びですが 御丁寧に保管
されていた雑誌の附録の数々や 描いて頂いた 私さえ忘れていた
四十年以前の作品の数々を拝見して 途端 理屈ぬきの大きな
喜びを感じました 深く愛読して下さっていらしゃる
盧さんの心に答えるには 中國語を話せない私ですがせめて
て絵でも描いてお送りしますと思いました
通訳して下さった小野先生を通してもっともっとお話をしたかったでしょうが 描くのが遅い為 時間がとられてしまいました
お許し下さい
盧さんと お会い出来 楽しく嬉しい時間でした
ありがとうございます 機会がございましたら又お会い
致したいと思って居ります
その時は奥様ともどうぞご一緒に
再会
一峰大二
追記
お美味しいおみやげ ありがとうございます
戴いた香港電影海報選錄は
良い記念になり大事に致します

15

17

15,16 上一代的漫畫家仍是喜歡以信件作通訊，這是其中兩封，紀念價值更高。
17 每一次見面，一峰都會遞上不同設計的名片，十分有趣。

作風，家居固然井井有條，而出版過的漫畫，原稿大多已分門別類，悉心保存，可以隨時出版。當時他亦籌備推出畫集：「主要為滿足讀者，屬自資出版，僅印刷五百本，實在很有心！」那陣子可說是一峰的回勇期，除出版畫集，其漫畫作品再度興起，他亦積極參與活動，如在玩具展等公開場合亮相。「言談間感受到他仍富有創作力，新構想多多，一點不遲暮。」

雖是第二次見面，卻已透着溫馨情意。子英送上個人著作《香港電影海報選錄》，並買了龍蝦做手信，對方又弄了食物款待，悠然的消磨了幾句鐘。一峰夫婦獲悉子英的太太是日本人，便邀他倆再訪；半年後，子英便攜同妻子再次拜會，令這個原為畫迷與畫家的碰面，延伸至兩個家庭的聚會。

科中見幻．幻中有科

一峰屬於純繪畫的漫畫家，作品多有原著，甚至角色造型亦已設定，他

18-21 限量500冊的一峰畫集，書內全是香港讀者十分熟悉的漫畫角色。

22

主責把故事漫畫化，卻仍能展示其深厚功力：「無論劇情推進，內容發展，以至演繹故事的角度，他都很到家，建立起個人風格，讀來趣味盎然。」

主打科幻漫畫，一峰最早登陸香港的作品，是六十年代中的《金箭超人》（原名《Arrow》，亦稱《電人瓦路》）。故事描述外星人降臨地球，與少年相遇並授他護身手槍，當遇上奇人怪事，只消按動手槍，即射出金箭，外星人便化身戰將，出現解圍。「這是六十年代具代表性的科幻漫畫，一峰的線條明快硬朗、清晰流麗，陰影描畫細緻，精美悅目，深得少年讀者喜愛，當年香港就有翻版漫畫推出。」

另一作品《核子人馬米》亦構思精妙。故事講述如同真人大小的機械人，平日隱藏於房車車頭，危難壓境時便一躍而出，殺敵解困：「每次都遇上強勁的對手，一峰常常加入科學理論，像以正負極原理，解釋兩極撞擊產生能量，從而把對手殲滅。」

當時漫畫世界中的科幻，幻比科強，

23

24

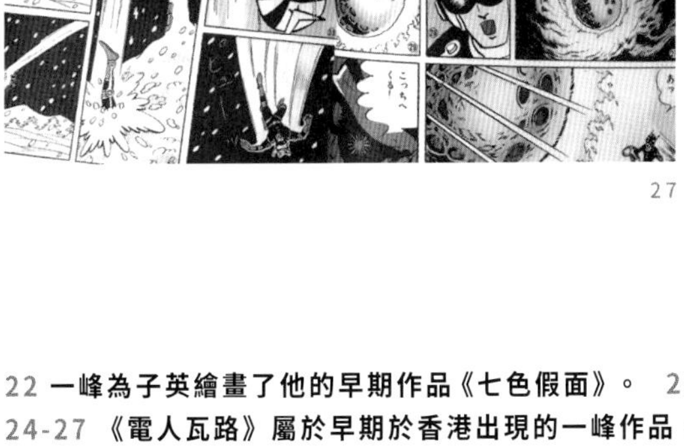

27 26 25

22 一峰為子英繪畫了他的早期作品《七色假面》。 23 一峰送贈的《金箭超人》簽繪版。
24-27 《電人瓦路》屬於早期於香港出現的一峰作品，當年被譯作《金箭超人》。

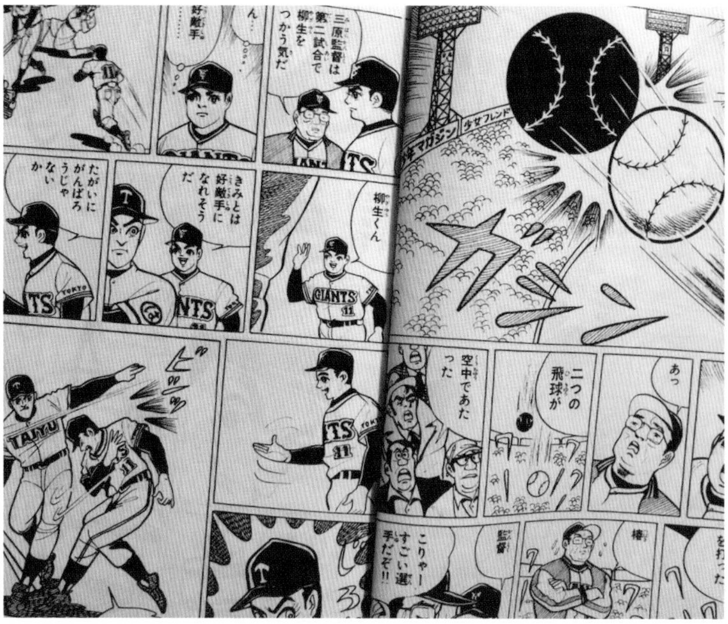

29

28

31

30

28,29 棒球漫畫怪作《黑色秘密兵器》。 30,31 一峰改編的電視片多不勝數，包括罕見的英國木偶劇《*Joe 90*》。 32 另一超人經典演繹《七星俠》。

多屬天馬行空，與純科學理論不一定緊密扣連，充其量取其骨架，繼而虛構幻想，一峰卻建立起「幻中有科」的敘事風格：「他善於把一些似是而非的科學理論，套入漫畫故事借題發揮，縱然不一定屬實，卻令內容更豐富，更具吸引力。」比方故事情節指叢林內的巨木無故一列列倒下，背後原是怪獸搞破壞，他便套用科學理論，解釋怪獸能製造氣流，形成氣壓，產生強大力量推倒樹木。縱非百分百準確的科學理論，但說起來繪形繪聲，甚至動用圖解分析，似假還真，變成他的創作特色，同輩漫畫家鮮有如此處理。

造訪期間，子英亦請教他何以喜愛加入科學化的解釋：「他對科學感興趣，自小學已養成習慣，把日常見到的自然現象，天天做記錄，配以繪圖，成為日後的創作靈感。」他的另一作品《黑色秘密兵器》，雖以棒球運動為題，卻仍能注入強烈的科學色彩，譬如以力學、風阻等理論，解釋投球與接球的得失、球的旋轉方向等，看

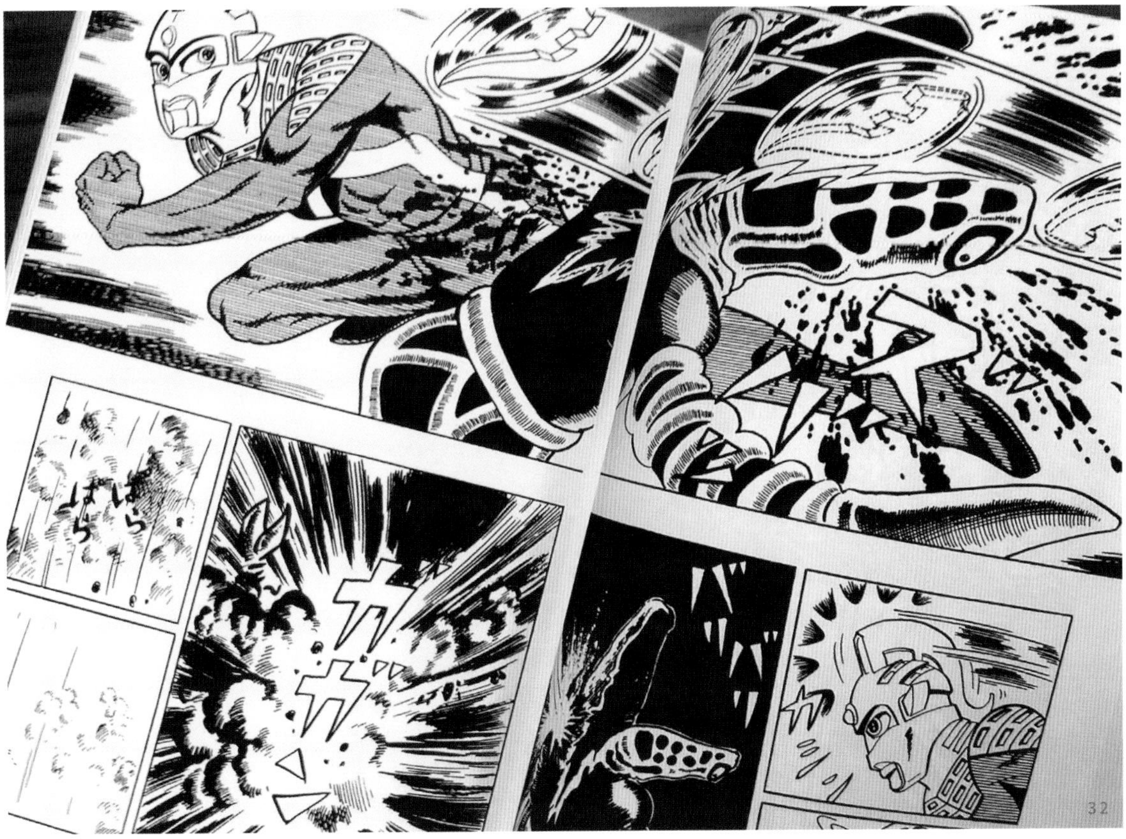

似誇張，他卻拿捏得恰到好處：「他構思很多這類科學化解釋的細節位，故事讀來更引人入勝。」

超人面相・斗膽改動

一九六七年推出的《超人》片集，乃日本電視圈的突破之作，迴響極大，為加強聲勢，更同步推出漫畫。這做法在日本很流行，甚至出現了一個專門名詞：「コミカライズ」（英文寫作comicalization），泛指把電視、電影等進行漫畫化處理的作品。這類漫畫的芸芸畫師中，一峰以其獨創性及精湛畫藝，贏得崇高的地位，從一九六五年至八十年代初，日本電視片集出現的眾多英雄人物，當中近八成的漫畫版，一峰皆曾繪畫，成就卓越。

一峰是《超人》漫畫的主要畫師，獨領風騷，筆下的「吉田超人」及「七星俠」（ULTRA SEVEN）乃昭和時期兩個最重要的超人角色。漫畫雖配合

盧子英様
2004.6.
©1966円谷プロ.
33

35

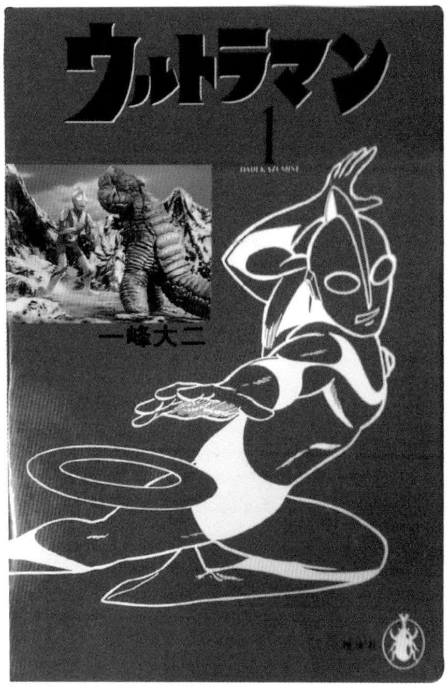

34

33,34 附上親筆畫的超人漫畫合訂本。　35 一峰所詮譯的另一超人經典《七星俠》。

影像作品，一峰卻能別出蹊徑，以不落俗套的手法，營造豐富的觀賞趣味，突破宣傳品的窠臼。「他不會搬字過紙的照抄電視內容，無論故事到人物設計，都改頭換面，補充大量細節，發展成新的創作。」

最富趣味、亦不無爭議的，莫過於把超人的造型修訂。電視上，飾演超人的演員，只消穿上那襲塑料製作、沒有臉容表情的戲服，憑聲音、動作便可以演出；然而，漫畫是平面的，沒聲沒連環動作，若把那僵硬的戲裝移植紙頁，不免呆滯：「為展現角色的表情，一峰大膽的畫出嘴巴，如普通人般能隨說話張合，結合肢體動作，表現角色的情感。在眾多畫師中，只有他這樣處理『超人』角色。」

奈何電視台不欣賞，認為改動太大，向他發出警告。一峰從善如流，故迄今只有「吉田超人」有嘴巴。繪畫「七星俠」時，他嘗試發掘眼睛的可能性。超人那雙標誌性的鹹蛋眼睛，能變的有限，有趣的是，電視版的超人面具，為方便演員看到外面環境，眼睛邊緣

36

36 距離首度訪日 28 年，子英終與一峰大二碰面。

穿了小孔，外觀如小圓點。一峰靈機一觸，把圓點畫大，變成眼珠，能轉動，更可以眨眼，賦予角色更豐富的表情。故技重施，再收警告：「但從中看到一峰為豐富角色的造型、強化表情，花了不少心思，讓讀者看得更投入。所以他畫的版本格外精彩，讀着亦感受到他的用心。」

六十年代末繪畫《超人》時，一峰的畫藝已臻成熟，細緻且富創意：「他用的線條工整利落，角色的臉容四正，面部小節描畫精細。科幻作品總有各種怪獸、機械人，無論怪獸的皮膚質感，以至機械人的活動表現，都畫得很生動細緻，水準遠超同期的漫畫家。」

《電子分光人》堪稱一峰的代表作，該角色造型獨特，面孔由多片不規則的平面組成，電視演員只管套上面具即可演出，當落到漫畫的紙頁上，一峰仍能做到活靈活現：「繪畫時，須把臉容上各個多邊形的角度拿捏準確，稍有差池，便一敗塗地；一峰把原作好好消化，糅合個人的演繹風格，來一回漂亮的再現。」

得力於一峰果敢求新的創作態度，筆下一個個英雄人物沒有隨時間湮沒，仍在畫迷心中躍動，歷久彌新：「畫師難免受出版社的限制，但一峰在框制內仍能發揮創意，尋求突破，他繪畫的電視片集漫畫，確有相當的影響力。」

一峰大二（1935~）

一峰活躍於六七十年代，代表作也是誕生於那個時期，他硬朗又精細的畫風着實吸引不少喜愛少年漫畫的讀者，又因為他作品以改編科幻電視片集為主，喜愛科幻漫畫的朋友一定不會錯過。

要從他眾多作品中推薦給大家實在困難，皆因他的水準平均，筆下的角色大都有一定知名度，例如兩套改編自圓谷作品的《超人》和《七星俠》就是必看之作，但如果再追求故事的複雜性，我會選六十年代的《核子人馬米》，此作雖然沒有被改編成電視或電影，但從主角設計以至情節都十分有趣，科學原理的運用特別有心思。至於一九七一年的《電子分光人》，當年同時於數本雜誌連載，可想而知其受歡迎程度，也是必看的一峰作品，最近日本更推出了完全版，印刷精美，欣賞之餘也可乘機懷舊。

What? Entry is free?
We just opened today, and if you go now ...
We've got cute girls.
Lookin' for a soap?
スイッ
SWOOP
No, thank you.
Let's go, let's go.
Yes, here's the coupon. And then...
Hey! Get over here!
Wha?! You got a girl like this?
Haaa ...
Hey! What're you doing?!
Let me go!
Tsk.
宮本武蔵という
BUT BEING A JUNIOR HIGH SCHOOL STUDENT HERE LIKE THIS...
...THIS FEELING OF LIBERATION FEELS INDESCRIBABLY GOOD.
IT'S LIKE I'VE BEEN REBORN!
IT MAKES ME SO HAPPY THAT I HAVE A CHANCE TO REDO THINGS, FROM THE BEGINNING!
BUT YOU KNOW, HAMADA, YOU'VE GOT AN AMAZING TALENT, DON'T YOU?
SOMETHING... REALLY IS WRONG WITH YOU, ISN'T IT?
REALLY?
YOU MIGHT BE RIGHT!
WHAT?
なんですか 警察に文句言われるようなことは描いてませんよ
いや……
見たことあるんだ……
このコウモリのキャラクター……
え？

閃亮風采：漫畫名家浪接浪

chapter 1.9

多年來往還港、日，盧子英曾與眾多漫畫家見面，前述的幾位皆屬業界翹楚，自上世紀六、七十年代起，帶領日本漫畫界闖出新局面。

歐美的漫畫市場雖大，就作品的豐富多姿而言，卻較日本遜色：「論題材廣泛，世界上沒有一個地方及得上日本，而繪畫風格及處理形式多變，亦是吸引力所在。」如此繽紛的一片天，實非單手能夠撐得起，業內名家輩出，前浪後浪洶湧翻滾，值得留意的名字眾多。以下六位漫畫家，都是值得大家注意的名字。

一、望月三起也

軍事諜戰．動感無窮

一九六二年，首部「特務007」電影《鐵金剛勇破神秘島》（Dr No）面世，一新全球各地影迷的耳目。當時日本漫畫業正迅速發展，憑敏銳觸覺及寬廣視野，開創了「007」漫畫系列，翻版本旋即出現香港，刺激的內容帶出新的閱讀趣味，獲畫迷力捧。糅合間諜、警匪的動作漫畫類型開始在日本興起，望月三起也是當中的重要作者。

早期在香港流通的望月作品包括《小俠龍旗令》及《密探JA》，皆以青年角色領軍，感覺清新。「《密探JA》是望月早期的重要作品，主角以秘密警探身份進行間諜活動，涉及大量犯罪內容，明顯受『007』電影的影響。」及至一九六九年推出的《七金剛》，乃望月的一級傑作，堪稱經典，在香港的漫畫閱讀圈恍若投下震撼彈，影響深遠，部分讀者日後加入業界，作品隱約都透視《七金剛》的痕跡。

豪生出版社早年曾推出《七金剛》的翻版本，製作粗糙。玉皇朝成立後即購入版權，於一九九三年推出共

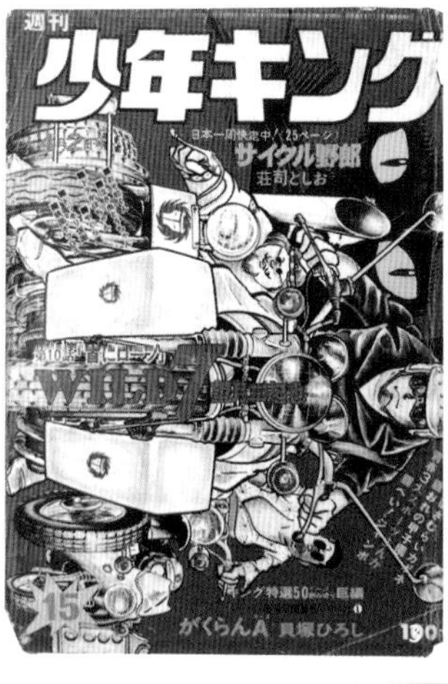

1 六十年代的望月三起也。 2,3 望月三起也的代表作《七金剛》，當年於週刊《少年 King》連載。 4 香港版《JA》。 5,6 《七金剛》原稿。

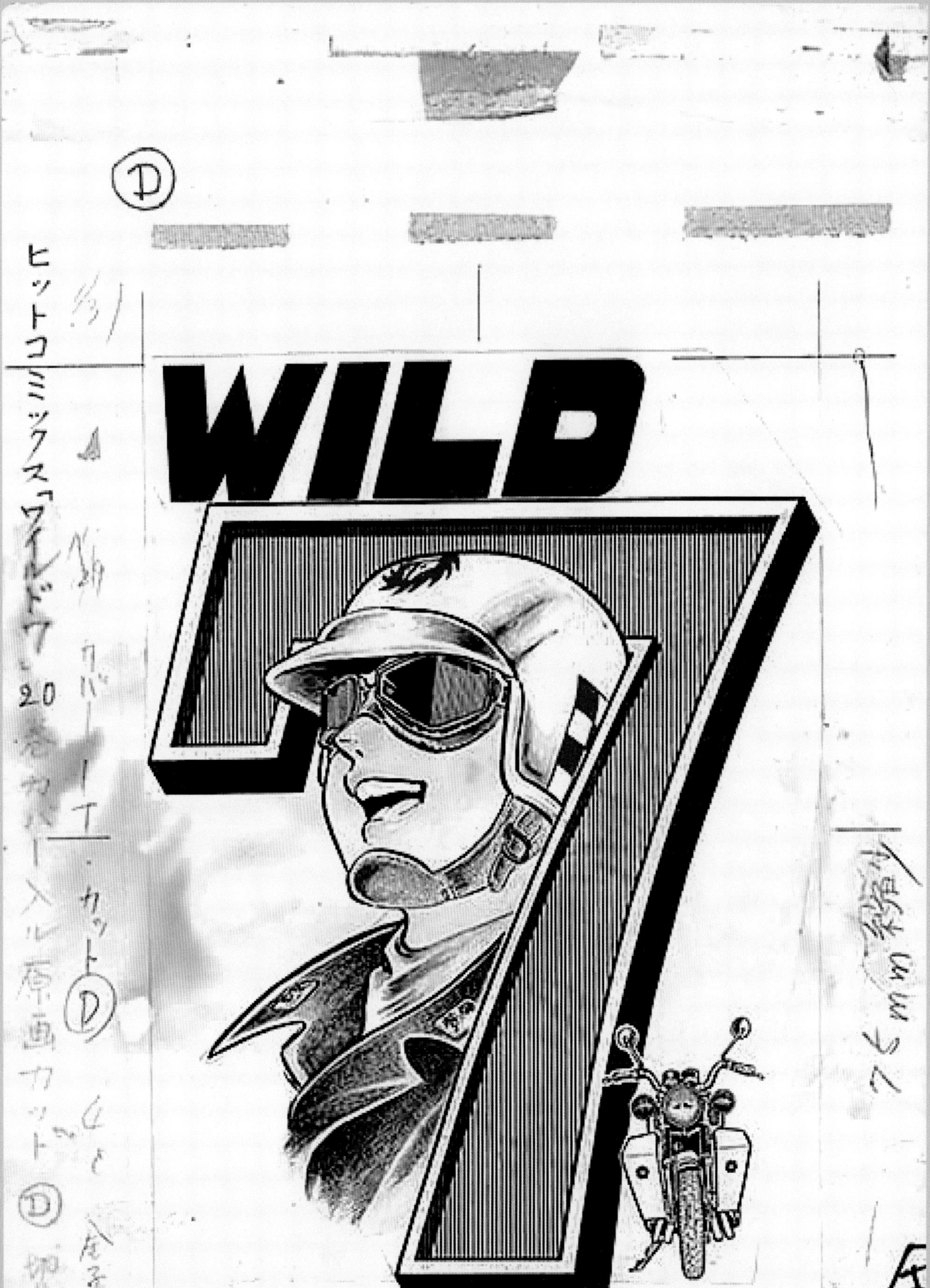
WILD
7

7《七金剛》原稿。 8 2000 年的望月三起也。

四十八冊的合訂本，該作品的重要性可見一斑：「當時更邀請望月來港出席簽名會，他相當友善，有幸一見。可惜他興趣繁多，相當忙，沒有機會再約見。」

《七金剛》的意念源自黑澤明的《七俠四義》。故事講述罪惡充斥的日本都會，七個各具專長的囚犯被徵集，實行以暴易暴，打擊罪犯。「構思大膽，處理上有相當難度。結合七個人的力量去處理不同事件，他們性格各異，透過互相合作而增加了解，漫畫對每個角色皆有描寫，各佔適切的比重。」

望月走劇畫路線，風格寫實，資料蒐集充足，畫來栩栩如生，像《七金剛》內的六輛電單車，描畫角度多變，繪出機器的質感，而各類槍械武器，皆依據真實型號呈現，畫得細緻入微。至於表現手法則極富動感，牽引讀者投入場景，帶動緊張情緒：「望月最厲害是營造電影感，藉細緻的分鏡呈現不同的角度，畫面經精心組合，營造連貫性，讓讀者產生動態的聯想。他這方面的功夫很到家，效果一流。」

故事場景的設計極富心思，更觸及政治事件，把背景推向國際：「像把戰場設定在非洲，七金剛須對抗軍隊，出現了各種軍事武器，結合眾多人物，內容豐富，發揮空間很大。當時香港完全沒有這類涉及間諜、軍隊的漫畫，對年輕讀者如我，衝擊很大。」

《七金剛》連載十年，內容愈見複雜，畫藝亦愈顯精緻，水準貫徹始終。它曾被改編為動畫、電視片集，以至電影，影響力持續不衰，是相當成功的漫畫。望月於二〇一五年確診末期癌症，原計劃在離世前舉行畫展及簽名會，子英亦定好日程赴會。惜望月於二〇一六年四月病亡，享年七十七歲，正值畫展舉行前夕。

二、池上遼一

暴力美學・激情澎湃

9

9 池上遼一版《*Spiderman*》，早期由小野耕世編劇。 10 水木茂筆下的池上遼一，罕見。

池上遼一是八十年代極具影響力的漫畫家，作品《淚眼煞星》、《傷追人》膾炙人口，前者更不止一次被本地片商挪用作包裝影片，即使非漫畫迷，對他的名字也有印象。

作為漫畫迷，子英鍾愛池上早年繪畫的《蜘蛛俠》（原名：スパイダーマン，台譯：蜘蛛人）。戰後，日本對美國文化趨之若鶩，一九七〇年，美日合作把《蜘蛛俠》漫畫有規模地引進日本，內容經過新的詮釋，並由池上重新繪畫圖像。

日本版《蜘蛛俠》曾有翻版本在香港流通，給子英搜索到，一讀為之驚訝：「池上以劇畫風格繪畫，並非追求精細，但其豪邁的線條更顯個性，人物面相、情景的描繪均很到家。」日本版的故事背景與美國版無異，早期的對手也沿襲美國版，如電光人、蜥蜴人，但內容經大幅修訂，饒有新意。「漫畫最有趣之處，是把故事搬到日本，無論社會背景，以至角色遇到的難關，皆源自日本，有別於美國漫畫的世界。因此，故事情節的演繹

11

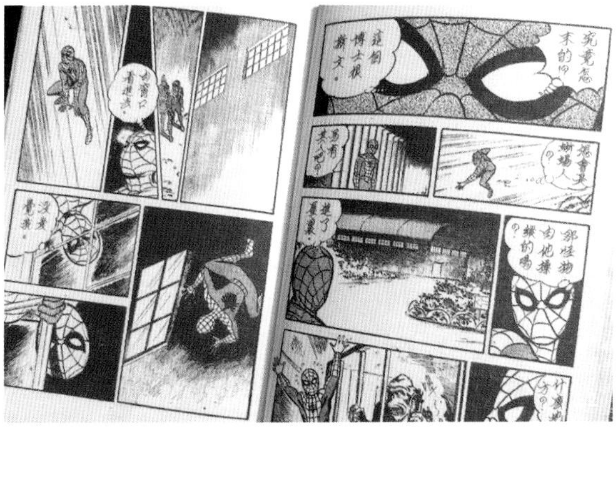

11 池上遼一筆下的《蜘蛛俠》。 12 當年《Spiderman》也有推出港版漫畫。

13

14

15

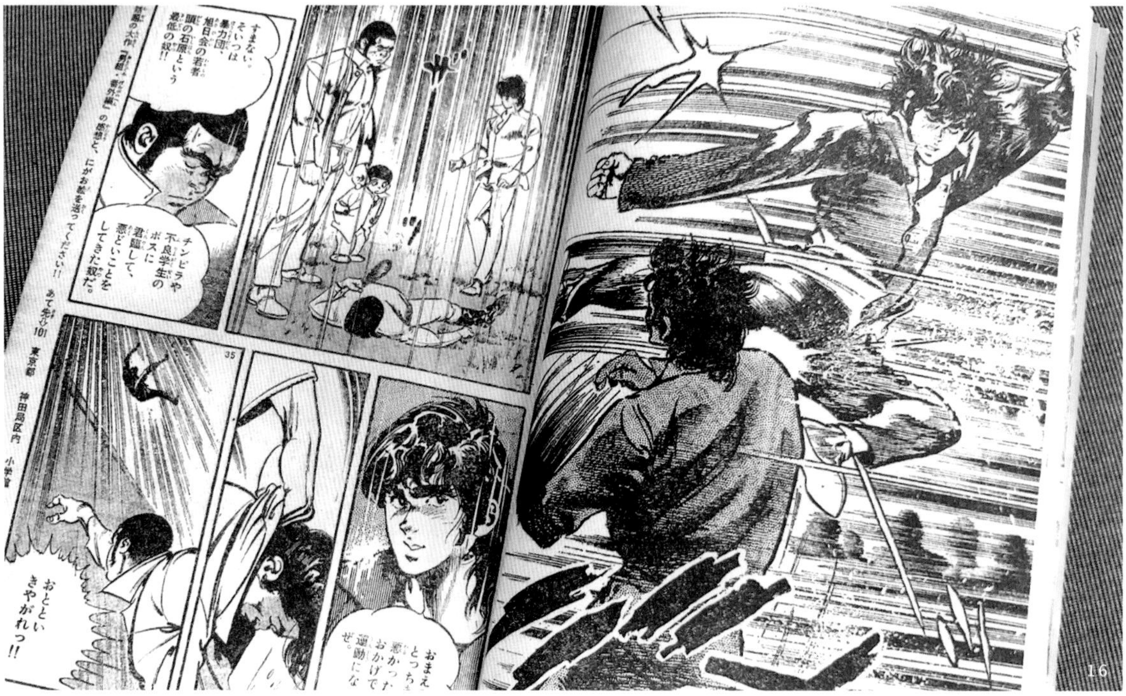

16

正是這個版本的吸引力所在。」

當時由小野耕世負責策劃及編劇：「小野了解原作的神髓，改編得很出色，讓畫師池上有所發揮。」其後交由科幻小說家平井和正編劇，故事更原創，觸及當時日本的暴力事件、高校學生的青春煩惱。子英印象猶深的一集，講述蜘蛛俠來到火車災難現場營救傷者，面對一位須即時輸血的年輕人，因本身屬異變人，他一度猶疑，最終決定施救。奈何他的血液令對方變成邪惡的蜘蛛人，迫使他面對自己的邪惡化身：「內容很出色，當時讀來已甚具震撼力。」

七十年代以還，池上名聲鵲起，先憑《男組》、《男大空》創出校園暴力漫畫風格，當時香港的年輕人亦備受衝擊，部分人讀而優則畫，投身漫畫界，亦參考池上的畫作，比方馬榮成便受池上、松森正的影響。其後推出的《餓男》、《涙眼煞星》及《傷追人》，結合暴力、裸露，強調肉體暴力，匯成潮流。池上創作量豐，九十年代先後推出《舞》、《星雲兒》，

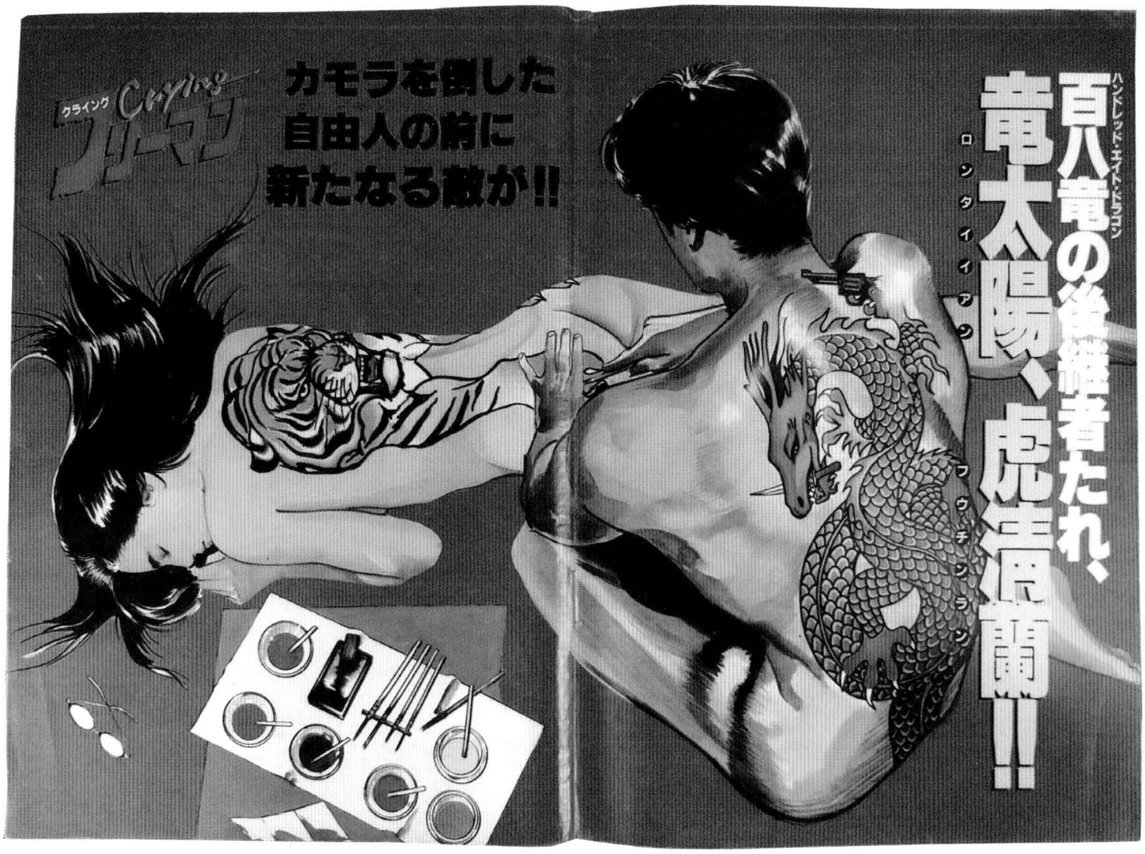

17

13-16 池上遼一憑《男組》在香港一炮而紅。
17 《淚眼煞星》。

以及把古裝歷史劇重新演繹的《信長》，近年仍有新作面世。「走這種風格而能夠延續如此長的創作期，同世代漫畫家實在沒幾人，很難得。」

池上為人低調，鮮少亮相公開場合，子英仍爭取與他會面。「池上的畫很美，人物動作處理得很有個性，中後期作品展示的肉體線條更自成一派，是很成功的漫畫家，在香港便有不少超級粉絲。我也欣賞他的作品。」

三、谷口治郎

生活意境．優美沉澱

18

19

子英對漫畫的熱愛多年未減，由少年時代的狂迷，蛻變至後來的評論者。八十年代起撰寫推介漫畫的專欄，不時在日本搜尋風格不同的作品，一九九〇年翻到谷口治郎的新作《走路的人》（原名：歩くひと、內地譯：散步去），即被其恬靜的畫風吸引。

谷口於七十年代已推出作品，但香港一直沒有翻譯本，可見出版商認為與本地讀者的口味有距離。「他的畫風受法國漫畫家Moebius（原名尚．吉羅，Jean Giraud）影響，描畫細緻，善於刻畫場景，營造情景交融的氣氛，帶出漫畫敘事上的各種可能性。」《走路的人》可作明證。

《走路的人》僅一冊，內有十多個段落，圍繞一個中年男子移居小鎮後，每天徒步上下班及在寓所附近漫步，在路上遇到的人與事：「全屬寫意的手法，部分段落一句對話都沒有，純粹抒發情懷，是罕見的漫畫題材；他能夠不用對白而把情節、感想傳達，發揮出漫畫的極限，相當厲害。」

谷口的畫風寫實，筆法纖細，景物

21

22

20

的各個小節皆鉅細靡遺的勾畫，讓讀者體味箇中舒徐的氛圍。《走路的人》屢獲獎項，在法國更大受歡迎，他的名字開始在西方響起，並於二〇一一年獲頒法國文學藝術騎士勳章。其後他應邀參與羅浮宮的創作項目，完成帶冒險色彩的《羅浮宮守護者》。

谷口不少作品皆依據原著繪畫，題材多樣化，包括博擊、攀山等，至於《少爺的時代》則講述夏目漱石等文學家的事蹟，把昭和時期日本人的生活顯現。他亦繪畫自行創作的故事，不少具自傳色彩，如《走路的人》那中年男子的經歷，便有其自身感受，《親親狗寶貝》（原名：犬を飼う）細描人與寵物的關係，而《父之曆》則記述父親。

二〇一二年起在視頻熱播的《孤獨的美食家》，原著即為谷口一九九四年出版的漫畫。谷口雖非故事作者，內容卻很配合他的畫風：「他把背景、食物都畫得相當精細，勾勒出日本文化的風貌，慢慢細嚼，別有一番韻味。」

子英欣慰曾與谷口碰面：「在漫畫頒獎典禮遇上他，我有備而戰，即場請他賜畫，他畫了一幅狗的圖像給我。」可惜僅此一次，谷口於二〇一七年病逝，享年六十九歲。

18 谷口送贈的親筆畫。　19 子英與谷口治郎，攝於2004年。　20,21《走路的人》。　22 2017年底於日法會館舉行的「畫匠谷口治郎的世界」回顧展。

23,24 子英的部分今敏藏品。 **25,26** 今敏漫畫作品集《夢的化石》英文版。 **27,28** 《海歸線》。

四、今敏

驚世意念・圖像活現

今敏在動畫領域卓然成家，雖則有生之年僅完成四套長篇動畫及一齣電視作品，卻全屬話題之作，足以傳世。然而，他的創作根源也是漫畫：「動、漫創作可說各佔一半，漫畫只有五部作品，以及一些短篇。不過，作為漫畫家，他同樣厲害。」

今敏從小酷愛大友克洋的漫畫，及後投身業界，畫作走精緻的劇畫路線，隱然流露大友的影子。他曾任大友的助手，由漫畫過渡到動畫，繼而拓展個人的動畫製作。他的漫畫作品也有強烈的電影感，與其構思精妙、不落俗套的故事相得益彰，令作品展現破格的懾人魅力：「題材的構思相當獨特，殊不普通，既有真實的材料為基礎，再糅合極富震撼力的虛構內容，故事更形豐富，可觀性大增。」

其作品的主題常徘徊於真實與想像之間，藉凌厲的畫面佈局，驚人的視覺效果，領讀者進入幻想空間：「無論畫面構圖、視點角度，以至空間營造、定鏡的穿插等，都經過精心雕琢，匠心獨運，他對影像確有天賦的

25

28

27

觸覺，能適切的駕馭。」像一九九〇年推出的《海歸線》（*Tropic of The Sea*），意像奇幻，別具一格：「像以定鏡方式營造跌墜海底的孤寂感，雖只用黑白線條，卻造出很優美的效果。」

子英認識今敏，切入點是動畫。最早從評論讀到其首作《*Perfect Blue*》的介紹，繼而透過影碟觀看：「製作比較粗糙，動作亦欠精細，卻成功營造虛實交織的氣氛，我開始留意他。」影片屬小本投資，宣傳不多，僅作小規模放映，在外國影展卻獲得熱烈迴響：「以心理學故事為題，真實與幻想交錯，相當特別，這類題材在當時的日本屬少見，在動畫圈內廣被談論，外國人看來就更驚為天人。」

首作備受好評，其後公佈第二作《千年女優》的計劃，催生大量報道，各界引頸以待，子英也不例外。影片通過一位女演員自戰前起，橫跨幾十年的回憶，課題很龐雜：「涉及大量日本影史的重大事件，遇到眾多影壇大師，他卻能有機的融入故事，不覺堆

29

29 **今敏筆下的《千年女優》，原型是他的太太。** **30** **今敏。** **31** **子英與今敏動畫的製作人丸山正雄及今敏太太今京子合照於 2016 年。**

砌，內容有根有據，相當立體；同時帶出明確的主題：因為追尋，令人有能力活下去，最後發現自己不過是個虛殼。」

《千年女優》獲得充裕的投資，組成強大的製作班底，水準甚高。今敏的畫面穿插自成一格，不少過場都處理得妙趣橫生，影像流麗悅目，是他最佳的動畫長片。挾着本片的成功，他再推出《東京教父》，同樣精彩：「一個人性化的故事，幾個低下層的人物，不涉超現實內容，卻能發揮動畫無窮的想像力，交織出豐富的內容。」

該片推出後，子英曾替雜誌訪問今敏：「一次短訪，他亦給我畫了一幅畫。難得同場認識了他的太太今京子，以及 Madhouse 製作公司的監製丸山正雄，大家還成了朋友。」

之後的《盜夢偵探》，影像依然奪目，卻嫌花巧；但它啟發了多位美國導演的創作，像 Christopher Nolan 的《潛行凶間》（*Inception*）。緊接籌備第五套長片、科幻作品《夢想機械》，僅完了約三分一，今敏便因癌症於二〇一〇年辭世，年僅四十六歲。雖傳聞會續拍，但該片至今也沒有完成。

33

34

32

五、井上雄彦

挑戰難度·闖出新境

32 井上雄彥的《*Slam Dunk*》 33,34 《浪客行》，另一個版本的宮本武藏漫畫。 35 井上雄彥筆下的宮本武藏。

井上雄彦及浦澤直樹均是六十年代生的漫畫家，開始發表作品時，日本的漫畫市場已很成熟，他們抓緊機遇，創造佳績，成為近代日本漫畫界的重要人物：「他們締造了漫畫與其他領域的文化交流，同時，其漫畫創作亦超越了漫畫本質，創新格局。」

一九九〇年推出的《男兒當入樽》（*Slam Dunk*）是井上雄彥的代表作，在港台地區產生深遠的影響力。體育漫畫是日本的一個獨特類型，多以棒球、足球為題，籃球屬異數：「要畫出精彩的籃球世界並不容易，井上愛打籃球，熟知那個世界，明白團隊精神的關鍵意義。因此，他塑造的人物有血有肉，最厲害是刻畫人的成長。」

體育漫畫往往聚焦賽場上比拼奪標，《男兒當入樽》卻突破這結構，跨進另一層次：「它揭示真實賽場的面貌，沒有虛構任何超現實的必殺球技，致勝之道是關乎眾多人性的考慮。」

一九九九年推出以輪椅籃球為題的《Real》：「這項冷門的運動相當難處理，極富挑戰性，他選擇不走舊路，

重新塑造角色，是很厲害的作品。」

據吉川英治原作小說《宮本武藏》改編的《浪客行》於一九九九年推出，是他的另一代表作。同樣是成長故事，繪畫手法上勇於嘗試，除了線條，更糅合了新水墨的筆觸，從情景、氣氛帶動視覺效果：「要在平面上呈現武學比試，得靠意境，他運用大量定鏡構築動態的畫面，劍法、招式的表現巧妙貼切。」

井上的美術水平很高，他曾往西班牙研究繪畫，並參與各種美藝交流，譬如與高地建築展開對話，在藝術領域持續探索：「可見他不甘於只做一個說故事的人，銳意提升漫畫的境界、地位。」

六、浦澤直樹

條理分析．善說故事

36

浦澤直樹很博學，知識領域廣，涉獵心理學、流行文化，亦醉心音樂，高瞻遠矚，這些均體現在其創作中：「他是說故事能手。」子英對他的幾個作品留下深刻的印象。

一九九四年開始連載的《*Monster*》，一個觸及心理描寫的恐怖故事，結合歷史背景，內容很複雜：「故事包含眾多角色，每一個人物的背景都有相應的事件襯托，卻能夠融入故事而又符合主題，衍生眾多主線，經細緻的整合，有條不紊，除顯示浦澤知識基礎之強，亦印證他演繹故事的功夫了得。」

二〇〇三年推出的連載漫畫《*Pluto*》，也是傑作。故事改編自手塚治蟲《小飛俠》中的一個短篇，在這骨架下發展為科幻長篇。故事關於人與機械人的分別、思想上的矛盾：「浦澤把手塚的原作寫實化，可說是個真實版，把時空移到當代，融入當代人面對的危機，結合他擅長的推理變化，故事道來極富趣味，具追看性。」

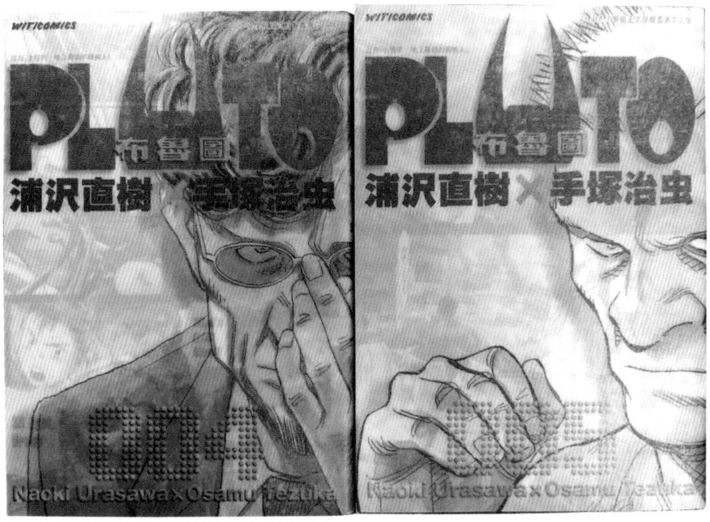

37

38

36 浦澤直樹的《20 世紀少年》。 37 改篇自手塚治蟲《小飛俠》的《*Pluto*》。 38 浦澤直樹的短篇漫畫。

一九九九年推出的《20世紀少年》則是科幻寓言，也是一次流行文化的再現：「把那個世代成長的一群放進意想不到的危機之中，當中穿插很多大事件，細節描寫豐富，比方巧妙地把音樂細節發展為故事，如經典流行曲的歌詞，對於有共同音樂經歷的讀者，就很容易生起共鳴。」

浦澤每部作品均由他原創，故事娓娓道來，結合風格化的畫風，圖像線條優美，形式簡約，細讀卻富韻味：「無論落墨、陰影的佈局，均影響到作品的感染力，他卻用得恰到好處，不多亦不少。」

第二部分：動畫

日本動畫篇

與宮崎駿的一個下午

chapter

2.1

着迷於圖像魅力，盧子英除酷愛漫畫，也鍾情觀賞動畫。中學畢業後涉足社會，同步跨進遼闊無垠的動畫天地。既在香港電台從事動畫工作，更銳意創製個人作品，故報讀香港中文大學校外進修部的動畫課程，在導師陳樂儀指導下，眼界大開：「接觸很多非主流的作品，無論採用的物料及表現手法，都教人意想不到，很震撼。」

循此前行，他亦朝非主流的創作路走，但不代表就此離地，對主流動畫作品依然興趣濃厚：「商業動畫每每動用成百甚至上千人的團隊合力製作，過程絕不簡單，更可衍生不少副產品，對整個工業極具影響力。」雖然香港流行日本動畫，可惜鮮少動畫長片獲發行到戲院放映，猶幸《Animage》等動畫雜誌為子英開了一扇窗，資訊源源不絕，了解到當地動畫產業的制度、不同的創作人、各人的崗位及職責，期間留意到宮崎駿執導的《風之谷》，自一九八四年三月公映以來，掀起哄動。

1

闖《風之谷》祝捷派對

心思隨着眾多資訊悠轉，渴求之情難耐。當時在日本熱賣的動畫長片，落畫後數月便推出錄影帶，子英托朋友在當地購買，雖則售價高達千多塊港元，但能夠先睹為快，又可以把整部片「私有化」，很值得。因此，他亦買下《風之谷》的錄影帶，率先在友儕間舉行首映禮：「影片非常吸引，絕無冷場，無論劇情推進、氣氛營造及動態畫面的經營，都很精彩。看到宮崎對動畫媒體的處理手法很熟練，沒有浪費任何一個鏡頭，敘事方式相當具效果。」

早於一九七九年，宮崎已推出首作《雷朋三世——古城之謎》，但票房失利，及至八十年代初，製作公司為《風之谷》造勢，於公映前兩年已在《Animage》連載漫畫，讓觀眾熟悉故事。子英再探查資料，原來與宮崎的作品早已結緣。高畑勳執導的首齣動畫長片《小英雄大戰冰魔》（太陽の王子ホルスの大冒険）於一九七三年三月九日在香港公映，子英亦曾進院觀賞：「闊銀幕動畫，故事以北歐為背景，很精彩，是宮崎首度擔任場面設計；而卡通片《飄零燕》他也有參與設計。」果真部部佳作，油然生起造訪之念。

一九八五年，當時子英已認識小野耕世，於是向他提出與宮崎見面的想法：「小野回覆，指宮崎將有個派對，預我一份。」派對於該年五月九日在東京赤坂太子酒店舉行，子英隨小野前往，通行無阻的直抵會場核心：「派對的規模不算很大，屬私人性質的聚會，普通人不許內進，我和幾個動畫愛好者因為有小野帶路，才能踏足會場。」

場內設有舞台，背後張起大幅《風之谷》海報。時為《風》片首映後一年，該片除取得票房佳績，截至當天，已先後摘下九個海內外影展的獎項，成績表放大高懸於場內。影片投資者之一的德間書店舉行這個派對，既祝捷，也慰勞眾製作人員。

1《風之谷》。 2 宮崎駿於《小英雄大戰冰魔》中嶄露頭角。 3-5 香港觀眾熟悉的電視片《飄零燕》也是宮崎駿的名作之一。 6-8 1980 年出版的動畫專門誌《Film 1/24》刊載了宮崎駿首部長片《雷朋三世：古城之謎》的設計草圖。

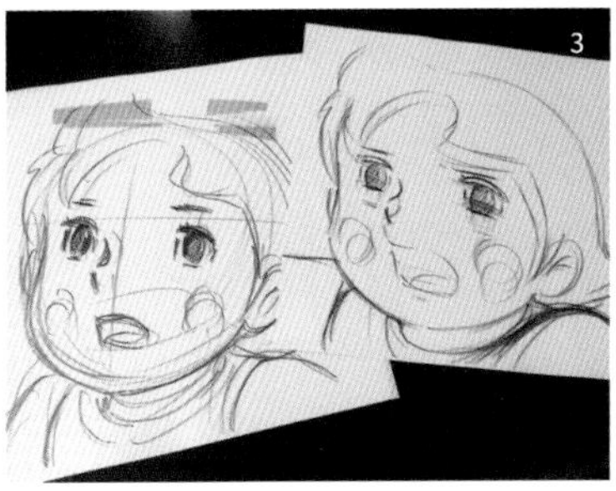

9 大會送贈的即影即有照片及紀念相架。背景為《風之谷》獲得的 9 大獎項列表。
10 《風之谷》的作畫監督小松原一男，他也是香港動畫《小倩》的作畫。

首度與宮崎駿聊天

派對出席者約一百人，舉目所見，多屬相關的製作人員，以及業界名人，絕對星光熠熠，包括高畑勳、著名的作畫監督小松原一男：「界內高手，能精確模仿不同畫師的筆法」、動畫設計師金田伊功：「處理動作場面極富風格，變化多端，節奏感強」，還有《Animage》雜誌的總編輯鈴木敏夫，至於大會司儀則由影片主題曲主唱者安田成美擔任。此外，尚有插畫家森康二，而執導動畫《收穫星的小子們》（うる星やつら，港譯：山T女福星）的押井守也現身會場，是日作客，僅安坐一側，子英趁機會與他聊天。

宮崎自然是亮點所在，與其他製作人員輪流站台講話。及後，子英在小野協助下，與這位心儀的名家聊天，有來有往，零零碎碎的談了不少：「宮崎很友善，亦相當健談，對於創作及動畫製作，都有自己的一套想法，亦很樂意分享。當然，受場合所限，只是淺談，不算深入，但首度碰面的氣氛怡然，我很享受。」

子英走訪動漫作者的流程相若，今次帶來宮崎一本彩色畫冊請他簽名留念。是次同場見到眾多《風之谷》的製作人員，機會難逢，也請各人一一簽名留念。派對結束時，與會者皆獲贈精美的洋傘，由於帶備的畫冊屬小號裝，空間不多，僅夠簽名，他忽發奇想，請宮崎在包裝盒揮筆，他亦樂成其願，繪下《風之谷》女主角娜烏西卡（ナウシカ）的頭像。

那段期間，東京個別戲院以「連環場」模式重映《雷朋三世》及《風之谷》，子英欣喜能跳出錄影帶的影像框限：「那是我首次在大銀幕觀看《風之谷》，更為震撼，這次可說是『風之谷之旅』，同時獲悉宮崎正埋首製作《天空之城》。」

這年年中，宮崎的製作團隊出現變動，隨後吉卜力工作室成立。子英渴望

14

11 宮崎駿與年青的押井守。 12,13 慶功宴中，出席的除主角宮崎駿外，還有高畑勳，負責音樂的久石讓和安田成美等等，基本上《風之谷》的有關人士都在場。 14 初會宮崎駿，子英有備而來，帶了這本畫集，結果取得了宮崎駿、小松原一男、押井守和金田伊功的簽名。

15 席上的紀念照，除了小野和子英，還有香港朋友程君傑。 16 席上小野與宮崎駿閒談。

已久的《天空之城》亦順利於一九八六年推出，各路傳來的皆盡喜訊，指影片的製作出色，受觀眾熱捧，教人充滿期待。子英再次從日本購入錄影帶，舉辦自家的首映禮，招待動畫迷友好：「看罷，感覺影片真的很厲害！」

17 1985年，子英在日本電影院的大銀幕上一口氣看了《風之谷》和《雷朋三世：古城之謎》。

在吉卜力面見詳談

宮崎組織了新公司，找到新的投資者，《天空之城》的規模、製作更上一層樓：「延續了他的風格，內容更豐富，每個段落都做得很細緻，人物造型突出，色彩悅目，無論題材、畫面皆超越了其他導演的作品。宮崎作品的題材並不艱澀，細味下餘韻無窮。」

自己以至其他畫迷都深覺是佳作，子英也希望普羅觀眾能一睹：「可惜香港的外語片市場完全沒有消息會發行這部片，我只能一直爭取。」期間他計劃替香港的雜誌訪問宮崎，於是透過小野聯絡：「非常順利，一經聯繫即約定！」

一九八六年九月的一個午後，他前赴位於吉祥寺的吉卜力工作室。抵達時宮崎正與工作人員開會，等候約半小時，他出現了。上一回見面已是一年半之前的事：「他仍記得我！他的英語並不流利，幸好小野在旁協助翻譯。」除了談動畫創作，宮崎更分享了對日本社會情況的一些觀點，當然，關於《天空之城》的種種是焦點所在。

如子英的觀察，《天》片結合了眾多創新的嘗試，宮崎在訪問中如是說：「這一次有很多特別的設計是以前從未試過的。例如構圖方面，由於城浮於空中，地平線不見了，構圖也由橫線為主變成以垂直線為主。用了很多影機運動來表達；雲的表現也是多彩多姿的，可以說各種可能性都出現了。」

18

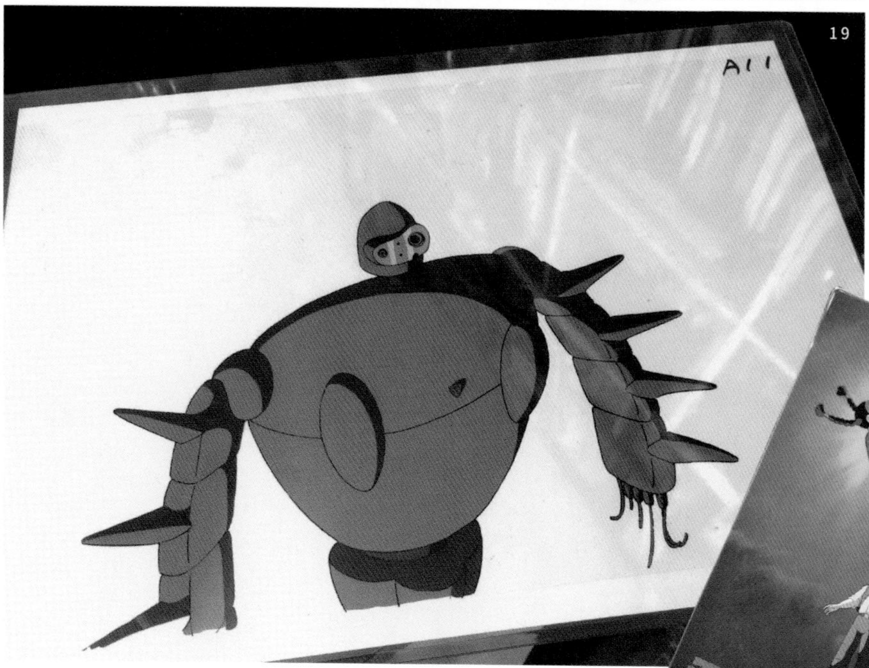

19

20

18,19 珍貴的《天空之城》動畫膠片，子英的珍藏。
20 當年的《天空之城》原裝錄影帶，十分昂貴。

安樂影片公司與 AMAX INTERNATIONAL
隆重舉辦
全港天空之城設計大賽
將你心目中最理想的天空之城描繪圖畫
入圍作品於一九八七年六月十四日
沙田新城市廣場公開決賽
屆時由日本首席動畫大師，「天空之城」編劇導演宮崎駿出任首席評判，評選出冠軍作品

比賽分高級及初級兩組進行，十六歲以上為高級組，十六歲以下為初級組。

高級組獎品：
冠軍：獎牌壹面，來回東京機票一張，現金獎港幣壹仟元正，ESTCA ESTUSA 體育用品壹份。
亞軍：獎牌壹面，來回東京機票一張，現金獎港幣伍佰元正，ESTCA ESTUSA 體育用品壹份。
季軍：獎牌壹面，名貴手錶壹個，ESTCA ESTUSA 體育用品壹份，拾名優異獎各得名貴體育用品壹份。

初級組獎品：
冠軍：獎牌壹面，電腦壹個，ESTCA ESTUSA 體育用品壹份，A Club 半年贈閱。
亞軍：獎牌壹面，名貴手錶壹個，ESTCA ESTUSA 體育用品壹份，A Club 半年贈閱。
季軍：獎牌壹面，名貴 ESTCA ESTUSA 體育用品壹份，A Club 半年贈閱，拾名優異獎各得名貴 ESTCA ESTUSA 體育用品壹份。凡參加者可先獲得電影「天空之城」於六月十四日晚上九時半假香港利舞台戲院首映禮戲票一張。

作品提示：宮崎駿編劇，導演的「天空之城」，將八十年代開創一個血脈沸騰的動畫新時代，是被譽為自「星球大戰」以來最轟動的電影里程碑。電影中的「天空之城」是人類理想的希望之地，是一座隱藏在風暴雲層裡面的空中浮城，滿城翠綠、和諧、優美，而且隱藏着無限神秘的原動力。你能運用想像力將這座天空之城描繪成圖畫嗎？

參加辦法：畫稿最大不得超過20"×30"，最細不得細過15"×20"。參加者請將作品於辦公時間內，交來香港中環干諾道中19-20號馮氏大廈十九樓安樂影片公司，作品後面請寫上姓名、地址、及電話號碼。

截止日期：一九八七年六月十二日星期五，獲入圍參加決賽者將於六月十三日獲通知，未獲通知者當落選論。

附註：評選結果以評判團決定為最後決定，參賽者不得有異議。查詢電話：5-231152-4

聯合贊助
AMAX INTERNATIONAL
ESTCA ESTUSA
TOP QUALITY TENNIS & SQUASH RACQUET
JAL 日本航空

22

anime people ②

宮崎駿——第二次接觸

亞嵐

宮崎駿，在目前日本動畫界來說是一個觸目的名字。「風之谷」的成功令所有人對他另眼相看，他的舊作也突然咸魚翻身，吃香起來。今年夏天公開的新作「天空之城」再次掀起「宮崎」熱潮，雖曾對動畫有研究的人士會知道「天空之城」在各方面都及不上「風之谷」，但一般觀衆的反應仍然十分熱烈，甚至有超越「風之谷」的可能。這當然要拜強大的宣傳所賜，而事實上，「天空之城」是一部製作水準極高的娛樂大作。

筆者第一次和宮崎駿見面是在去年五月的東京。那是一個特別的慶祝酒會，所慶祝的就是宮崎的傑作「風之谷」，在推出一年內於日本國內和國外獲得了十多個榮譽，一個難得的紀錄。投資拍攝「風之谷」的德間書店特別在赤坂太子酒店安排了這個盛會，廣邀動畫界人士及「風」片的工作人員出席，歡度一番。筆者當時剛巧身在日本，也想一睹宮崎駿的風采，筆者的日本朋友，動畫評論家小野耕世知道了這個消息，特別安排出席和會見的事宜，這個願望才能達成。記得當日還有不少猛人出現，如押井守、森康二等等。「風之谷」的主要工作人員，除了負責音樂的久石讓外，也一一到步。核心人物宮崎駿當然是最忙的一個，但也抽了一點時間和筆者談了片刻，他的英語並不流利，祇有依賴小野擔任翻譯的工作，由於環境因素，祇片面的交談，也沒有什麼特別的內容。

今年九月重臨日本，早在赴日前已看了「天空之城」的錄影帶，心想可有機會再和這位動畫家見面，便知會了小野再次安排，終於在返港前一天做了以下的訪問，地點是吉祥寺的「STUDIO ZIBULI」，「天空之城」的大本營。宮崎和德間書店的人員開會，大約半小時後才正式和筆者見面。訪問的時間不太長加上翻譯費時，雖然宮崎滔滔不絕，筆者也祇是節錄了一些較有趣的話題。

——你的作品一般製作時間比較長，是品質的保證嗎？

宮崎：一半一半啦。其實最花時間是資金的數目決定和分配，還有工作人員的挑選。在這些工作進行時，我會盡量用來做分鏡劇本，通常這個過程已花去了大半年，到眞正可以製作時，離上映的日時可能祇得數個月，又會覺得時間不夠用了。不過這總比做電視動畫片集好，記得當年我拍「飄零燕」時，足足一年零三個月時間祇在埋首工作，別的事情一概不理，眞難想像現在每週竟有三十部動畫片在電視播映。

——你對「天空之城」滿意嗎？

宮崎：基本上很滿意。這一次有很多特別的設計是以前從未試過的。例如構圖方面，由於城浮於空中，地平線不見了，構圖也由橫線爲主變成以垂直線爲主。用了很多攝機運動來表達。雲的表現也是多采多姿的，可以說各種可能性都出現了。這效果也不錯。

——放映時間有兩小時多，對內容方面有影響嗎？

宮崎：這部片原來祇有一小時十五分，故事也由現在的三線變爲兩線。歹角就是海賊婆，那麼是最合適的了。但是由於要在電影院公映，又要配合其他東西，經過考慮決定將劇情更複雜化，三線人物發展，場面自然多了，時間也長了，比較符合經濟原則。

——你的作品電影感十分豐富，鏡頭運動也很多，但又有別於眞人做的電影，你怎樣去區別這分野呢？

宮崎：事實上「天空之城」可以用眞人主演，同樣的「風之谷」也可以，尤其現在特技片這麼流行。但我認爲那分別是所用的媒介問題，正如同一個題材，小說家可以將之寫成小說，畫家可以畫出來，動畫家會將之拍成動畫，觀衆的觀感自然不同，分別就是如此而已。

——可否談一談你的新作呢？

宮崎：新作將會與押井守合作，由押井守負責導演，我身兼原作、劇本和監製的職位。影片待押井守完成他的「紅色眼鏡」後便立即投入工作，預算明年八月公開。

——影片的內容是關於？

宮崎：片名叫「ANKAR」，是一個預備校學生的冒險故事，以現代的東京爲舞台。片中的主人公在這個社會中被現實的事件弄得手足無措，孤立無援。有一點兒超現實，但絕對不是那種有機器人出現的科幻故事。最後角色步入了精神分裂的地步。這個構思也可以用眞人拍攝，但我覺得拍動畫較具挑戰性。

傾談中，宮崎駿不斷發表關於他的影片以外的意見，例如日本社會現象，他對政府的看法，外國動畫和影片的場面等等，足以證明他的成功並非單靠埋頭苦幹，他也是一個關心社會，關心世界的人。

21

21 1986 年專訪宮崎駿的文字，刊於《A Club》。
22 宮崎駿訪港的廣告。

過程中，宮崎披露了當時的新動向，就是與押井守合作新片，由他原作、編劇及監製，對方執導。子英不禁回想前一年的《風之谷》派對上，押井守翩然現身，或許就是商議這項合作計劃。時空一轉，三十年過去，這部當年暫名《ANKAR》的冒險故事動畫，樓梯響已消散多時，至今僅屬構想，從未見這作品面世。

午後韶光，匆匆流逝，訪問連同翻譯僅歷時約一句鐘，但能夠與宮崎面對面的細談，絕對是一個難忘的下午。

等候新作．期望再見

子英一直協助香港國際電影節挑選動畫影片，一九八七年成功引進《天空之城》及《風之谷》參展首映，及後更獲安樂影片公司發行到正式的戲院公映，但放映的次序剛好與製作的先後調轉，《天》片於一九八七年暑假公映，《風》片則遲至一九八八年二月十二日才放映，卻屬於農曆新年的節日檔期，足見發行公司的重視。

此後，安樂影片公司亦加強了發行日本動畫，宮崎往後的每一部長篇動畫電影，基本上

Laputa
the Castle in the Sky
1987.6.13
Sheeta
Dora
Muska
Pazoo
girl has fallen from the sky.Nearly 10 years have passed since the Industrial Revolution.The place
a declining mining town.Dusk is gathering.Pazoo is an apprentice to a mechanic.People
ceased to talk about the "devil's bone" found in a western village rumored to have been carried
by the army. Sheeta,who lives in the Gondoa Valley, was taken away by Muska,a member of the
Intelligence Agency.The air pirates calling themselves Dora attack an airship on its way to the
of Tibis.A flying stone owned by Sheeta conveys the mystery of Laputa,the Castle in the Sky.
by chance,looked up to the sky to find Sheeta coming slowly down,catches her in his arms.
gentleness, Sheeta gradually opens up her heart. But the time of peace lasts but a few

23

23 宮崎駿於 1987 年訪港，特別為海報簽名留念。

都獲發行到主流院線公映，他的名字在香港愈見家喻戶曉。在《天》片正式公映時，發行公司安排宮崎來港協助宣傳，並於沙田新城市廣場出席抽獎活動，這一次子英也特意前來與他聚舊，也做了短訪。

八、九十年代之交，子英欣慶隨着宮崎幾部作品公映時，有機會與他見面、聊天。直至二〇一三年《風起了》在港放映，該片當時被稱為宮崎的壓卷作，他亦應邀重臨香港，可惜時間安排不到，子英與他未能一聚。

多年來有過數面之緣，雖不多，總歸難得。由當刻起，直至今天，宮崎已晉身殿堂，成就獲國際肯定，二〇〇一年推出的《千與千尋》更先後摘下柏林影展金熊獎及奧斯卡最佳動畫長片。他一度退下前沿崗位，加上為人相當低調，要與他再碰面，談何容易：「幸好他還沒有退休，亦將會執導新作。縱然對於他的創作心態已很了解，但他始終是日本最具代表性的動畫創作者，希望能與他再見面。」子英由衷希冀。

宮崎駿（1941~）

無可否認，要認識日本動畫，宮崎駿是第一個要知道的名字。
從動畫師開始做起，宮崎駿清楚每一個動畫製作的細節，從而在管理上採用了最優秀的人才，
亦以最有效的動畫技法去表現最出色的效果，
看他的作品不單是娛樂，而且是學習。
我作為動畫製作人，從初次接觸他的作品已察覺他與眾不同之處，
尤其在動畫的敘事手法、取材和角色的塑造，至跟他有交談機會，更佩服他對於動畫這媒體的偉大抱負。
到目前為止的十一部長片，每一部都起碼可以看兩遍以上，
而《風之谷》與《天空之城》兩部，我自己就看了過百次，仍然有再看的衝動。

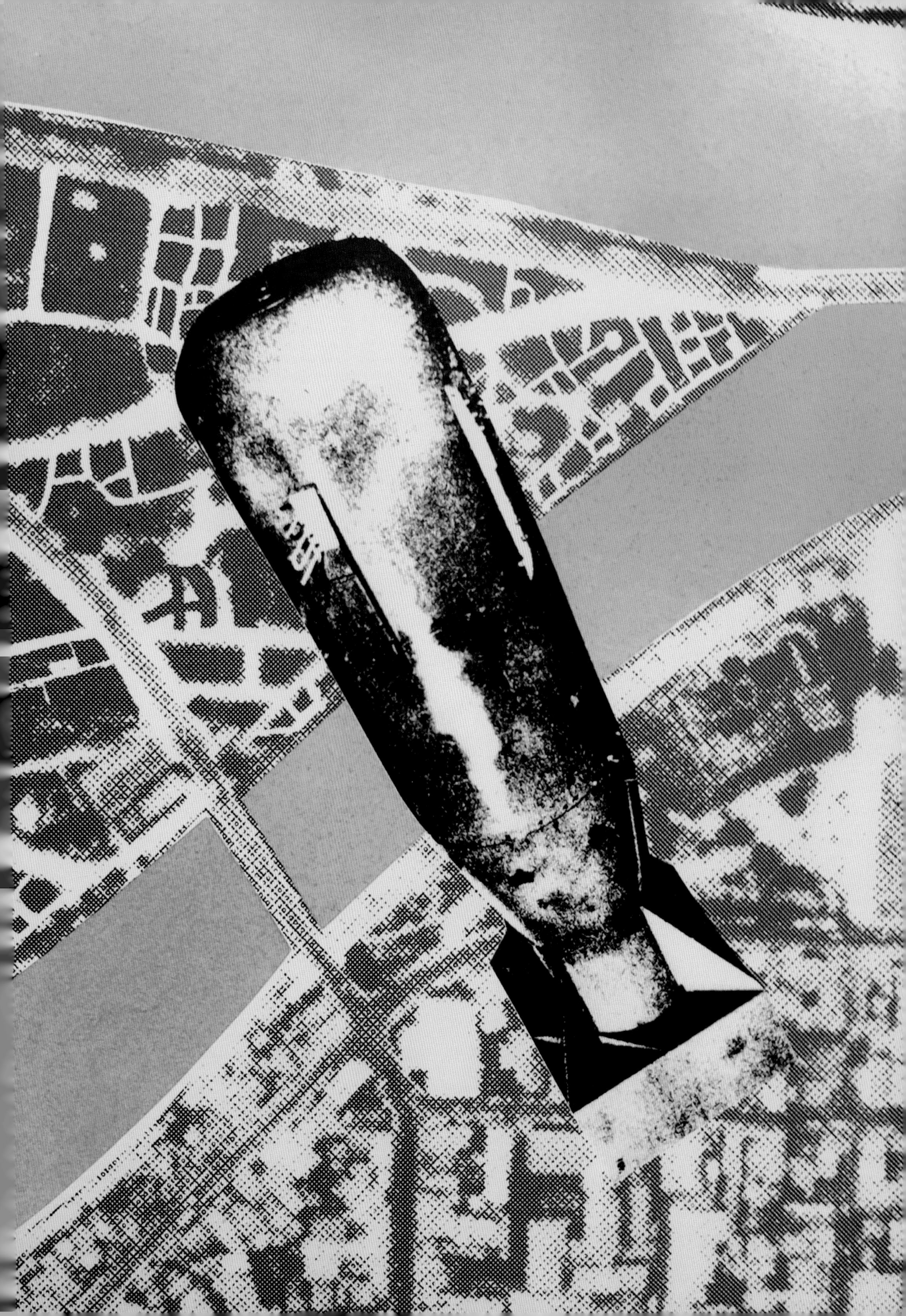

RENZO KINOSHITA

木下蓮三的廣島動畫展

chapter 2.2

前文述及小野耕世於一九八四年春來香港訪問盧子英等一群本地動畫製作發燒友，當時小野收到的風，乃從木下蓮三等幾位日本獨立動畫闖將所發放的。

子英早年接觸到帶自主色彩的獨立動畫，都以歐美地區的作品為主，後來發現日本也有這類動畫，木下蓮三、久里洋二是當中的活躍分子：「他們六十年代起已製作動畫，主要從事非商業的短片創作。」子英開始涉足動畫創作，亦循此路進發。

木下鼓勵・單格成立

一九七九年，子英成為香港電影文化中心的會員，在那兒結識志同道合的動畫愛好者紀陶，後來更協助會務，包括策劃放映節目。「中心」於一九八一年遷往新址，計劃舉辦較大型的動畫放映節目，我和紀陶便策劃了一個獨立動畫展，先選了加拿大、英國及東歐的影片，也希望有日本的

1,2 1981年木下夫婦（上圖左一及左二）首次訪港，一班香港朋友帶他們四處參觀，作家沈西城（下圖中）擔任翻譯。 3 木下首次訪港時為子英等幾個香港動畫人造像，認得出是誰嗎？ 4 古川卓送贈的限定小畫集。 5 初遇古川卓於1981年。 6 與久里洋二及古川卓於東京。

作品。」最終敲定了木下蓮三、久里洋二、川本喜八郎及古川卓的作品，組成「日本近代動畫展」。

一切準備就緒，突然收到一則消息：「部分導演希望親身出席影展！」那次選擇和藝術中心合作，安排部分場次在那兒放映，藉以向更多公眾推廣，但規模仍非很大，「要招待越洋來訪的嘉賓，起初亦有點為難。」但難得有機會碰面，他們決定盡力接待。

最終，木下聯同太太木下小夜子，以及後輩創作人、插畫家古川卓，一起訪港，也是他們首次來香港。他們既出席了映後分享環節，與觀眾談創作，又在子英和紀陶帶領下，分別參觀了他倆各自任職的香港電台及電視廣播有限公司的動畫組。

該次放映活動成績美滿，入場人次不俗，觀眾反應良好，讓更多人認識到獨立動畫，更意外地提供一個契機，團結本地游離的動畫愛好者。是次參展的幾位導演皆是日本動畫家協會的骨幹成員，木下更是會長，銳意推動動畫創作；該會

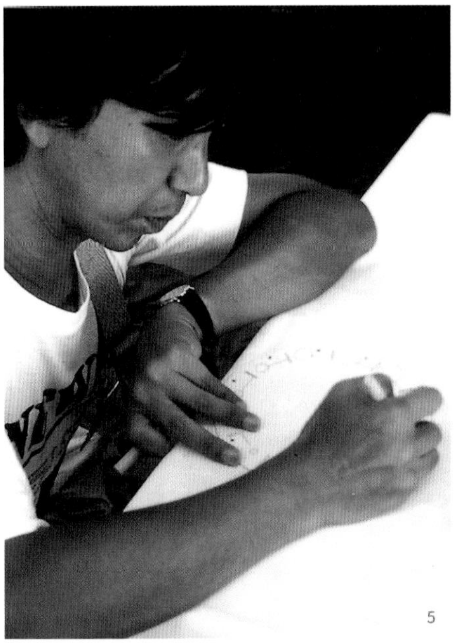

5

3

6

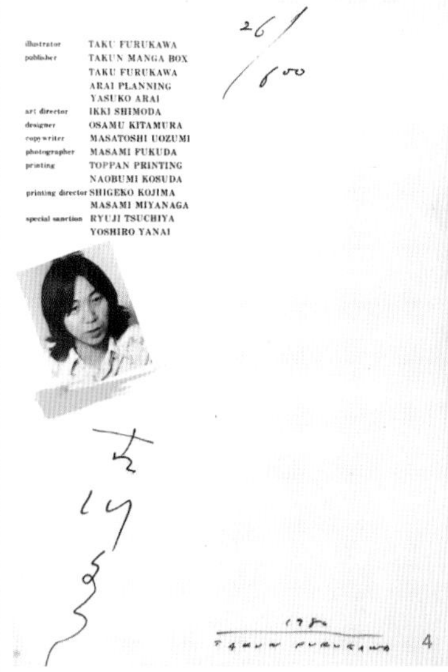

4

亦是一九六〇年成立於法國安錫的國際動畫協會（簡稱ASIFA，全稱Association Internationale du Film d' Animation）的分會。

「他們概略了解香港的動畫創作，又知道我們當中有十多人從事動畫製作，亦有心搞活動推廣，便建議我們組織一個香港動畫協會，做出一定成績後，更可以正式向ASIFA申請註冊，成為分會。他們樂於提供意見，全力支持。」及後小野就是從他們打聽到香港的動畫製作概略，從而衍生一次越洋訪問。

幾位過來人的話給本地動畫發燒友極大的鼓舞：「我們深知沒有可能製作動畫長片，但從事短片製作應有可為。」其後子英與十多位同路人眾志成城，於一九八二年二月成立了「單格動畫中心」，亦與日本方面建立起網絡，尤其一九八四年，雙方頻密聯繫，見證翌年的「第一屆廣島國際動畫影展」誕生。

7

9

8

落戶廣島．宣揚和平

作為亞洲區首個大型的國際動畫活動，廣島國際動畫影展的誕生教圈內人大感雀躍。當時「單格」作為地區的動畫組織，亦獲邀參與該盛事。活動的主辦城市歷經考量，落戶廣島，別具意義：「影展的主題是愛與和平，選擇這個曾經歷戰爭災禍的城市，具有象徵意義。我亦因為影展才首度造訪廣島，感受很深。」

木下在獨立動畫界地位崇高，憑着無比熱忱組織了這次盛會，並擔任大會監製。當屆影展便選映了他一九七八年的作品《原爆》（ピカドン，Pica-Don），呼應整個活動。該片由他執導、設計，太太小夜子編劇：「影片長九分鐘，針對一九四五年八月廣島原爆事件，帶出戰爭的恐怖，影片沒有對白，意念抽象，呈現強烈的美術感，表現很出色，獲得評論界正面嘉許。」

首屆影展成績斐然，除放映各地的

19

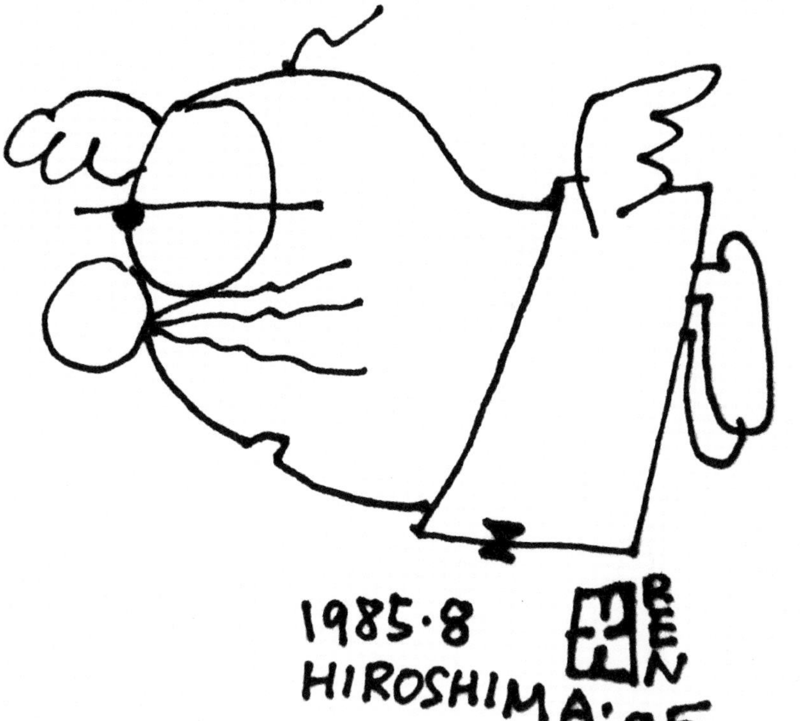

7 攝於第一屆廣島國際動畫影展，旁為余為政。 8 與木下攝於廣島，1985年。 9 子英與小野耕世探訪木下，1984年左右。 10-18 木下蓮三的代表作《Pica-Don》是以廣島原爆為主題的動畫。 19 木下蓮三的簽繪。

20 當年刊於《電影雙周刊》的文章，其中有不少是介紹新一代動畫家。 **21** 飯面雅子於月刊《*Comic Box*》連載的動畫專欄。

21

愛麗絲開派對

飯面雅子的全女班動畫展

口 盧子英

日本的年青獨立動畫界人仕數目雖少，但都定期舉行放映會，在作品數量不多的情況下，仍然維持着作者和觀衆的興趣。上一次到日本，有幸碰到了代表性人物飯面雅子，她是以「砂動畫」作品聞名於日本及海外。在她的安排下，看到了一個很有意義的動畫節目。

1985年的3月，十四位日本女性獨立動畫家在飯面雅子的召集下，舉行了史無前例的一次全女班動畫展，名爲「三月兎的ANIMATION FILM PARTY」，在西武百貨店的一個小型放映間放映，展期共六天十二場，影片共一百三十二部之多，這個陣容，的確難得一見。這十五位女作家分別屬於幾個最活躍的獨立動畫組織，那就是「ANIMATION 80」、「地球俱樂部」和「GROUP EBISEN」。這幾個會都是關係密切，成立的時期也差不多，只是活動地點不同而已。飯面雅子本身是「ANIMATION 80」的一份子，十五人之中她的作品最多，也是資歷最深的一個，早於1973年已開始拍攝第一部個人作品，由她來做這個FILM PARTY的主持人是最適當不過的了。

從雅子的口中知道這個放映會搞得相當成功，反應異常熱烈，更吸引了不少新女性作家加入。我很想看一看這些作品的獨特處，於是由雅子安排到「IKIF」（第225期已有介紹）家中作一次精選放映。由於那一次放映算得上是比較大型的，每一位作家由處女作到最近作都有公開，雖然是幾分鐘一部的片子也不可能全看一遍，唯有由雅子在每個作者中選出一些「代表作」，也是一個實際的方法。這些片子大都以超八毫米菲林拍攝，當中有幾部才用十六毫米，不過這對於作品的質數並沒有多大影響，反正都是放在那個小小的銀幕上。首先是雅子的近作「BLUE CAMISOLE」，也是「砂動畫」，但比不上她的成名作『浮遊卵』，事實上她也不否認『浮』片是她創作的最高峯，主因是她近年改爲追求作品的節奏和感覺，再不會花太多時間在細膩的動作上，換句話說就是不太計較作品的完成度，但只要自己過癮和滿足，也是獨立作品的特色之一。其他較特出的作品包括佐佐木章枝的「VARIMATION」，是那種完全手繪，但效果極似電腦動畫的圖案作品。想不到這位已育有一名小女兒的主婦仍然有那份創作熱誠，而且更選擇了這難度很高的製作方式。淺野優子的『木中刺魚之氣』用日文來唸片名是兩面讀都同一發音，內容也是同樣的妙，有着點點少女的幻想，畫面變化多端，是用粉彩繪畫的。

這十五位作者的作品不約而同都流露着女性獨有的敏感，畫面與曲細膩的表達，一般水準都不俗，只是篇幅較短，未能有太深刻的印象。她們還有一些共通點，就是在成長過程中大大受到日本動漫畫的感染，直到進入了一些專門學校，又或者真正接觸到動畫創作的時候，才慢慢表現出自己的風格，奇怪的是各人的路線都不大相同，而且大都與日本傳統動畫製作方式有別。不過，如果和她們談到日本傳統動畫，她們個個都是可以稱得上是專家。

翻開她們那次放映會的場刊，看到每一個作者對動畫創作都有一份自我的見解，但似乎都是逃不開那種創作的衝動和完成一部動畫作品的滿足感，可以肯定這班人還是會繼續做下去的。我問雅子甚麼是三月兎，她說是【愛麗絲夢遊仙境】中的那只帶着陀錶的白兎，是它吸引愛麗絲走進那個光怪陸離的世界。雅子和她的十四位伙伴都將自己代入了愛麗絲的角色中，就讓那只兎子帶她們進入奇境，不過並不是開甚麼TEA PARTY或者WINE PARTY，而是吸引人人物的ANIMATION FILM PARTY。 口

△「VARIMATION」

△『降星之夜』

20

動畫作品，並設競賽項目，又安排了眾多講座、聚會，促進交流。子英等香港動畫愛好者眼界大開：「這是我首次參與大型的國際動畫影展，能夠接觸到世界知名的動畫大師，亦結識到年輕的動畫作者，以至交上朋友，實在是難能可貴的經驗。」

新秀作者．創意無窮

在影展結識的一批日本新生代動畫人，與子英年紀相若，創作歷程相近，特別投緣，而且大家都是從傳統製作道路走過來，迎向電腦新世代：「我們這一輩創作人都以傳統方式製作動畫，屬前電腦時代，之後部分人轉用電腦製作，亦有繼續做手作動畫，一起見證動畫的發展歷程。」當中有幾位別具代表性：

飯面雅子：女性動畫家，一九七三年已拍攝個人作品，以製作砂動畫知名，作品內容抽象，視覺效果突出，代表作《浮遊卵》。她致力組織女性動畫師發表作品，一九八五年三月，她召集了十四位女性動畫作者，舉辦首個全女班的動畫影展「三月兔的Animation Film Party」。六天展期放映一百三十二部作品，非常成功。另外也定期舉辦「Peach Animation Festival」，展示作品，更出版《通訊》，記錄個人的製作經驗和拍攝心得。

IKIF：石田園子（Ishida Sonoko）和**木船德光**（Kifune Tokumitsu）於一九七九年起共同創作，後來以「IKIF」名義推出作品，意思是「Ishida Kifune Image Factory」。作品多屬非故事、非人物類型的動畫，主力探索圖案、顏色變化的各種可能性，充滿實驗色彩，作品如《動畫百科全書》、《螢火》，內容自由開放，影像凌厲。

22

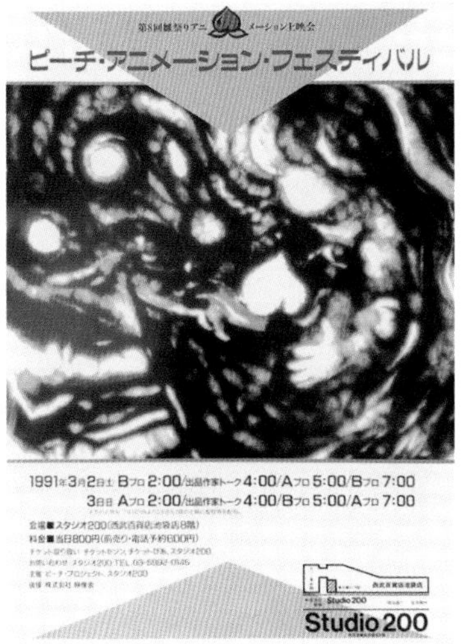

23

22 飯面雅子的來信，告知近況之餘，亦有和加拿大動畫家 Frederic Back 的合照。 23「Peach animation festival」的單張。

石田卓也：從事廣告工作，亦繪畫插畫。八十年代起主力製作泥膠動畫，縱經歷電腦世代，仍堅持製作這種手作動畫，九十年代中以來，《蠟筆小新》電影版開首的一段泥膠動畫，均由他負責。

山村浩二：既是獨立動畫家，也是童書插畫家。其動畫作品屢獲獎項，二〇〇二年的《頭山》（*Mount Head*）更獲第七十五屆（二〇〇三）奧斯卡金像獎「最佳動畫短片」提名。現為動畫教授。在同輩獨立動畫師中，他擁有最高的地位。

子英與他們同屬動漫愛好者，有說不盡的話題，每次遊歷日本，總會約見，甚至登堂入室，促膝夜談。他們不少至今仍作事創作，對廣島國際動畫影展更是不離不棄，積極參與推動。

亞洲創意　融會一片

作為國際動畫協會（ASIFA）首個支持的亞洲地區大型動畫展，廣島國際

24

26

25

山村浩二 ワークスブック
ヤマムラアニメーション図鑑
ピクトアップ・編
28

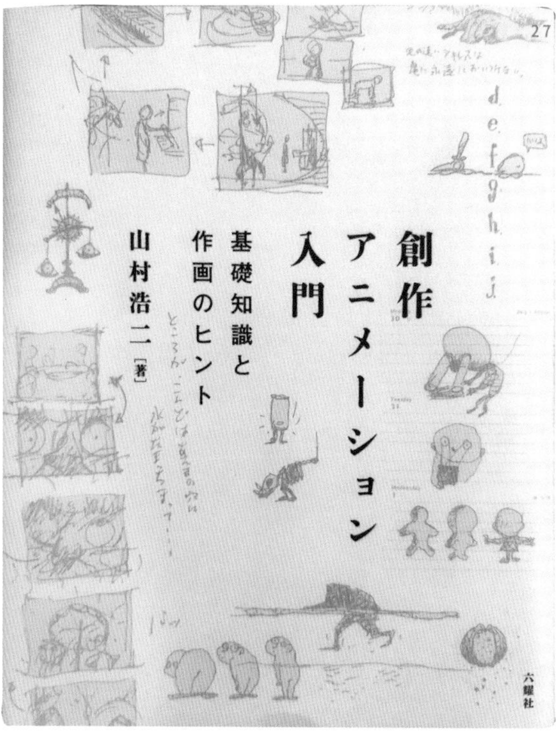
創作アニメーション入門
基礎知識と作画のヒント
山村浩二［著］
六耀社
27

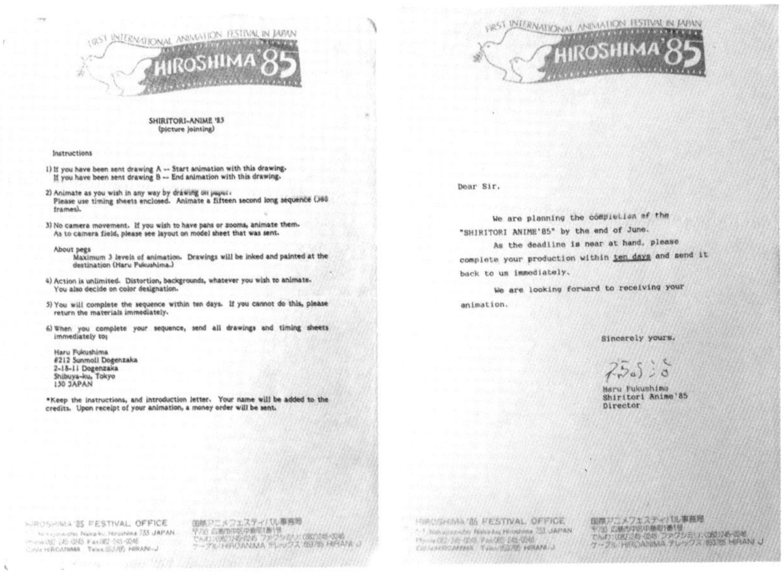
FIRST INTERNATIONAL ANIMATION FESTIVAL IN JAPAN
HIROSHIMA '85

SHIRITORI-ANIME '85
(picture jointing)

Instructions

1) If you have been sent drawing A -- Start animation with this drawing.
If you have been sent drawing B -- End animation with this drawing.

2) Animate as you wish in any way by drawing on paper.
Please use timing sheets enclosed. Animate a fifteen second long sequence (360 frames).

3) No camera movement. If you wish to have pans or zooms, animate them.
As to camera field, please see layout on model sheet that was sent.

About pegs
Maximum 3 levels of animation. Drawings will be inked and painted at the destination (Haru Fukushima.)

4) Action is unlimited. Distortion, backgrounds, whatever you wish to animate.
You also decide on color designation.

5) You will complete the sequence within ten days. If you cannot do this, please return the materials immediately.

6) When you complete your sequence, send all drawings and timing sheets immediately to;

Haru Fukushima
#212 Sunmoll Dogenzaka
2-18-11 Dogenzaka
Shibuya-ku, Tokyo
130 JAPAN

*Keep the instructions, and introduction letter. Your name will be added to the credits. Upon receipt of your animation, a money order will be sent.

HIROSHIMA '85 FESTIVAL OFFICE

FIRST INTERNATIONAL ANIMATION FESTIVAL IN JAPAN
HIROSHIMA '85

Dear Sir,

We are planning the compiletion of the "SHIRITORI ANIME'85" by the end of June.

As the deadline is near at hand, please complete your production within ten days and send it back to us immediately.

We are looking forward to receiving your animation.

Sincerely yours,

Haru Fukushima
Shiritori Anime'85
Director

HIROSHIMA '85 FESTIVAL OFFICE

29

24 **與一班日本年青動畫人合照，包括淺野優子、飯面雅子、石田卓也等，地點是IKIF的家。** **25** **左起石田卓也、山村浩二及IKIF夫婦。** **26** **左起：山村浩二、紀陶和石田卓也，攝於1987年。** **27** **山村浩二著作之一《創作動畫入門》。** **28** **山村浩二作品集《山村動畫圖鑑》。** **29** **《接力動畫》合作計劃的信件。**

動畫影展立足亞洲，面向國際。為彰顯其亞洲特色，首屆影展邀請亞洲各地的動畫作者各自獨立創作，再組合成長約五分鐘的作品，並由動畫家福島治擔任總監督。

短片計劃名為「Shiritori Anime’85 Asian Animator Picture Jointing」，把來自日本、內地、香港、台灣，以及伊朗、印度、印尼等地共十六位動畫師的作品，組成短片《接力動畫》。香港的代表是盧子英、程君傑：「先由木下蓮三聯絡我，聽到這消息，實在很興奮。」內地有上海美術電影製片廠的常光希、林文肖，台灣的代表是余為政，片頭則由福島治主理。

子英和程君傑事前已聯同小野耕世，前往福島治工作室拜會。福島於六十年代已製作獨立動畫，亦從事廣告及商業短片拍攝。是次《接力動畫》是把「Anijam」這玩意付諸實踐，每個創作單位預先收到大會的兩張稿，分別是其所屬段落的起首和結尾的圖像。因此，每個段落的首尾畫面都由大會規定了，這樣各個段落才能夠有機地銜接。至於首尾之間的部分，限時十五至二十秒，由創作人隨意發揮，自由度相當大。

子英收到的圖像，起首是大會的「地鼠吉祥物」，結尾則是「和平鴿」。作者只需要畫好畫面，處理好動態場面，寄回畫稿就可以，而音效、音樂等後期製作則由福島統籌處理。因篇幅所限，只能製作一些動態場面，教子英費煞思量：「希望尋找到能夠代表香港的內容放進去。」湊巧他在香港電台與王司馬的弟弟共事，於是靈機一觸：「從未有《牛仔》漫畫的動畫片，何不抽取『牛仔』和『契爺』的形象放入動畫，帶出香港元素。」獲該同事首肯後，他便把牛仔、契爺動畫化：「他們乘坐飛碟，繞行一周，後變成火箭，一飛沖天。」

大會收到畫稿後，再以菲林拍攝，並進行一系列後期工作，才合成一齣流暢的作品。因每個片段的節奏有別，福島找來時年廿一歲的加曾利康之為每

31

エンジョイ！しりとりANIME'85 福島 治

THE FUN OF SHIRITORI '85 by HARU FUKUSHIMA

Assume that you have been invited to produce a one-minute animated film. You might think, "Only one minute?" But those who have worked with animation know all too well how much effort and patience is required to make a film that long. So, let us reconsider this. It is possible for anyone with a genuine interest to make an animated film lasting about 15 seconds. But imagine expressing your personality, in any way you want to, on to film for 15 seconds and then passing your last frame to somebody else. This person will continue making the film for another 15 seconds, this time expressing his or her personality in the film and then, in turn, passing it on.

It's rather like that Japanese "word chain" game we played in our childhood. In this game the last syllable of each word has to be re-used to start the next word. And this is the basis of Shiritori.

Shiritori '85 is a four and a half minute film made by fourteen young (or young-at-heart) participants from seven Asian countries. Therefore, it's just like an animated film of fourteen smiling faces.

As an additional note: At the beginning of this year we received a request from a Mesghli Farsid in Iran to participate in Shiritori '85. He had already sent his film but it never arrived and, unfortunately, the Iran-Iraq war intervened. Since then we have heard nothing more from him and can only imagine that he cannot even think about animation because of the ongoing war. Regretfully, the war has stopped him from being one of those smiling faces in Shiritori '85. It's really nice to be at peace!

Participants of Shiritori Animation '85

Hal Fukushima (Japan), Chang Kuang Hsi (China), Hana Kaminski (Israel), Anthony Ching Kwan-kit (Hong Kong), Denny A. Djoenaid (Indonesia), Yoshimasa Akiyama (Japan), Lin Wen Xias (China), Ken Mimura (Japanese resident in Canada), Yu Wai Ching (Taiwan, R.O.C.), Neco Lo Che Ying (Hong Kong), Terumi Funakubo (Japan), Kazunari Furuya (Japan), Gul Ramani (India) and Madoka Yasuei (Japan).

しりとりANIME'85に参加した人

30

32

34

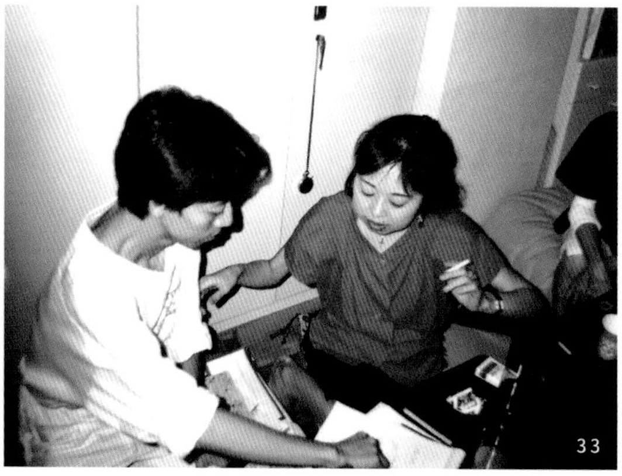
33

個段落創作配樂，他也是當屆動畫影展主題音樂的創作者。

第一屆廣島國際動畫影展展期為一九八五年八月十八至廿三日，期間子英碰到該短片的各地參與者，福島亦一盡地主之誼，介紹大家互相認識。競賽項目的頒獎禮安排在最後一天晚上舉行，並先由他們這套《接力動畫》揭開序幕：「創作、製作期間，大家都不知道其他作品的內容，首映禮上才第一次看到合作成果，很開心，亦發現各地作者的口味迥異，選用的顏色、線條都不同。令這部集體創作格外有趣。」

太太接棒・盛況依然

經歷第一屆廣島國際動畫影展，往後子英旅日期間仍不時探訪木下蓮三，聚會聊天。木下正職從事廣告，拍攝很多商業作品，譬如在電視綜藝節目穿插播映的短片：「他很有幽默感，喜愛說笑。經常接觸西方世界的事物，

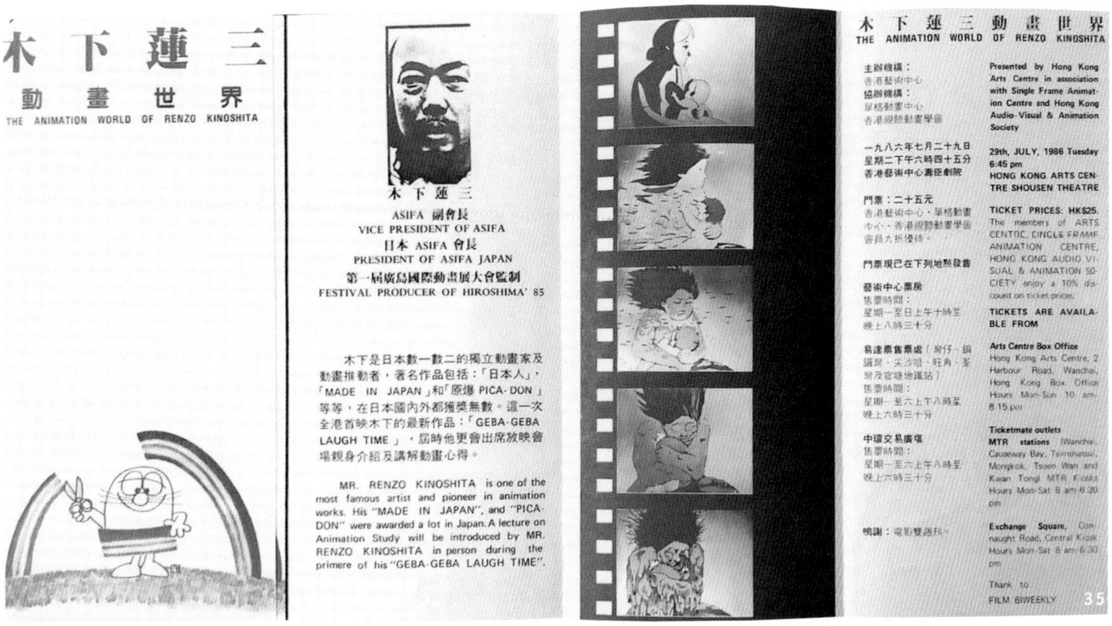

木下蓮三

動畫世界

THE ANIMATION WORLD OF RENZO KINOSHITA

木下蓮三

ASIFA 副會長

VICE PRESIDENT OF ASIFA

日本 ASIFA 會長

PRESIDENT OF ASIFA JAPAN

第一屆廣島國際動畫展大會監制

FESTIVAL PRODUCER OF HIROSHIMA' 85

木下是日本數一數二的獨立動畫家及動畫推動者，著名作品包括：「日本人」，「MADE IN JAPAN」和「原爆 PICA-DON」等等，在日本國內外都獲獎無數。這一次全港首映木下的最新作品：「GEBA-GEBA LAUGH TIME」，屆時他更會出席放映會場親身介紹及講解動畫心得。

MR. RENZO KINOSHITA is one of the most famous artist and pioneer in animation works. His "MADE IN JAPAN", and "PICA-DON" were awarded a lot in Japan. A lecture on Animation Study will be introduced by MR. RENZO KINOSHITA in person during the primere of his "GEBA-GEBA LAUGH TIME".

木下蓮三動畫世界

THE ANIMATION WORLD OF RENZO KINOSHITA

主辦機構：
香港藝術中心
協辦機構：
單格動畫中心
香港視聽動畫學會

Presented by Hong Kong Arts Centre in association with Single Frame Animation Centre and Hong Kong Audio-Visual & Animation Society

一九八六年七月二十九日
星期二下午六時四十五分
香港藝術中心壽臣劇院

29th, JULY, 1986 Tuesday 6:45 pm
HONG KONG ARTS CENTRE SHOUSEN THEATRE

門票：二十五元
香港藝術中心、單格動畫中心、香港視聽動畫學會會員九折優待。

TICKET PRICES: HK$25. The members of ARTS CENTRE, SINGLE FRAME ANIMATION CENTRE, HONG KONG AUDIO VISUAL & ANIMATION SOCIETY enjoy a 10% discount on ticket prices.

門票現已在下列地點發售

TICKETS ARE AVAILABLE FROM

藝術中心票房
售票時間：
星期一至日上午十時至晚上八時三十分

Arts Centre Box Office
Hong Kong Arts Centre, 2 Harbour Road, Wanchai, Hong Kong Box Office Hours Mon-Sun 10 am-8:15 pm

易達票售票處（灣仔、銅鑼灣、尖沙咀、旺角、荃灣及官塘地鐵站）
售票時間：
星期一至六上午八時至晚上六時三十分

Ticketmate outlets
MTR stations (Wanchai, Causeway Bay, Tsimshatsui, Mongkok, Tsuen Wan and Kwan Tong) MTR Kiosks Hours Mon-Sat 8 am-6:30 pm

中環交易廣場
售票時間：
星期一至六上午八時至晚上六時三十分

Exchange Square, Connaught Road, Central Kiosk Hours Mon-Sat 8 am-6:30 pm

鳴謝：電影雙週刊。

Thank to
FILM BIWEEKLY

35

38

37

36

30 廣島國際動畫影展場刊中的《接力動畫》介紹。 31 1980年出版的月刊《*Animation*》，內有福島治動畫專頁。福島治的動畫人物，特徵在人物的眼睛。 32 福島治於他的工作室，攝於1984年。 33 與《接力動畫》的另一位動畫家舟久保照美。 34 福島（左二）與川本喜八郎（左一）攝於廣島，1985年。 35 1986年「木下蓮三動畫世界」場刊。 36 木下為不少電視節目製作動畫短片。 37,38 木下的代表作之一《Geba geba show time》。

作品題材廣泛，有時候會以抽離的身份，從外國人的角度回看日本，像一九七二年的《*Made In Japan*》，就是以外來人的視角拍攝。」

一九八六年七月，「單格」聯同藝術中心合辦了「木下蓮三動畫世界」放映節目，選映他的四部作品，包括該年新推出、長三十分鐘的《*Geba geba showtime*》，木下與太太專程來港赴會，通過別開生面的幻燈投映，向觀眾分享個人創作。前一年在廣島結識的幾位動畫迷也隨他倆前來，一起交流心得。

木下與太太非常合拍，夫唱婦隨，小夜子主力協助處理行政事務，是長期的工作夥伴。木下於一九九七年辭世，廣島國際動畫影展的領航工作由小夜子接棒。她延伸木下的理念，把活動辦得有聲有色：「小夜子富有魄力，二〇〇四年我前赴廣島出席影展，在記者會上遇到她，風采依然，目前她仍主導動畫影展的工作。」為紀念木下，一九九八年第七屆動畫影展的競賽項目便增設了「木下蓮三賞」。

39 木下夫婦於香港藝術中心。 **40** 於珍寶海鮮舫，除了木下夫婦和小野，還有香港動畫人包括紀陶和許誠毅。 **41** 木下蓮三送贈的動畫稿。 **42 ,43** 1986年木下夫婦再次訪港，於珍寶海鮮舫塗鴉。

44 木下訪港時留影。 45 與木下小夜子攝於2004年。 46 一班香港朋友與木下夫婦合照。 47 到木下蓮三的工作室作客，1986年左右 。

48-51 部分廣島國際動畫影展的特刊。

該動畫影展至今仍維持每兩年舉行一次，每一屆的展期雖只有五天，卻相當充實，除放映眾多作品，更安排各種交流活動。自一九八五年首辦，直至二〇一七年八月，已是第十七屆，來屆已定於二〇二〇年八月舉行。影展舉辦至今逾三十年，殊不簡單。它的成功，固然得力於廣島市政府的全面配合，而ASIFA亦大力支持，每一屆影展得以組成具份量的籌備委員會及評審團，更請來重量級的嘉賓。

首三屆影展子英皆有出席，往後亦不時赴會：「每一屆大會都邀請我們參與，並寄來活動的簡報，看到辦得相當出色，現已成為國際動畫界其中一個盛會。」

木下蓮三（1936~1997）

作為日本其中一位兼任商業及藝術動畫的導演，木下蓮三最大的成就是創辦了廣島國際動畫影展。最初的時候，他只是透過他的作品，例如《*Made in Japan*》和《*Pica-Don*》，將日本獨有的話題，以動畫的形式走向國際舞台，與不同的動畫人交流。但他並未滿足於此，他還要將國際間的動畫人帶到日本，不單只看他的作品，還要看其他人的作品，互相觀摩，將動畫製作的水平和地位提升，結果，他做到了。

除了《*Pica-Don*》，我會推薦大家看他的《*Geba geba showtime*》短片，這是一系列為電視製作的動畫，容易消化，樂而不淫，很有木下的作風。

月岡貞夫画

SADAO TSUKIOKA

久別重逢月岡貞夫

chapter 2.3

盧子英自一九七六年首次赴日拜訪動漫名家，至今逾四十年。與名家接觸的歷程同中有異，異中有同，不乏橫跨多年而再遇的賞心經驗，前輩級動畫家月岡貞夫是一例，兩次碰面的跨度達三十三年。

月岡於一九三九年出生，早年已參與電視動畫製作，屬於東映最早期電視動畫片集的原畫家及導演。少年時代的子英已鍾情動漫作品，從零散的作品中留意到月岡的名字，但當時對他的了解並不深入。

一九八五年．首次認識

一九六三年，東映推出首部電視動畫片集《狼少年 Ken》（狼少年ケン），就是月岡原作（以「大野寛夫」名義），製作團隊的成員還包括高畑勲。其後，月岡追隨手塚治蟲工作，曾參與手塚導演的《小飛俠》（《鐵臂阿童木》）製作；同時亦涉足廣告圈，攝製不少廣告動畫片。

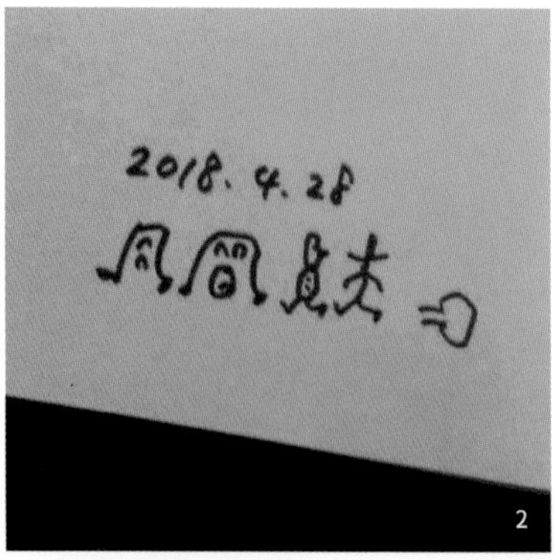

1,2 **東映動畫首部電視片就是由月岡原作及導演的《狼少年 Ken》，這是漫畫合訂本。** **3** **月岡為池袋Sunshine 60設計的吉祥物。** **4** **月岡是第一期《小飛俠》電視動畫的主要導演，他為子英繪製的阿童木別有風味。**

一九八五年五月，池袋太陽城舉行「月岡貞夫動畫選」，一次小型的個展，小野耕世一如既往的關照子英：「不如一起去探探他吧！」他們趕及於展期的最後一天赴會，小野與月岡相熟，引介子英與他認識：「月岡是一位好好先生，相當友善，帶點西化氣質，雖是首次見面，已很開放的分享己見，包括創作，無所不談。」

當時月岡亦協助其他動畫師工作，如參與大友克洋的廣告製作，十分忙碌，卻仍騰出時間拍攝個人鍾愛的獨立作品，十分難得。「傾談期間，發現他對當時日本動畫圈的制度頗有意見，所以從事獨立製作，希望拍出具有個人風格的作品。」在上述「動畫選」節目中，月岡為完成僅數星期的新作《黎明》（Dawn）舉行特別首映，該片亦安排在第一屆廣島國際動畫影展公映。

《黎明》正揭示月岡創新風格的勇氣：「影片屬水墨畫形式的剪紙片，風格相當特別。全片並無故事骨幹，以營造氣氛為主，並選用喜多郎的《黎

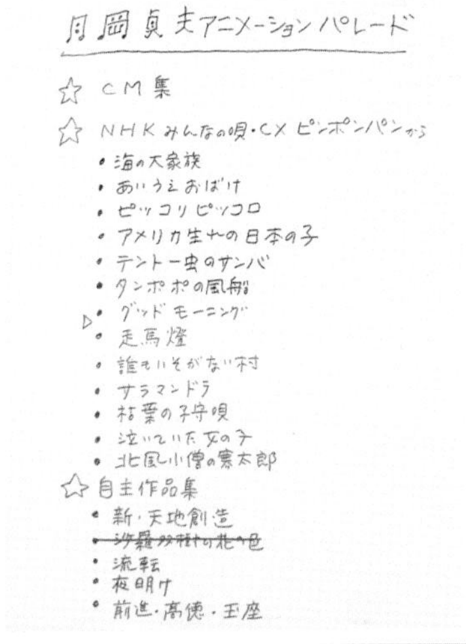

月岡貞夫アニメーションパレード
☆ CM集
☆ NHKみんなの唄・CXピンポンパンから
・海の大家族
・あいうえおばけ
・ピッコリピッコロ
・アメリカ生れの日本の子
・テントー虫のサンバ
・タンポポの風船
・グッドモーニング
・走馬燈
・誰もいそがない村
・ナラマンドラ
・枯葉の子守唄
・泣いていた女の子
・北風小僧の寒太郎
☆ 自主作品集
・新・天地創造
・沙羅双樹の花の色
・流転
・夜明け
・前進・高徳・王座

5 月岡（右）與子英及程君傑。 6 當年月岡動畫展的單張及節目表。 7 跟月岡與小野耕世合照於 1985 年的池袋月岡動畫選。 8 1985 年的月岡貞夫。 9 月岡貞夫動畫選的現場。

anime people (5)

月岡貞夫 十 大友克洋 ＝ CANON T70

月岡貞夫

「月岡貞夫動畫選」的會場一角

名作「SARA MANDARA」的動畫原作

T－70的廣告

11

單格

□盧子英

月岡貞夫動畫選

五月六日星期一，天氣不大好，下雨。之前兩天在火車站的廣告版上看到「月岡貞夫動畫選」的海報，便約了筆者的日本朋友影評人小野耕世一起去參觀，而小野本已認識月岡，更可借機會做點訪問。這個動畫選在池袋的太陽城舉行，只舉行數天，五月六日是最後一天了。

展覽分兩部份，在大堂有月岡的動畫作品稿展出和售賣，所得的款項用作公益事業，而免費的動畫放映會每天放兩場，在太陽城的小放映間舉行。

在此簡介一下月岡貞夫，他是東映動畫早期電視片原畫家和導演，時維六十年代。至七十年代，他投身廣告界，創作了大量廣告動畫片，在工餘時間亦製作了不少獨立短片、動畫由於他在廣告動畫界頗有成就，又是日本獨立動畫的推動者之一，所以名氣不少。筆者和小野先看了月岡的動畫放映會，內容十分充實，包括多部獨立動畫和大量廣告短片，而他的最新作品「黎明」（DAWN）也特別首映了，此片的風格頗特別，是水墨畫形式的剪紙片，全片以氣氛爲主，並無故事骨幹，以喜多郎的名曲「早禱」爲配樂。眞巧！筆者於年前曾看過一部日本獨立動畫，由相原信洋導演的「水輪」，也是以此曲作配樂的！不過相比之下，「水輪」的動感和手法似乎比「黎明」略勝一點。不過，可以看得出月岡貞夫希望在風格上作出突破，而且他似乎對中國的水墨動畫興趣極濃，我們在放映會後的交談中話題始終是水墨動畫。他說「黎明」於數週前才完成，將會參加本年八月在廣島舉行的第一屆國際動畫展，除此之外，他還在準備另一部新作，也是水墨形式的。

短短的交談中，已看得出月岡充滿幹勁，對動畫也充滿熱誠，試想一個廣告界大忙人仍花出他的工餘時間去製作一些自己眞正喜愛的作品，是很難得的，希望他的新作會更加進步。□

↑月岡貞夫動畫手稿
→月岡貞夫動畫選的海報
↓左起：月岡貞夫、程君傑、小野耕世、筆者

10

明／晨禱》（*Dawn/Rising Sun*）作配樂。」放映會後，子英與月岡傾談的話題，總離不開水墨畫，感受到他相當鍾愛這種繪畫形式，當時他已計劃製作另一部水墨動畫片。

該次「動畫選」節目分為兩部分，其一是作品原稿展，同場更銷售部分畫稿，收入作公益慈善用途；另一部分是在小型映廳舉行動畫放映會，每天兩場，費用全免。「過去我主要通過書本接觸月岡的作品，較少看到動畫影片，當天便爭取機會欣賞公映的短片、廣告片等，看了整整一個小時。」

二〇一八年・意外重逢

通過這節目，不僅對月岡作品有深入的了解，更難得可以面見其人，分享創作動畫的種種，開心的暢聚大半天。一別之後，晃眼三十三年過去，竟沒有機會再碰面。

二〇一八年四月，子英出席於杭州舉行的第四屆中國（杭州）國際青年動畫雙年展，抵埗後發現月岡是與會嘉賓之一，大為驚喜：「很高興，相隔了這麼多年，竟然有機會再碰面。」月岡以講者身份出席高峰論壇其中一節會議，講題是「歲月的童話・紀念高畑勳」，娓娓憶述與高畑勳共事的點點滴滴，懷緬此前不久病逝的動畫大師。

久別重逢，子英與月岡之間難免隔重紗：「畢竟事隔太久，起初月岡記不起我是誰，但細談之下，記憶又回來了。動漫節那幾天，大家亦多次碰面。」

月岡已投身教育工作多年，為寶塚大學教授，亦於日本大學藝術學部映畫學科任講師。期間他編寫了一系列動畫教學的教材，一套多冊，相當具份量，涵蓋編、導、製作，以至新世代的電腦技術等，獲日本的高等院校採用。近

13

12

14

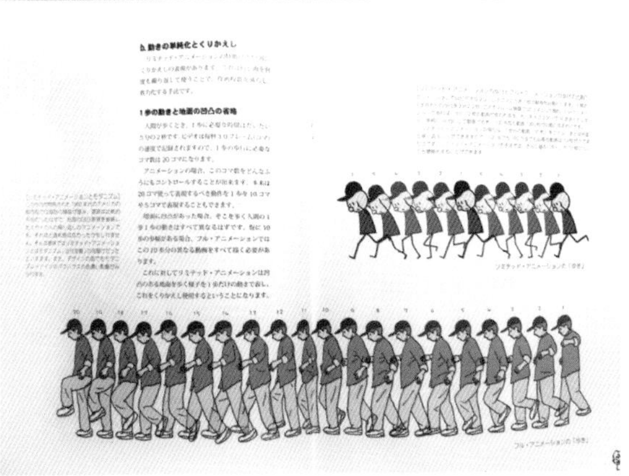

17

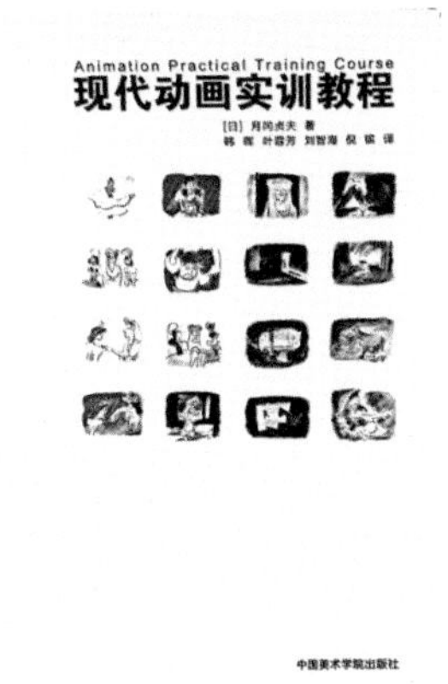

16

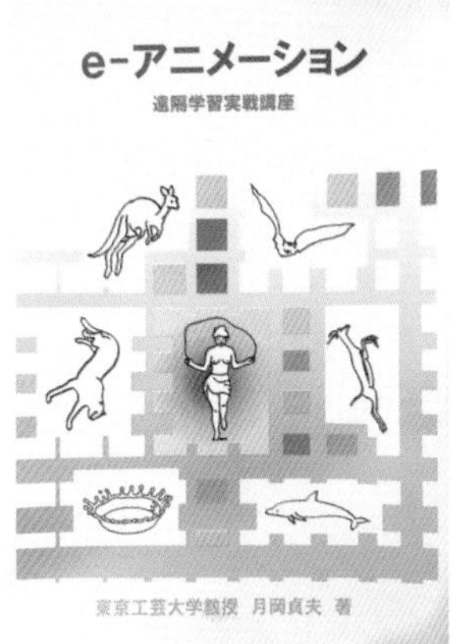

15

10,11 子英為雜誌撰寫了有關月岡的文章。 12,13 2018 年子英與月岡於杭州重聚。 14 2018 年 7 月月岡訪港，子英和太太一盡地主之誼。 15-17 月岡近年主力動畫教育，中日兩邊走，他編寫的動畫教材十分實用，更出版了簡體字版。

18-20 月岡與台灣漫畫家蔡志忠份屬老友，相會於杭州。

年，內地亦把該教材翻譯並推出中文版，他與內地教育及文化圈的交往由是轉趨頻繁，不時應邀前往北京、上海、杭州等地講授動畫製作。

香港影展・三度碰面

上一回道別，相隔三十三年才再遇，至於這一次，始料未及，別後兩個月竟又重逢。二〇一八年六至七月，「電影節發燒友 Cine Fan」推出特別節目「高畑勳——詩畫人間」，選映五部他在吉卜力時期參與的作品，並舉行座談會，子英獲邀為主講嘉賓：「想起不久前杭州的論壇，我向主辦單位建議邀請月岡前來主講。」

月岡爽快的答應，兩輩動畫人，位置有別，歷程有異，難得同台合作，一起惦念動畫巨匠。月岡已多年沒有來港，故地重遊，十分欣喜。教子英喜出望外的，是他很有心的送來那套教科書，兼且不嫌沉重，同時帶來中文、日文各一套：「內容相當豐富、充實，很精彩的教材。」

年屆八旬的月岡精神健朗，子英相隔三十三年能與他再度碰面，誠屬難得。今天他手執智能電話，雙方不時連線，延續另一段友誼歷程。

子英與月岡攝於高畑勳講座上。

月岡貞夫（1939~）

第一代的日本動畫創作人尚在世上的寥寥可數，月岡貞夫就是其中一位。
從最早期的東映動畫長片以至首部東映電視動畫片集，月岡都是關鍵人物，
他的《狼少年 Ken》製作上其實比手塚治蟲作品《小飛俠》更勝一籌，只是推出時間比《小飛俠》遲了一點點，
不過很快月岡便加盟「蟲 production」為手塚服務，正正反映了他的實力。
從商業動畫到獨立作品，很多日本重要動畫都可以見到月岡的名字，
累積了這麼多實戰經驗，晚年的月岡主力動畫教育，
而且中國日本兩地走，相信他是近年中國最多人熟悉的動畫教授。

木偶動畫 兩大高手

chapter 2.4

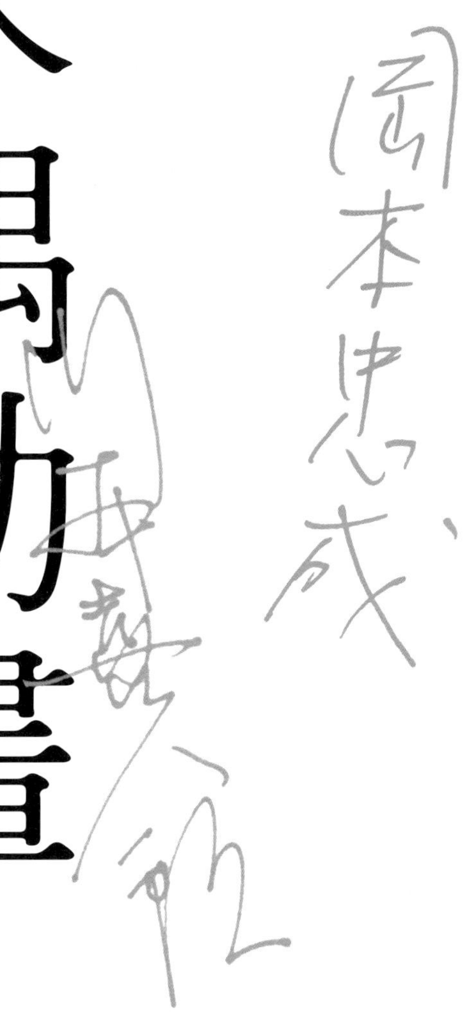

作為動畫製作人，盧子英不少作品屬「定格動畫」(stop motion animation)，如運用砂粒呈現動態畫面：「我喜愛做動畫，尤其鍾情這種立體形象的動畫。」定格動畫的素材千變萬化，除砂粒，還有泥膠、剪紙，以及木偶等。

川本喜八郎及岡本忠成為日本兩大木偶動畫師，他們的技巧相似，但藝術處理手法有別，風格迥異。前述一九八一年子英、紀陶為香港電影文化中心策劃的「日本近代動畫展」，當時川本的名作《道成寺》亦應邀參展。雖早聞川本美名，子英一直無緣欣賞其作品，直至此次：「看罷該片，很想與他見面。」

拜訪川本．近觀偶人

一九二五年出生的川本，四十年代中於東寶映畫攝影所任美術指導助理，及至五十年代，開始製作供童書攝影用的木偶，期間看到捷克木偶動畫大

3

4

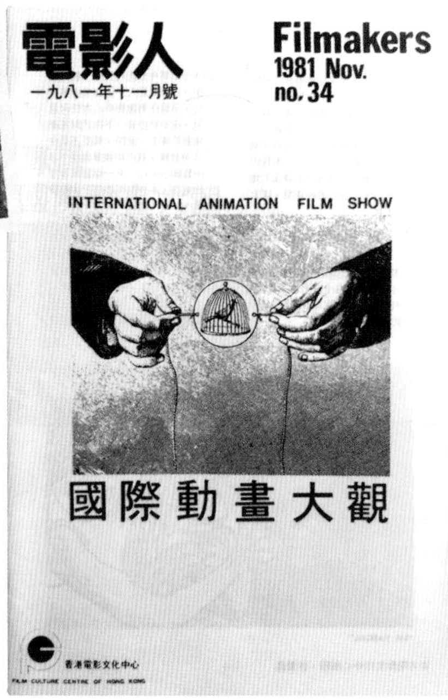

2

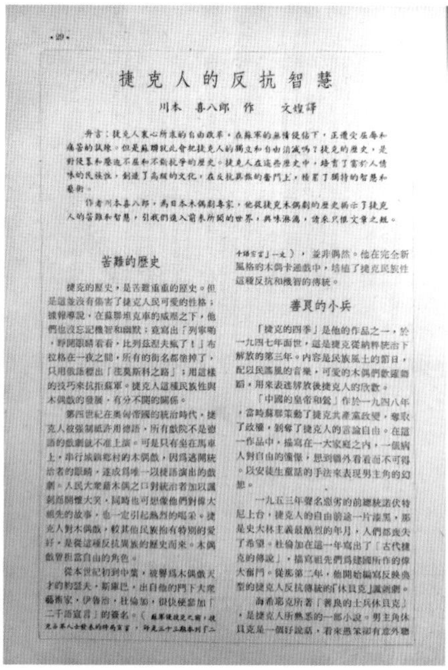

1

師鄧克（Jiri Trnka）一九四九年的作品《皇帝的夜鶯》（*The Emperor's Nightingale*），深受觸動，於是投身製作木偶動畫，更於一九六三年三月至翌年四月，親赴捷克向鄧克學習製作木偶動畫的技術。回國後製作的木偶動畫，糅合東西方藝術特色，創出個人風格。

川本分別為廣告、電視台製作動畫，亦拍攝獨立短片，每每歷時一年才完成一部。作品數量不多，但評價甚高，屢獲獎項，一九七六年的《道成寺》及一九七九年的《火宅》最獲稱許。《道成寺》依據《道成寺傳說》改編，描述年輕僧人與寡婦之間的淒怨故事，子英看罷該片亦大為折服：「片長約十九分鐘，沒有對白，卻能完整、優美地道出一段傳說，結合能劇造型、歌舞伎妝容，並採用傳統日本畫的透視特色，加上匠心獨運的美術、燈光佈置，透視出別樹一幟的古典風格。」

一九八五年第一屆廣島國際動畫影展，川本擔任評審團成員，子英亦在會上首次與他見面。匆匆一聚，意猶未盡，往後相約見面，同時又在動畫影展上再遇，前後多次聚首：「他予人較嚴肅的感覺，難得曾與紀陶相約到他東京的寓所拜訪，有機會欣賞其手作偶人。」

當時，川本正為日本國營電視台（NHK）製作長篇木偶動畫劇集《三國志》，每天播放一小段。該動畫節目由他領軍，並負責角色造型設計，塑造了數以百計的木偶人物，該次探訪便有幸近距離觀賞這批手工精細、綴以華麗服飾的偶人，教人嘆為觀止。後來他更送贈子英一冊親筆簽名的《三國志》畫冊，相當具紀念價值。

子英也曾前往川本的動畫拍攝現場參觀，親睹其一絲不苟的製作態度：「場面處理上，非常細緻，微細如人物頭髮飄揚、野草隨風擺動等小節，都要仔細呈現，每天只能拍下幾秒鐘的畫面。」川本慢工出細貨，從一九六八至八一年間，僅製作了七部短片及一部長片《蓮如和她的母親》。

1 早於 1968 年，香港已有刊物刊登了川本喜八郎的文章。 2-4 1981 年香港舉行的日本近代動畫展，首次放映岡本及川本的作品。 5 川本喜八郎傑作《道成寺》，獲獎無數。 6 川本喜八郎（右）於台上分享創作心得。 7,8 1985 年廣島國際動畫影展上的川本喜八郎。

12

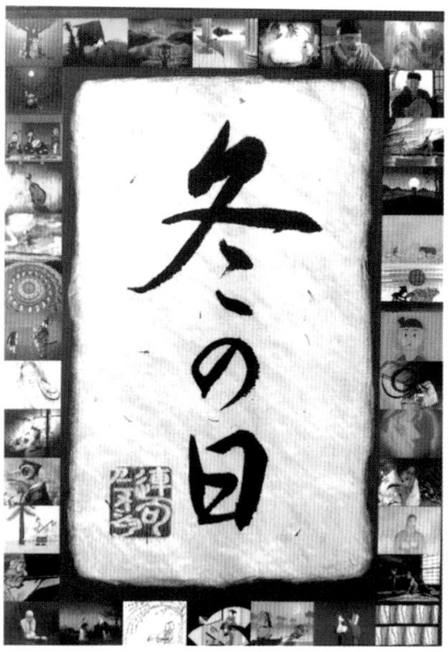

9

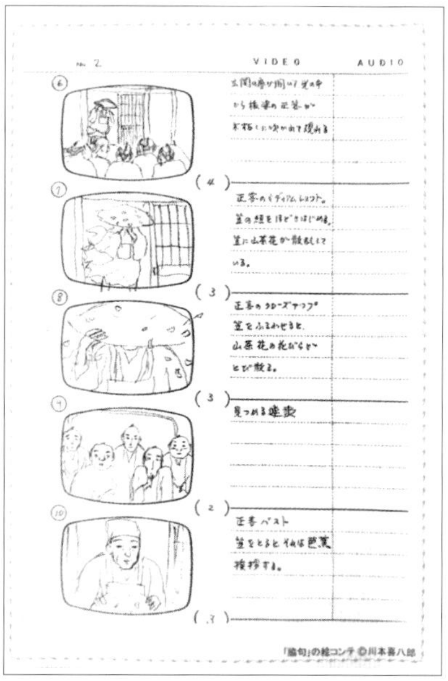

10

14

13

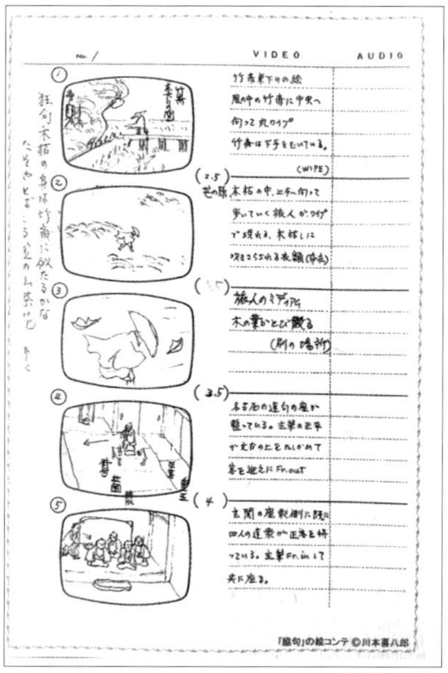

11

9 川本監製的動畫《冬之日》，集合了數十位國際動畫家一起創作。 10,11 川本《冬之日》的分鏡劇本。 12-14 已經絕版的《川本喜八郎作品集》，圖片十分精美。

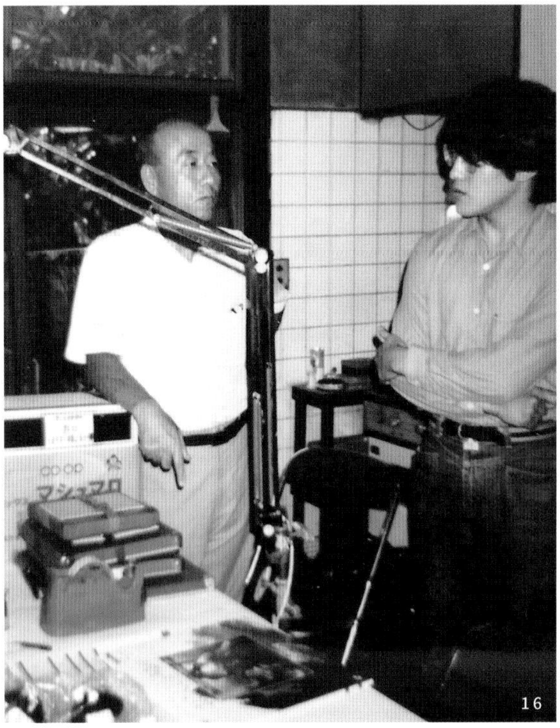

15,16 **於岡本忠成的工作室內。**

一九八八年，川本前赴中國，與上海美術電影製片廠合作，把小說家中島敦《名人傳》中的一則故事，改編為中國木偶動畫《不射之射》。川本擔任編與導之職，並負責人物造型及動作設計，締造一次難得的中日合作。

岡本專著·畫迷致意

一九三二年出生的岡本忠成，於六十年代中參與製作動畫。子英對他的認識較淺，直至一九八一年「日本近代動畫展」選映了他的《彩虹橋》，查閱資料才知悉他也製作木偶動畫，風格則有別於川本。子英與岡本認識，走了一段小小的迂迴路，期間得力於杉山潔之助。

子英在廣島國際動畫影展除結識到動畫師，也認識到動畫迷，包括杉山潔。當時杉山於先鋒牌（Pioneer）擔任影碟項目策劃，開發各種鐳射影碟內容。杉山鍾愛世界各國的動畫影片，也着迷於如戰鬥機等空戰軍備，

17

18

於是循此方向發展出兩個影碟系列：「他開發的動畫系列『Animation, animation』，蒐集了世界動畫大師的代表作，非常完備。」該系列除有歐美名家，更廣及俄羅斯、捷克等當時較冷僻的地區，日本方面則輯入手塚治蟲、久里洋二、川本及岡本的作品。

杉山待人熱情、友善，與子英相當談得來：「他與岡本的關係十分要好，曾表示會替岡本出版作品集，當時亦給我看過部分初稿，更把我介紹給岡本認識。」隨後，子英有機會到訪岡本的工作室，觀看他攝製動畫：「地方很寬敞，攝製用的佈景亦相當大型，各個人形公仔都經他親手製造。他細心講解製作上的竅妙，像如何把偶人穩定在佈景上，以及物料運用等，參觀了數小時，是我首次仔細觀看木偶動畫製作，加深了認識。」

兩年後（一九八七年），不無意外的收到岡本來信：「那次他來香港傾談一個合作項目，順道約我見面，大家吃了一頓飯。那是我唯一一次在

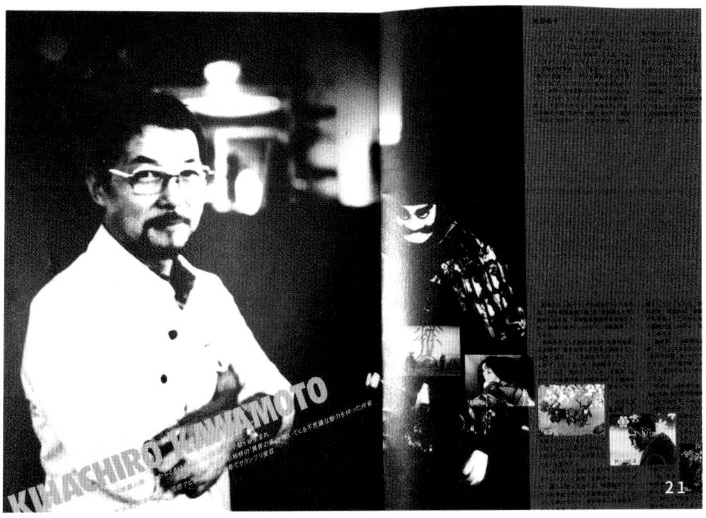

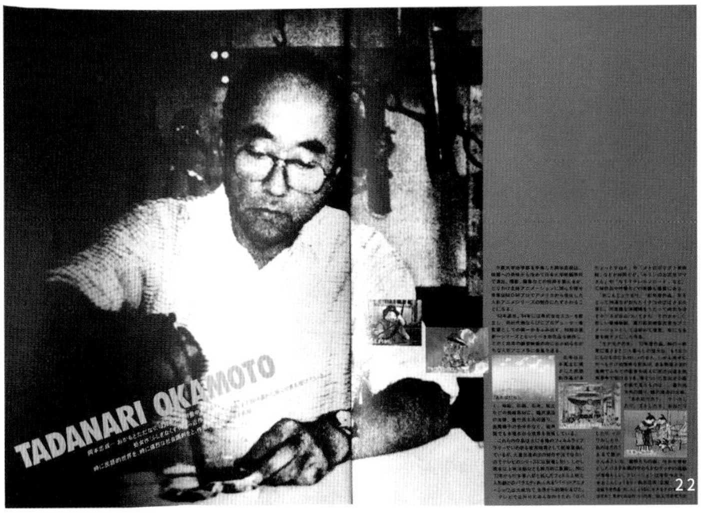

17 正在拍攝中的《螢的碎片》場景。 18《螢的碎片》的片段，摘自《岡本忠成作品集》。 19 杉山潔與他的《岡本忠成作品集》手稿。 20 杉山潔編寫的《岡本忠成作品集》，1994 年於岡本逝世後才出版。 21,22「Pioneer」影碟動畫系列「Animation, animation」，選輯岡本及川本的動畫。

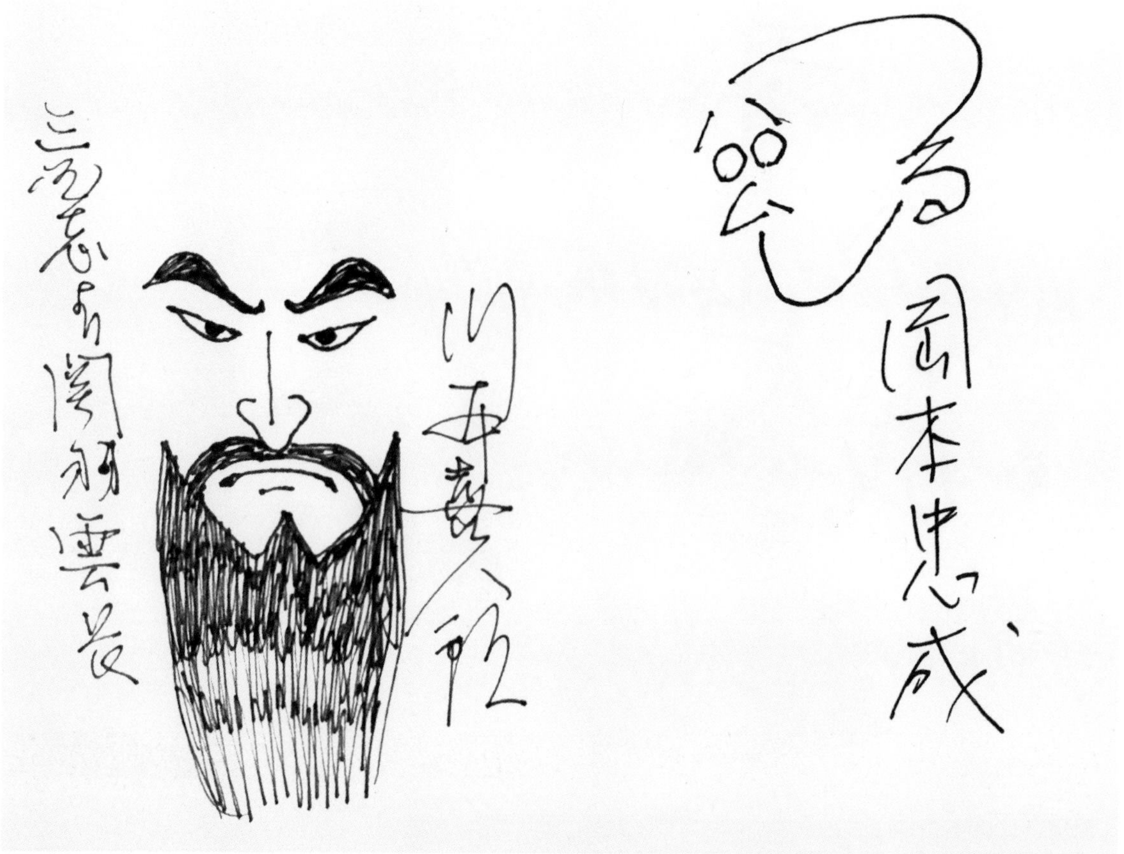

23

23 兩位大師於 1985 年的簽繪。

香港與他碰面。」岡本於一九九〇年辭世，而杉山著作的《岡本忠成作品集》，於一九九四年由角川書店出版，內容豐富，製作精美。

岡本離世前仍在製作改編自宮澤賢治小說《注文の多い料理店》（台譯：要求特別多的餐廳）的動畫，可惜未及完成，餘下的部分由川本喜八郎接手拍攝；他倆既屬同路人，私交亦甚佳。該動畫短片於一九九一年完成，片長十九分鐘。

川本於二〇一〇年離世，他較岡本有更高的國際知名度，不過，他倆都是木偶動畫界的代表人物。作為定格動畫的製作人，子英欣慰有機會與他們相識會面，以至目睹其製作實況，對兩位大師有更深層的了解。

川本喜八郎（左圖）及岡本忠成出席了 1981 年的一個動畫家紀念活動。

川本喜八郎（1925~2010）

日本的定格動畫（stop motion animation）作品其實頗多，水準亦高，不過以短片為主，只在影展中放映，香港的觀眾可能接觸得較少，但川本喜八郎卻是日本定格動畫中殿堂級的大師，在國際動畫壇中地位亦高，大家一定要認識。雖然川本師承木偶動畫發源地捷克，但他巧妙地將日本傳統表演藝術中的元素如能劇及手托木偶等融入作品中，成為獨一無二的川本動畫，亦提升了定格動畫的東方藝術風格。我最初接觸川本的作品是《道成寺》和《火宅》，直到現在，最愛的也是這兩部！當然川本後期花了二十年專注製作的《三國志》也是他的代表作，有機會亦要欣賞一下。

岡本忠成（1932~1990）

雖然岡本忠成和川本喜八郎都是以定格動畫製作為主，而且活躍的年代也差不多，但兩者的藝術風格各不相同，論作品數量，岡本比較多產，對像又以兒童觀眾為主，在日本的知名度相對較高。除了廣告動畫，岡本為NHK製作了不少音樂動畫，因為經常重播，其中不少已成了家喻戶曉的作品。岡本的代表作，其一是《歡迎你宇宙人》，改編自科幻小說家星新一的短篇，以簡約的美術效果呈現科幻世界，十分獨特，獲獎無數。另一部就是他的遺作，由川本協助完成的《要求特別多的餐廳》，這部作品將原作宮澤賢治的小說充分還原，是岡本少有的黑暗調子動畫。

第二部分：動畫

中國動畫篇

萬籟鳴

W A N L A I M I N G

chapter 2.5

亞洲動畫之父萬籟鳴

成長於六、七十年代，盧子英自小觀賞的動畫電影，以美國及日本的出品為主，礙於當時的大環境，甚少機會接觸中國動畫，充其量在左派背景的戲院看過一點點：「雖印象不深，但感覺有趣，無論題材和美術表現，與平日看到的作品很不同。」

朦朧之中，印象最深的是「上海美術電影製片廠」的廠牌標記，字款典雅，於每部動畫的展示方式皆異。隨着觀賞增多，發現中國動畫甚具本身的文化特色，善於套用傳統的美術工藝，發展出水墨動畫，以及木偶、剪紙動畫等。八十年代初中國實行改革開放，子英有機會近距離與中國動畫人員接觸，「上海美影」亦由遠觀而變成近在眼前。

首辦中國動畫回顧展

一九八〇年七月十日，上海美影出品的《哪吒鬧海》在香港公映，為中國首部闊銀幕彩色動畫，子英自然成

1《哪吒鬧海》的哪吒造型。 2 當年《哪吒鬧海》在港公映，雜誌專題介紹。 3,4 五十年代的《長城畫報》內，有萬氏兄弟的介紹，當時他們正在港發展。

為座上客：「我首套觀賞的中國動畫長片，製作嚴謹，圖像處理細緻，背景、美術都很精美，節奏明快，表現手法既富中國味道，亦有國際水準。原來中國動畫擁有頗高的水準，驅使我多加留意。」

該片當時也於日本放映，獲當地的動畫雜誌詳細報道。然而從觀賞影片到閱讀雜誌來了解中國動畫概況，仍屬寸進。八十年代初，曾任職上海美影的動畫家鄔強移居香港，後進香港電台工作，成為子英的同事，大家互有交流，才算有躍進的認識。

另一個更大幅度的躍進，是一九八五年舉行的第一屆廣島國際動畫影展。當時內地既有影片參展，更組成龐大的代表團赴會，成員多屬上海美影的製作要員，由特偉領隊，廠長嚴定憲、副廠長王柏榮隨團，讓子英有機會與他們零距離接觸：「他們嚮往多了解外邊的情況，亦期望到訪香港。大家都鍾愛動畫，彼此並無地域界限，中間沒有牆，能夠開放溝通，暢快交流。」

4

子英與上海美影的朋友由此建立了聯繫。交往過程中，有感中國動畫的可觀性甚高，由是萌生一念：能否在香港舉辦中國動畫影展？「當然亦很希望拜會『中國動畫之父』萬籟鳴。」

在內地和香港的人士努力奔走、組織，「中國美術電影回顧展」於一九八七年九月十六日揭幕，除放映數量繁多的影片，更設大型展覽會，活動相當具規模（詳見〈特偉與水墨動畫〉一文）。「我們盡量邀請嘉賓來港，尤其希望萬籟鳴能出席，但上海美影亦不敢肯定。」一九八五年的廣島國際動畫影展，萬氏便因年事已高而沒有隨行。「最終收到名單，很高興萬氏會前來香港！」

登堂入室拜訪萬籟鳴

萬氏時年已八十七歲，難得精神健朗，子英大感欣喜：「他已三十多年沒有來過香港，笑言不時造夢回想香港的生活，很開心真的回來了，但香

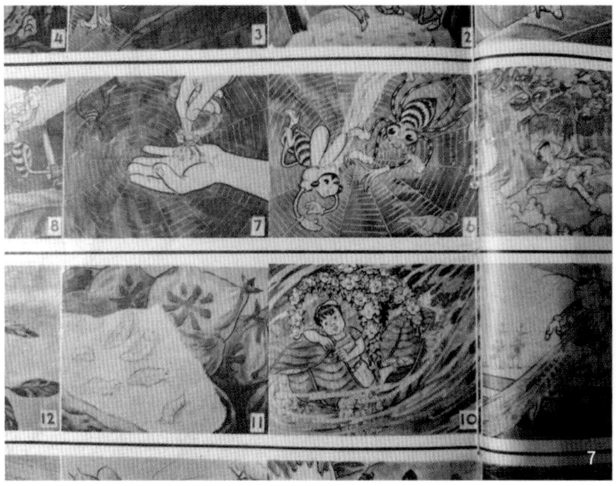

蜜蜂與蝗虫

萬籟鳴萬古蟾設計中的兒童教育卡通電影片

（黎旦攝）

在中國藝術界，有兩位忠實的
揮着很有意義的力量，埋頭工作，
的創建。這兩位先生，就是發明中國
們由默片時代到聲片時代，先後曾
（上海長城公司出品）。「狗偵探
與螞蟻」，「龜兔競走」，「血錢」
明星出品），和「保家鄉」，「滿
子女」一片中的卡通揷片，「幼年岳
長片的卡通片，也完成了一部長達
十幾年前，在國內各地放映，很受
一先河，即在亞洲，也是一部創製
自從「鐵扇公主」一片完成後
可是他們兩弟兄，一直就沒有停止
，必需要各方面的條件都有充分的
物力，經濟，時間的不够，祇有小
備的環境中，用自己的智慧與苦幹
。這種不屈不撓的努力精神，實值
最近他們兩弟兄，又應長城公
兒童教育的卡通片，初稿已經完成
學生，目睹昆蟲社會戰鬪的故事，
。細稿鏡頭畫面約需六百多幅，鏡
物稿十五萬餘面，均爲連環圖案
，即計劃技術工作人員，及卡通
百餘位專家及名電影技術專家，
也得一年時間，預計此一偉大的

港完全變了樣。」一九四九年，他南下香港，應邀加入長城影業公司擔任美術設計工作，一度籌拍長篇動畫《昆蟲世界》，並進行了若干前期工作，可惜因製作龐大、人手不足而擱置。他於一九五四年返回上海，投入動畫製作。在香港留居約五年，對當時的生活，印象朦朧：「他記得在香港生活很愜意，尤其有不少美味的食物。」

萬氏在中國動畫發展史上具有崇高的地位，除於一九四一年製作及執導中國首部動畫長片《鐵扇公主》，而於六十年代初完成的《大鬧天宮》，既是中國首部彩色動畫長片，更獲西方影展嘉許：「能夠和萬氏見面，實在機會難逢。可惜，他礙於手震得厲害，無法為畫迷簽名。告別時，我們還約定下次到上海探望他。」

大夥兒隨「回顧展」活動在港聚首，上海美影的人員分享來年舉辦動畫影展的概況，更請子英等愛好動畫的香港同胞大力支持。一九八八年十一月，第一屆「上海國際動畫電影節」順利舉行，放映與競賽兼備，頗具規模，

9

8

11

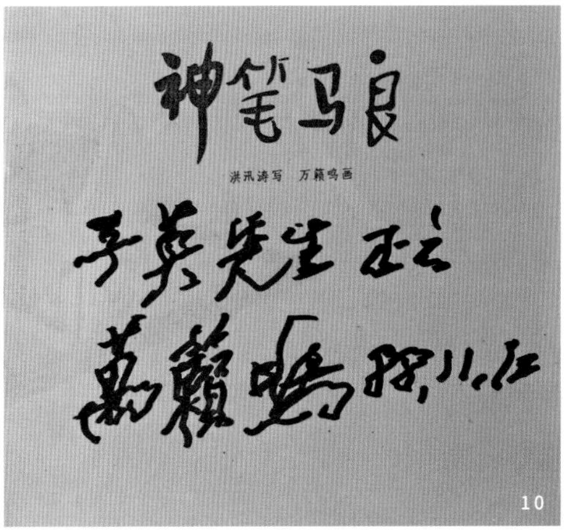

10

5 **萬老出席了 1988 年第一屆上海國際動畫電影節。** **6,7** **萬籟鳴策劃的長篇動畫《昆蟲世界》，本打算在港製作，結果未有拍成。** **8-10** **萬籟鳴的漫畫代表作之一：《神筆馬良》。** **11** **萬老年紀大，不便簽繪，特別貼出了聲明告示。**

吸引世界各地的動畫人員出席，子英等香港動畫工作者亦以行動支持，組團參與。

電影節在上海舉行，萬籟鳴作為老前輩，積極支持活動，出席大部分放映活動及聚會。子英、紀陶兌現一年前的承諾，特意前往他府上拜訪。萬氏居於一幢古老建築的二樓，面積不算小，惟因放了不少物品，環境看來略顯逼仄。

既是第二次會面，大家已算相熟，萬氏熱情招待各人，對訪客期望欣賞的物品，都盡量公諸同好，大家怡然攀談。當時萬氏由孫女照顧起居，這天她亦在場協助招呼。一如既往，交流之餘，子英總期望獲得當事人的題字、繪畫或簽名，留下具體可見的記憶。「萬籟鳴也有繪畫連環圖，我帶來他畫的《神筆馬良》，希望獲取他的簽名。」

上次碰面，萬氏因手震厲害而婉謝簽名。這一回，子英甫進萬家，便見一張幽默的啟事，內書欠下各方友好畫債眾多，無可奈何！足見手震之說

12 萬老向紀陶展示他早期的版畫作品。 13 萬老居室仿如展覽館，放滿了不同的藝術品，既有萬老作品，亦有他人送贈。

13

12

實非胡謅。惟子英有備而戰，心想：僅簽名字，大概還可以吧！於是請孫女當說客，幸獲答允。萬氏為圓滿整個簽名工序，費了點勁：「他站穩、紮馬、運氣，如耍功夫，才把名字穩妥的簽下。」

手塚治蟲贈畫表敬意

萬籟鳴的眾多藏品中，有一張相當亮眼的畫作懸於廳堂，那是手塚治蟲的作品。萬氏的《鐵扇公主》不僅是中國的首部長篇動畫，也是整個亞洲地區的首作，手塚曾分享該片對他的影響深遠，驅使他投入動畫創作。

手塚一直想拜訪萬氏。一九八一年，他聯同其他幾位動畫導演往中國進行交流活動，期間專程探訪萬氏，並帶同畫作饋贈對方。如此一畫，背後揭示一段美麗的畫緣，也透視萬氏作品對亞洲地區畫迷的影響力。《鐵扇公主》乃萬氏和弟弟萬古蟾的合作結晶：「他倆及三弟萬超塵，在中國動畫史

15

16

14

17

14 手塚治蟲於 1981 年探訪萬籟鳴時送贈的繪畫，掛於萬家大廳。 **15** 小野編寫的《中國美術電影發展史》一書，載有萬老作品《鐵扇公主》的日本版海報。 **16** 手塚與萬老會面時，小野也在場。 **17** 萬老與小野耕世。

19

18

18 1992年子英與一班香港朋友再訪萬老。 19 萬老筆下的孫悟空。

上皆佔有重要的位置，各自有不同的專注範疇。萬籟鳴鍾愛繪畫，意念繁多，乃三子中最活躍的。」

手塚對萬氏的敬意毋庸贅言，上述一九八八年上海國際動畫電影節舉行期間，手塚雖抱病，仍前來出席，在一項活動上與萬氏同台亮相。

第二屆上海國際動畫電影節於一九九二年舉行，故地重遊，子英欣喜再遇萬籟鳴。萬氏時年已九十二歲，仍相當精神，出席了他的專題放映活動。子英、紀陶，聯同小野耕世再訪萬氏。闊別四年，萬氏仍居原址，家居佈置則略作改動，更見寬敞。其時小野的《中國美術電影發展史》已出版數年，當中亦有走訪萬氏的部分。來自內地、香港、日本三個地方不同輩分的動畫有緣人，都是相熟的朋友，難得再聚，暢談甚歡。

這是子英最後一次與萬籟鳴見面，他於一九九七年十一月辭世，享年九十七歲：「十年內，有機會與他見面三次，更兩度到他府上拜訪，大家怡然的聚談，是難能可貴的經驗。」

紀陶與萬籟鳴合照。

萬籟鳴（1900~1997）

萬氏三兄弟中的大哥，其地位重要之處，就是在整個亞洲區的動畫工業中走出了第一步，一九四一年的《鐵扇公主》不但影響了日本的動畫發展，更讓歐美動畫人開始注意東方的動畫作品，從而開展了交流的機會。

六十年代初的《大鬧天宮》同樣有着崇高的地位，雖然製作條件有限，但完成度之高讓人讚嘆，中國美術融入其中，實為最有中國色彩的傑作。

我有幸能多次和這位中國動畫之父會面詳談，甚至登堂入室，親睹他的珍藏。另外，亦慶幸可以為他安排最後一次訪港之旅，他當時喜悅的心情，在言談之間真情流露，現在回想起來仍感到無比安慰。

T E W E I

特偉與水墨動畫

chapter

2.6

八十年代初，香港的電影製作開始引入摩登的視覺特效，盧子英對此亦相當關注，期間探聽到邵氏影業請來上海美術電影製片廠的動畫導演鄔強指導該公司的特技組成員。

言猶在耳，他驚喜的獲悉，鄔強將加盟香港電台動畫組，成為同事。此後，他與上海動畫師，以至中國動畫的大本營上海美影，距離愈收愈窄，關係亦越來越深。

南來的上海動畫師

作為資深動畫工作者，鄔強成了港台動畫組的亮點，他曾應邀為同事辦分享會，講授製作動畫的經驗，更難得把一冊珍貴的《動畫秘笈》與眾共享：「那是一本製作手冊，集合不同導演的經驗，內容廣及動畫概念、材料選擇、製作到拍攝，甚具份量，很實用，上海美影所有導演都有一冊。」

期間，子英等後輩曾隨鄔強工作：「他的繪畫手法純熟，線條很美。後

1

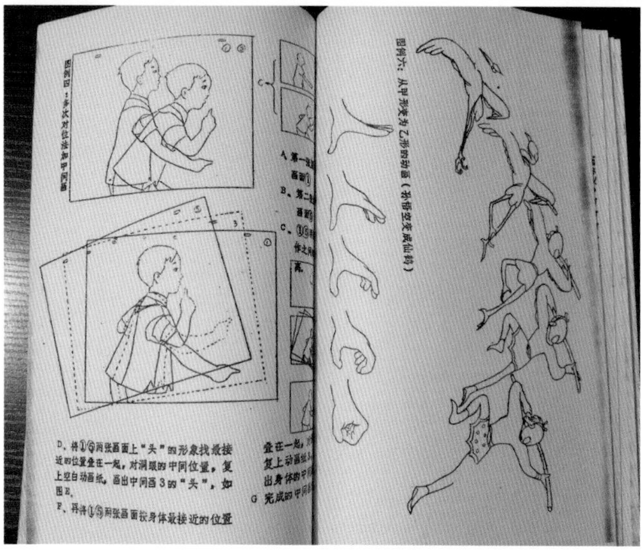

3

2

來大家熟絡了，知道他曾參與水墨動畫製作。」當時內地已出品了三套水墨動畫，鄔氏皆有參與美術設計，更合導其中一套。中國水墨動畫的墨色濃淡適宜，筆鋒走勢圓潤舒徐，大夥兒好奇箇中的製作訣竅：「他依然堅守上海美影的規則，沒有向外界披露。」

一九八五年，香港電視廣播有限公司與內地部門合組「翡翠（深圳）動畫設計公司」，廠址位於深圳，子英的友好亦在該處當開荒牛，他不時前往探班：「該廠聘用了一些上海美影的導演，漸漸與他們相熟了，那時候與內地的動畫人員關係頗為密切。」雖然從上述兩條線路與上海美影的動畫人員聯繫，但與上海美影總歸隔層輕紗，似近還遠，直至一九八七年籌備「中國美術電影回顧展」，才真正踏足該廠。

該次回顧展由香港藝術中心、《電影雙周刊》、上海美術電影製片廠及中國動畫學會合辦，乃本港歷來最大型的中國動畫影展，計劃放映眾多的

5

4

7

6

1 1985 年左右，小野耕世在港訪問鄔強。 2,3 鄔強老師送贈的《動畫秘笈》，讓子英增長不少動畫知識。 4 1987 年，子英和紀陶策劃了中國美術電影回顧展。 5 紀陶攝於舊上海美影廠正門。 6 九十年代初裝修後的上海美術電影製片廠正門。 7 上海美影副廠長王柏榮寄來的賀年咭。

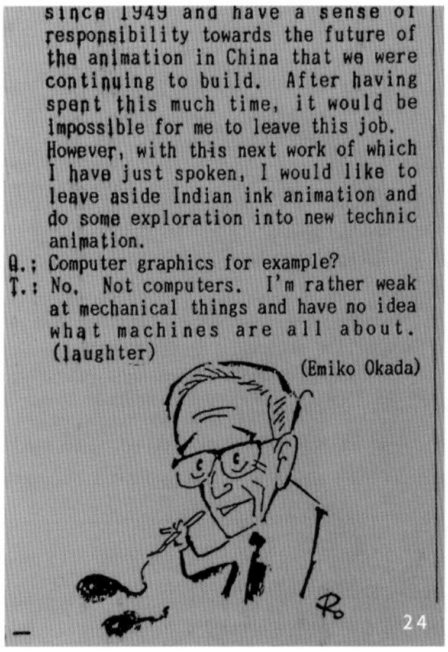

since 1949 and have a sense of responsibility towards the future of the animation in China that we were continuing to build. After having spent this much time, it would be impossible for me to leave this job. However, with this next work of which I have just spoken, I would like to leave aside Indian ink animation and do some exploration into new technic animation.

Q.: Computer graphics for example?

T.: No, Not computers. I'm rather weak at mechanical things and have no idea what machines are all about. (laughter)

(Emiko Okada)

23 八十年代的嚴定憲（左）和特偉。前者於一九八四年出任上海美影廠長。
24 載於廣島通訊的特偉漫畫造像。

誕生，成績斐然。」《牧笛》找來技術了得的錢家駿聯合執導，並由女性攝影師段孝萱掌鏡。及至第三部水墨動畫《鹿鈴》，他交手予鄔強及唐澄導演，作品水準依然很高。

一九八八年，第一屆上海國際動畫電影節揭幕，主辦單位隆重其事，特別攝製第四部水墨動畫《山水情》作首映。特偉以顧問形式任總導演，並由閻善春、馬克宣合導，沿用的是往日的製作班底：「技術上雖沒有太多新突破，但創造了另一種美術風格。故事很特別，講述詩人和少年的感情，配合中國山水，內容富禪意，沒有對白，以營造意境為主，好比欣賞一幅山水畫，精彩。」當時電腦已普及，動畫圈亦朝這方向走，難得仍有人願意以手作技術攝製：「大家以為不會有第四部水墨動畫誕生，所以都很欣賞。《山水情》象徵中國動畫繼承傳統，並與世界正式接軌，很有代表性。」

幾十年來的水墨動畫發展，特偉勞苦功高，貢獻良多。在小野耕世的《中國美術電影發展史》一書中不能缺他這一頁。小野訪問過程中，子英亦在場協力：「特偉為人友善，兼且是廣東人，能說廣東話，大家溝通無阻，我亦可以協助小野翻譯。」特偉在外國的動畫圈也有一定的知名度，他亦是國際動畫協會（ASIFA）的會員，在推動第一屆上海國際動畫電影節上功不可沒。

由廣島、香港到上海的幾個動畫活動上，子英有幸與特偉多次接觸：「半世紀以前，經他努力推動，上海美影推出了多個富中國藝術色彩的動畫系列。現時中國動畫發展很蓬勃，反而覺得失卻以往作品中那份只此一家的中國特色。」

特偉（1915~2010）

特偉不單是動畫導演，他根本就是一位藝術家，在中國漫畫及動畫兩個領域都有極高地位。
特偉對於藝術創作的要求和態度自成一家，影響了當代不少創作人，
大家又惺惺相惜，互相合作，回望上世紀五六十年代的中國動漫畫發展，特偉是關鍵人物。
上海美術電影製片廠也是因為有特偉而得以壯大，不計水墨動畫的成就，
從六十年代到八十年代，上海美影的作品可謂百花齊放，這都是特偉在位時的主要成果。
要看特偉的代表作，四部水墨動畫，一部也不能少。

嚴定憲的金猴降妖

chapter 2.7

毫無疑問，《西遊記》是最熱門的影視作品題材，經歷無數次改編。在動畫領域，中國以至亞洲首部動畫長片、萬籟鳴執導的《鐵扇公主》，也是取材自《西遊記》的故事。影片於一九四一年推出，當時欠缺技術支援，今天回看作品，顯然有眾多不成熟之處，但《鐵》片始終是中國動畫的奠基之作。

上海美術電影製片廠於一九五七年成立，經過多番探索、實踐、改進，累積了一定經驗後，於六十及八十年代，先後推出兩部改編自《西遊記》的長篇彩色動畫：《大鬧天宮》及《金猴降妖》，嚴定憲乃其中的關鍵人物。

傳神捕捉孫悟空形態

嚴定憲生於一九三九年，較萬籟鳴後一輩，同樣受美國迪士尼的動畫影響。他鍾情繪畫，一九五三年畢業於北京電影學院動畫班。六十年代加入上海美影，不久便成為一級動畫導演，

1 張光宇為《大鬧天宮》設計的孫悟空造型。　2 當年《大鬧天宮》在港上映時的戲院單張。

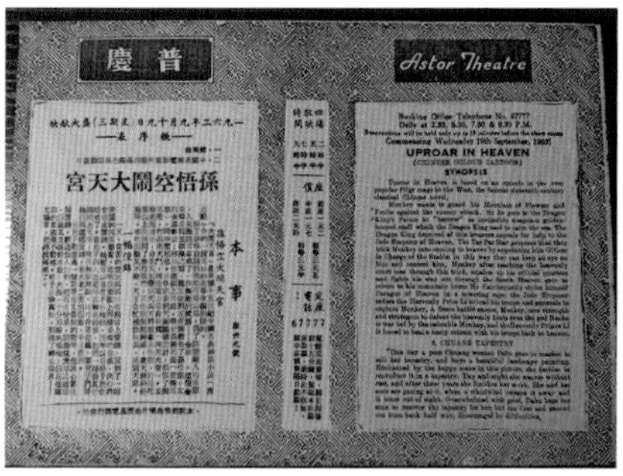

2

1

曾與王樹忱、徐景達聯合導演《哪吒鬧海》，於一九七九年推出（香港於一九八〇年公映）。及至八十年代中，他再獲晉升為廠長。

五十年代中後期開始製作《大鬧天宮》時，上海美影已累積了相當的動畫技術，雖然未有專業的動畫導演，但有一批優秀的美術工作者。一九六一至六四年推出的《大鬧天宮》（上、下集）由張光宇負責人物設計，至於進廠不久的嚴定憲則是主要的動畫師，把人物造型動起來：「主角孫悟空動作繁多，要掌握他的動態實非易事，嚴氏負責了大量的動態繪圖，把角色處理得活靈活現，形神俱佳。」

經過數年的製作期，可謂訓練有素，嚴氏對孫悟空角色的舉手投足，都掌握純熟，他希望把「孫悟空」這角色發展為系列動畫片，直至八十年代終如願以償。當時上海美影重組，計劃再攝製長片，歷經數年籌備，於一九八四年落實決定，延伸《大鬧天宮》的成果，由嚴氏與妻子林文肖聯合導演改編自「孫悟空三打白骨精」故事的《金猴降妖》，而特偉則出任藝術顧問。

在拿捏孫悟空的動態上，嚴氏至為到家，實屬不二之選。《金猴降妖》保留《大鬧天宮》的人物神態，並賦予適度修訂，表現手法上更有所躍進：「有別於《大》片融會京劇的表演模式，《金》片屬純動畫片，美術水準很高，改編上乘，角色塑造成熟，劇情推進利落，成績優異。往後的《西遊記》動畫，人物造型都建基於此版本。」

上海美影的賢伉儷

一九八七年，子英策劃在香港舉行的「中國美術電影回顧展」，前赴上海美影選片，時任廠長的嚴定憲親自接待：「他很爽直，相當健談，和大家有

3《大鬧天宮》動畫場面。 4 嚴定憲導演的《金猴降妖》。
5《金猴降妖》於 1987 年在日本作小型放映。

6

8

7

10

9

6 **子英與嚴定憲合照，旁為香港動畫導演鍾智行（1987 年）。** **7** **嚴定憲與馬克宣於廣島簡介中國動畫。** **8** **嚴氏與小野耕世合照。** **9** **嚴定憲與另一位中國動畫導演胡進慶攝於廣島 (1987 年)。** **10** **嚴定憲與香港藝術中心的林淑儀。(1992 年)**

12

11

11,12 嚴定憲正為子英簽繪。

很多話題。」嚴氏對廠內情況熟悉，有行政決策權，很多時由他親身協助：「他很樂意幫忙，及後與回顧展相關的事項，主要和他聯繫。」與前輩特偉的見面次數則相對地少。

嚴定憲的太太林文肖是上海美影的動畫師，夫婦倆在廠內各佔重要的位置：「為首屆廣島國際動畫影展特別製作的《接力動畫》，林文肖參與其中一段的製作。她專精繪畫，帶點羞澀，心境依然像個小女孩。夫婦倆一高一矮，一健談一害羞，是很具代表性的一對動畫夫妻檔。」

一九八四年十月，嚴氏出任上海美影第二任廠長，至一九八八年卸任。期間他秉承廠方的傳統，致力把持作品的藝術水平，維護品牌聲譽，然而，要做到實非易事。當時廠方鮮少製作長片，而動畫短片卻缺乏經濟效益，兼且廠方實行配給制度，資源備受限制，比方拍攝用的菲林，每年都設限額，在僅有的菲林呎數內，廠長肩負資源分配、題材選取、質素保證等重責。

「廠長的責任重大，須做好平衡，把製作資源適當的分配給各部組，除繪畫，還有木偶、剪紙等，維持員工的工作，同時要決定作品的內容，確保影片的水準。凡此種種，嚴氏相當

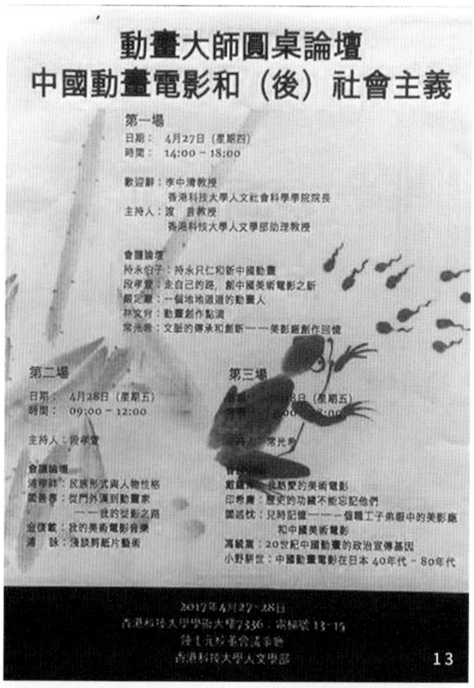

13-15 2017年於香港科技大學舉行的中國動畫電影圓桌論壇。

稱職。」任內他為上海美影營造良好的創作及製作氛圍，所推出的作品，無論在美術及技術上，均表現優異。

動畫老友記香港重聚

作為資深的動畫工作者，無論對外或對內，嚴氏都貢獻良多。任廠長期間，他正值壯年，活力充沛，積極帶領上海美影與國際接軌，像參加廣島國際動畫影展，並推動舉辦上海國際動畫電影節。同時，他亦是國際動畫協會（ASIFA）的成員，中國動畫學會和其他海外機構的交流活動，他都擔當重要角色，見證中國動畫邁向國際。

對內方面，他致力傳授動畫製作的知識。當時不少有志動畫製作人士獲安排進上海美影接受技術訓練，他是主要的導師，分享切身經驗。即使退休後仍然活躍，像《大鬧天宮》誕生四十周年，曾推出修復版影碟及舉行一連串紀念活動，他代表製作團隊接

16 左起嚴定憲、太太林文肖、小野耕世、子英，攝影師段孝萱和常光希。
17 2017 年，一班中國動畫前輩與小野耕世合照於香港科技大學。

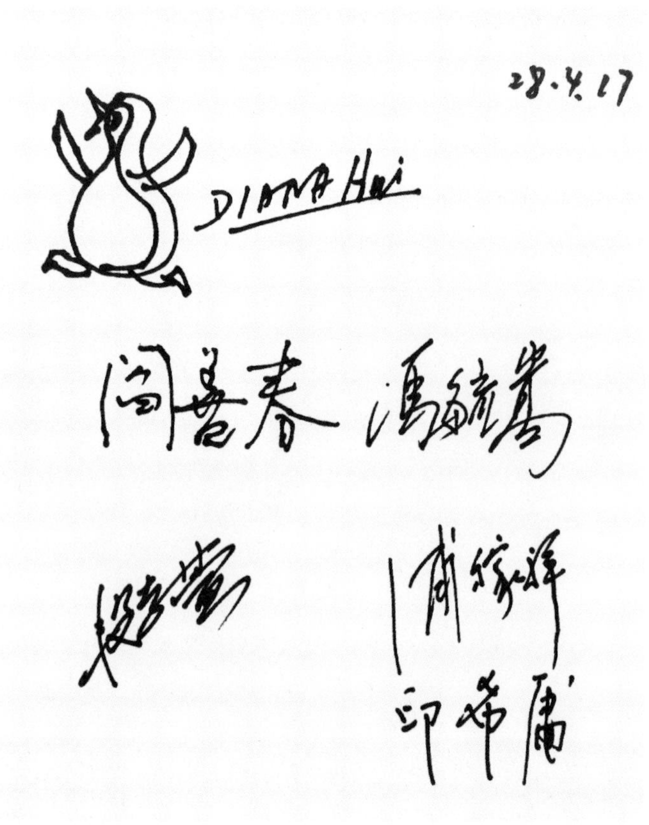

19

18

18 動畫導演常光希的簽繪。 19 集合了多位中國動畫前輩的簽名版。

受訪問。「談到整個中國動畫歷史，嚴氏已是現存最資深的人物。」

二〇一七年四月，香港科技大學舉行題為「動畫大師圓桌論壇：中國動畫電影和（後）社會主義」的學術研討會，多位上海美影往昔的中堅成員應邀擔任講者，包括：嚴定憲、林文肖、常光希、段孝萱、閻善春、浦稼祥，以及負責作曲的金復載等。同一活動還邀請了與中國動畫淵源甚深的日本動畫家持永只仁的女兒持永伯子，以及資深動漫評論人小野耕世擔任講者。小野於八十年代撰寫《中國美術電影發展史》一書時，曾多次走訪上海美影，與眾動畫影人也稔熟。

子英也參與其中一節討論，喜見這群前輩動畫影人個個精神奕奕，聚首香江：「小野與這群中國動畫老朋友已十多年未碰面，竟然在香港與他們重聚，非常開心；我亦有機會再見到嚴定憲，重新聯繫，一次難得的團圓。」

嚴定憲（1936～）

從《大鬧天宮》開始，嚴定憲就跟孫悟空這個角色拉上了不可分割的關係。
基本上，《大鬧天宮》的角色由漫畫家張光宇設計，但動畫化時要符合製作工序，
很多時要將線條簡化，又或者將曲線的弧度變化，而這工作就由擔任首席動畫師的嚴定憲去執行了。
嚴定憲多年後執導的《金猴降妖》，其實就是對《大鬧天宮》的一個回應，
也肯定了他處理西遊動畫的能力。
另一方面，他也是一位領導人才，他任廠長時的上海美影就剛巧配合中國改革開放的時機，將中國動畫帶到更遠。
當年我首次拜訪上海美影，廠長正是嚴定憲，受到他熱情招待，
而我又認識了他的動畫師太太林文肖，於一九八五年合作了一部《接力動畫》，十分榮幸。

展覧会
人形アニメーション作家
持永
もちなが　ただひと
只仁
中国の動画界を育て、若きティム・バートンも魅了した、
日本の人形アニメーションの祖

TADAHITO MOCHINAGA

持永只仁 中日動畫橋樑

chapter 2.8

一九八七年九月，「中國美術電影回顧展」在香港舉行，伴隨活動製作的特刊，附有工作者小傳部分，當中緊接特偉的是「方明」；從排序上看到其重要性，內文如此介紹：「早在一九四七年，他在解放區的東北電影製片廠卡通組工作，參加了中國早期的美術電影工作。」

方明原名持永只仁，是日本動畫家，生於一九一九年。他與中國動畫的淵緣，可追溯至二次大戰前。歷經戰後至八十年代中，他重回中國講授動畫課，期間他與中國動畫的緣從未中斷，在中國動畫發展史上，不能抹去他這一筆。子英看來是遙不可及的後輩，難得在動畫影展上，有機會與這位傳奇前輩有過數面之緣。

大戰前後．技術先驅

一九四一年，中國推出首部動畫長片《鐵扇公主》，日本稍遲一步，至一九四四年才推出首部動畫長片《桃

1

1 持永只仁的漫畫造像。 2 1985 年於廣島初會持永（中），旁為台灣的余為政。 3 1987 年與持永只仁及紀陶合照。

太郎海之神兵》。話雖如此，此前日本實已製作了不少短片，掌握了一定的動畫技術，從《桃》片的成績已可見一斑。

中國的動畫發展，源頭在東北地區。上世紀二十年代乃中國動畫的草創期，要令靜止的畫動起來，技術是個關鍵課題，當時已有日本人參與其中。持永只仁在日本出生，童年時曾留居東北的滿洲國數年，其後返回日本讀書及工作。年輕時他已鍾情動畫，尤愛立體物料，主力開發木偶動畫的技術。

持永是日本最早期的動畫工作者，曾在早期攝製動畫的公司「藝術影畫社」參與研究，從事技術事務。上述《桃太郎海之神兵》的導演瀨尾光世，曾製作剪影動畫，持永便協助他研發出日本首個多層式動畫拍攝台。其後他重回中國東北長春，活躍於動畫圈，「三十年代，他已在當地的電影製片廠參與拍攝，尤專注於發展木偶動畫。」

隨着戰爭愈演愈烈，持永返回日本，直至二次大戰結束，他再度重返長春，

2

3

繼續推動技術開發：「他認為那兒有技術人才，可以有所作為。由於身份較為敏感，後來化名『方明』，他說得一口流利的國語，不少人根本不知道他是日本人。」他把在日本汲取的技術帶來中國，並培訓人才，好像日後上海美術電影製片廠的導演錢家駿，也是此時期的技術人員，從事木偶動畫製作。

四十至五十年代中，中國的動畫製作基地仍在東北，當時已推出若干趣味盎然的動畫短片，「方明」都扮演重要角色。譬如參與製作由陳波兒導演的中國首部木偶動畫片《皇帝夢》（一九四七），另外亦執導了《甕中捉鱉》（一九四八）、《謝謝小花貓》（一九五〇）、《小鐵柱》（一九五一）及《小貓釣魚》（一九五二）。

聯繫中日・揚名國際

持永約於一九四五至五三年間留在長春工作，前後約七年，期間他經常

4

中、日兩地往還，積極推動兩地動畫技術、文化的交流和合作。隨着中國的動畫基地移至上海，並在特偉帶領下成立上海美影，持永亦告別了中國的動畫圈，返回日本生活。

回到日本，他繼續投入動畫攝製，發展空間更遼闊：「日本正值戰後經濟起飛，各方面均發展蓬勃，需要大量動畫人才，他亦做出佳績，在西方也有知名度，美國的木偶動畫長片亦邀他參與製作。」像一九六四年出品的電視電影《紅鼻子馴鹿魯道》(*Rudolph the Red-Nosed Reindeer*)，以及以西方怪物為主角的《*Mad Monster Party*》（一九六七），兩片均由持永負責木偶設計及技術，在木偶動畫領域上，他的地位崇高。

雖然已回到日本，但他仍關注中國動畫，期間持續充任橋樑，推動放映及訪問活動，促進中、日動畫文化交流。留存史冊的一幀照片便道盡一切——一九六七年十月，他來華出席中國國慶活動，獲當時國家主席毛澤東接見，雙方更握手，說明他在中國動畫發展中的獨特位置。前文提到一九八一年手塚治蟲隨日本交流團訪華，並前往探望萬籟鳴，正是由持永協助安排。

中日動畫．活的史書

八十年代初，中國歷史翻開了新一章，積極對外接觸，在中日兩地的動畫發展上，持永繼續扮演一角。一九八五年，他應北京電影學院邀請，擔任動畫班的導師。同年他亦參與第一屆廣島國際動畫影展，不僅與上海美影的新知舊雨重聚，也見到來自香港的子英：「由於用國語交談，我們能隨意溝通。他非常健談，人亦很友善，在幾次動畫影展上都遇見他，亦曾在探訪小野耕世時巧遇，大家有過數面之緣。」

6

5

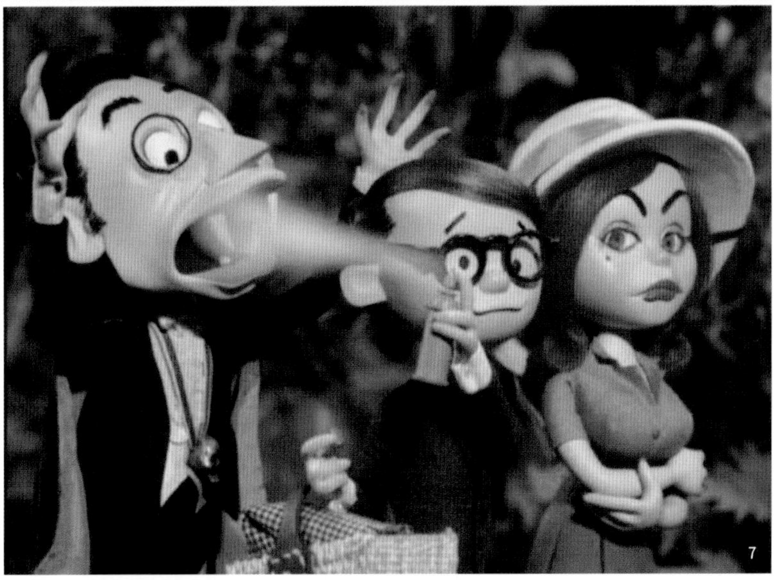
7

4 持永只仁當年獲毛澤東接待。
5-7 持永的海外長篇動畫《*Mad Moster Party*》，造型突出。
8-10 持永的定格木偶動畫代表作《*Rudolph The Red-Nosed Reindeer*》。

9

8

10

13

12

11

14

11,12 2018年於東京國立近代美術館舉行的持永只仁展，持永伯子和定格動畫導演伊藤有壹也有出席。 **13** 持永的女兒持永伯子簽名留念。 **14** 子英與太太跟持永伯子（右二）及小野耕世合照於香港科技大學。

八十年代，小野撰寫《中國美術電影發展史》，持永是其中的焦點受訪者：「中國動畫界很尊重他，在中日動畫發展史上，他是重要人物，有很多珍貴的親身經歷，要是欠了他這一部分，關於中日動畫發展的記錄便失色得多，這方面，持永給小野幫了大忙。」

持永於一九九九年離世，他在中日動畫發展史上的重要性永不磨滅。二○一七年夏季，東京國立近代美術館便為他舉辦大型的回顧展，展出其木偶製品，肯定他的藝術成就。

前文提及二○一七年四月，香港科技大學舉行「動畫大師圓桌論壇：中國動畫電影和（後）社會主義」學術研討會，邀請了他的女兒持永伯子任講者，講題是「持永只仁（一九一九至一九九九）和社會主義新中國動畫」。同一活動還有一批上海美影往昔的動畫工作者參與，人雖然不如當天整全，但能夠再走在一起，仍隱約看到中國動畫由起點走過來的幾段直路彎路，教人惦念。

持永只仁／方明（1919~1999）

如果要提出一位於中國與日本動畫發展中都同樣重要的人物，那一定非持永只仁莫屬了。
持永本身是技術人才，但同時有深厚的美術底子，這使到他於早期動畫發展中能發揮所長，
更難得的是，透過動畫，他為中日兩國帶來了不少溝通和交流的機會，恰如一位大使的身份。
持永自己的作品以木偶動畫為主，中國第一部木偶動畫《皇帝夢》正正出自他手，
筆者有幸於數年前看過這部作品，雖然宣傳味甚濃，但不失其藝術成就。
至於日本動畫第一部長片的試片《桃太郎的海鷲》也是由持永擔任技術支援，
娛樂性十分豐富，令人忘記了這也是一部政治宣傳動畫。

第二部分：動畫
歐美動畫篇

Y U R I N O R S T E I N

動畫詩篇的 Yuri Norstein

chapter 2.9

在世界動畫史上，解體前的蘇聯擁有崇高地位，藝術名家輩出。不過，礙於上世紀中以後的冷戰形勢，他們的作品往往只在共產陣營的國家公映，歐美地區固然難得一睹，在香港亦然，經內地發行到港的少量蘇聯或東歐電影，亦鮮見動畫。

蘇聯的動畫發展稍比歐美遲，但亦有一定的歷史，上世紀五十年代已推出長片，包括一九五七年出品的《雪之女王》（*Snow Queen*）。影片曾在日本公映，獲得廣泛好評，即使宮崎駿亦很欣賞。不過，蘇聯推出的動畫長片不多，短片則相當豐富；其一大特色是，內容往往隱含政治寓意，作者通過藝術手法抒懷，影像表層下流露對政局人情的省思、感懷。近代擁有較高知名度的作者，得數 Yuri Norstein（尤里・諾斯坦）。

日本評論・全力推許

Yuri於六十年代在蘇聯動畫電影廠

1-3 **Yuri 的代表作《*Tale of Tales*》（1979 年），詩意盎然。**

6

5

4

4-6 「Pioneer」當年推出 Yuri 動畫專輯，附送作品介紹。

修讀相關課程，師從動畫大師Ivan Ivanov-Vano（伊萬諾夫）。一九六八年，他與另一導演合導了首作，後於一九七二年與伊萬諾夫聯合執導了《卡辛勒之戰》（*The Battle at Karzhenets*），開始為人注意，屬該國動畫界的後起之秀。

隨着蘇聯改革開放，部分動畫作品獲安排到海外放映，主創的動畫家才開始被外國人認識。對身處香港的盧子英，沒想過能與蘇聯動畫家見面，即使想閱讀相關資料，亦非信手便可拈來，最早還是從日本雜誌探知一二：「七、八十年代之交，隨着專門動畫雜誌《*Animage*》創刊，國際動畫資訊在日本得到廣泛報道，包括推介世界各地的動畫家，從中有機會認識到Yuri。」當中的重點介紹，就是Yuri於一九七九年推出的《故事中的故事》（*Tale of Tales*）。影片長約廿九分鐘，獲論者一致好評：「高畑勳便撰寫專著推介，提到在渥太華國際動畫電影節看到這部作品，大力推許，達到『天上有地下冇』的程度。」

子英則遲至一九八四年才得一睹《故事中的故事》。前文提及他在廣島國際動畫影展認識的杉山潔，當時開發了名為「Animation, animation」世界動畫大師鐳射影碟系列：「當中收入了Yuri的作品，我第一時間買來欣賞。看罷，認同實在很精彩。」

Yuri以創作詩歌的格局來拍攝動畫，交織出優美的動畫詩篇。《故》片並非走戲劇化路線，而是輕描平淡的生活片段，卻充滿幻想色彩：「通過主人公回憶童年而展開，表達生活在社會主義下的恐懼，寫來卻不着痕跡，對白很少，結合配樂，甚具力量，很厲害。影像尤其精彩，非常優美，質感豐富，營造不同的層次，目不暇給，在手作年代，顯見涉及複雜的技術。」

他的作品不多，及至當時，個人執導的作品還不過四套。通過該影碟系列子英看到他於一九七五年推出、長約十一分鐘的《霧中的刺猬》（*Hedgehog*

7,8 筆者的至愛，Yuri 的《霧中的刺猬》，1975 年作品。 9 Yuri Norstein 筆下的小刺猬。

in the Fog)：「以半立體剪紙製作，同樣精彩，滿溢童真。講述一隻刺猬於濃霧中迷路，從中牽出很多故事，藉以抒發活在蘇聯體制下的一些想法、感受。」Yuri 的作品如夢似幻，吸引非常，子英也恍若立於濃霧中，沒想過撥開雲霧，竟得見其人。

出任評委・廣島亮相

一九八五年，第一屆廣島國際動畫影展邀來 Yuri 出任評委，子英因而有機會與他見面聊天：「他是一位友善的藝術家，就動畫創作、製作，大家傾了很多。」Yuri 坦言，當時國家的資源短缺，製作動畫是漫長的工程，即使是十餘分鐘的短片，每每費上三、四年才能完成：「平日他只能靠畫繪本賺錢，每每精雕細琢幾年才完成一部短片，他十分感謝太太支持。」

即使如此，Yuri 仍自言幸運，因為不少同輩，以至前輩動畫人，即使造出佳作，但苦無機會發表：「他慶幸

「発句」のイメージスケッチ ©ユーリ・ノルシュテイン

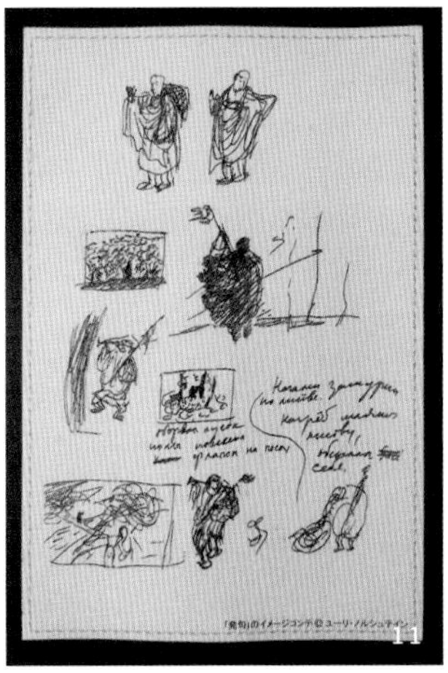

10,11 Yuri 為《冬之日》繪製的分鏡本及草圖。

自己的作品被介紹到外國，甚至在日本放映，因此，動畫影展邀請他參與評委工作，他即時答允。」在動畫展上，他才首次看到日本動畫，更驚訝各地動畫人創作之豐。此後，他更與日本結下不解緣。

日本的藝術家和動畫迷都欣賞他的作品，幾年下來，當地整理了不少關於他及其作品的資料。前文提及，二〇〇三年，川本喜八郎監督的作品《冬之日》，集合了三十五位日本及國際的動畫家，把松尾芭蕉的徘句動畫化，Yuri是其中一位應邀參與的動畫師，可見他與日本的淵源甚深。

歷三十載‧新作待成

約一九八八年，他再應邀前往日本舉辦畫展，湊巧子英亦在當地，於是聯同小野耕世一起拜會Yuri。展覽會上，他放映了一段七分鐘的預告，介紹正在製作的新片《外衣》（*The Overcoat*）。影片改編自果戈里

12

13

12-18 1985 年 Yuri 出席第一屆廣島國際動畫影展，大受歡迎。

19,20 八十年代初高畑勳已在日本强烈推介 Yuri 的作品，更推出了專書。 21 高畑勳離世前與 Yuri 合照。

(Nikolai Gogol) 的短篇故事，當時預期屬長逾一小時的作品。

預告片記下老人在編織毛衣的場面：「內容關於童年經驗，從而透視國家的歷史。無論人物的動作編排、氣氛營造，都精彩非常，可預期是很厲害的作品，當時他表示要透過賣畫來籌集資金，才能完成影片。」該次畫展上，他亦把作品《故事中的故事》的圖像印成版畫供銷售。

年復一年，動畫迷不斷收到的消息是：《外衣》「仍在製作中」。二〇〇七年，Yuri曾表示會把影片首三十分鐘內容於該年發表，奈何並未成事。晃眼三十年過去，《外衣》尚未完成，已被視為史上製作期最長的電影。

Yuri Norstein（1941~）

自從我早年上電影課時看過一些東歐動畫後，對於動畫的題材及美術運用的認知度大大提升。
當時看得比較多是波蘭和捷克的作品，但當有機會看到蘇聯動畫，
就不得不佩服導演們在動畫這媒體上的發揮，東歐動畫老大的地位並非空談。

Yuri Norstein 作品真的不多，甚至可以稱他為兩片走天涯，
但創作有時候確是如此，要有天時地利人和，勉強去做，
結果強差人意，那就真是可惜了，相信 Yuri 深明此道。

《故事中的故事》和《霧中的刺猬》都是動畫迷必看之選，那怕你喜歡哪一種風格或題材的動畫，
你都一定會欣賞。

而我自己，仍然在期待他的《外衣》。

Disney · PIXAR

TOY STORY

chapter 2.10

與 John Lasseter 談電腦動畫

曾幾何時，老幼咸宜的動畫電影是假期檔皇牌，每年例必有一兩齣應節。時至今日，電腦製作的動畫電影數量大增，年頭至年尾持續推出。無論表現形式和圖像特質，觀眾都很受落。

曾先後任職迪士尼動畫及 Pixar 高層的 John Lasseter，毋庸置疑是電腦動畫界的猛人，身處神級位置，可望而不可即。當他尚在地面蕩遊時，盧子英有幸與他幾度見面，兼且在沒有屏障下暢快交流，聆聽他細談創作抱負，尤其是他滿懷雄心壯志，開發當時屬初創階段的電腦動畫。

大燈小燈的震撼

作為動畫師，John 於七十年代已參與製作動畫，其後投進開發前途無可限量的電腦動畫專業。八十年代初，他是 Lucasfilm 電腦動畫小組的成員，一九八四年推出的全電腦製作動畫《*The Adventures of André and Wally B*》，由他出任動畫師。

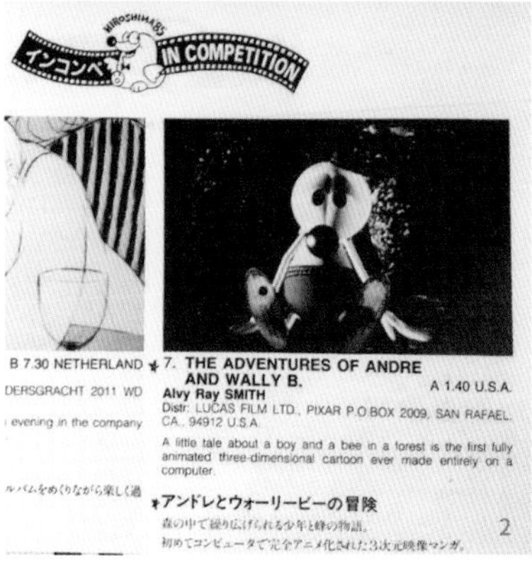

1,2 最早期的電腦動畫《*The Adventures of André and Wally B*》。

當時，電腦動畫絕對是新鮮事，大家只聞其名，卻未窺其實，這套僅兩分鐘的短片，給子英留下深刻的印象：「圖像很細緻、漂亮，雖然有種新鮮的質感，卻仍保留傳統卡通片的感覺。」

一九八七年，John帶着他一手包辦編、導、監製及動畫製作的新片《*Luxo Jr*》參與第二屆廣島國際動畫影展。該片長兩分鐘，卻帶給觀眾倍數計的驚喜，子英也是座上客，看得甚振奮：「影片運用『實感電腦圖像』處理，好震撼！好過癮！」

今天，眾所周知Pixar動畫片頭商標那躍動的枱燈，正是這部短片的主角。片中，小枱燈調皮的玩球，大枱燈在旁給氣壞，費勁看管：「兩盞燈原屬死物，卻人性化得維肖維妙，難得不採用卡通化擬人手法，沒有加上五官，單憑活動形態已帶出效果。」同時，以電腦繪畫的枱燈，仿真度極高，甚至有觀眾以為是用實物做的定格動畫。

3

4

3,4 由《*Luxo Jr*》演變成 Pixar 的標誌。

電腦動畫幾可亂眞

在影展的派對上，子英遇上John，即爭取機會傾談：「影片的表現手法是前所未有的，令我對這課題更感興趣，必須向他多加了解。」John表示其開發方向是以電腦動畫取代傳統動畫的製作模式，因為傳統動畫有其限制，而電腦動畫不僅能超越，更有無可替代的優點：

其一，部分物料的質感，傳統動畫是無法像真呈現，像光亮的金屬、纖幼的毛髮，是徒手畫不出來的；其次，傳統動畫始終屬人本工藝，依賴人力操作，無法處理一些複雜的畫面，每每要簡化畫面來遷就，達不到預期的效果。

當時，以電腦做動畫已是被普遍認同的方向，各地從業員都意圖開發，卻又不知從何落手：「John很健談，亦很友善的分享自己的工作，當時計劃每年開發一部短片，每一部挑戰一項技術，當結合起來，便可以朝長片進發；他這個講法，我印象很深。」

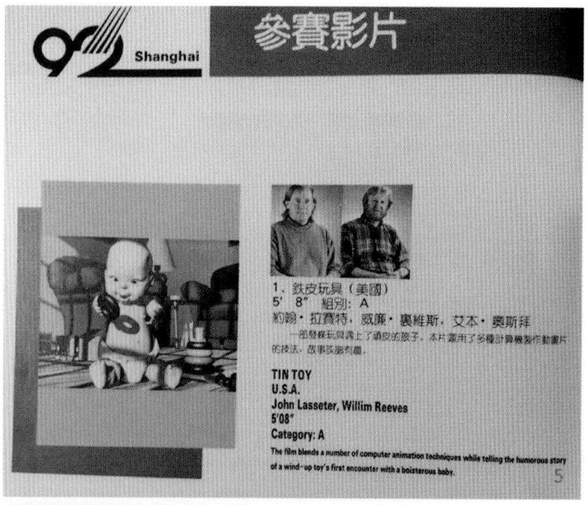

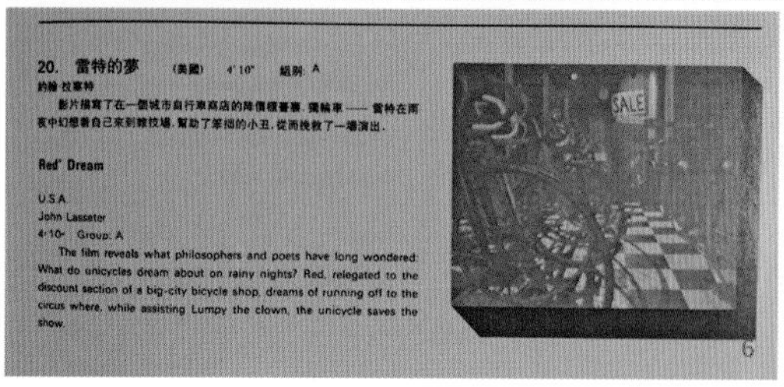

5-7 兩屆上海國際動畫電影節，John 都有作品參與。

翌年，在上海國際動畫電影節上，子英欣喜的再遇John。這一回他帶來新作《*Tin Toy*》，一部長五分鐘的作品，體現他按部就班的理念。片中一批鐵皮玩具做得栩栩如生，成果又躍進一步，但嬰孩角色卻頗為失真：「他認同人物做得遜色，但影片的主角是玩具，不是那個人。」他坦言電腦繪圖，最難處理是真人，所以他一步步先做好人以外的東西，「當電腦能成功畫出仿真度高的人，那時就可以取代傳統動畫。」

奇兵突襲．全球驚艷

在動畫展上接觸到頂尖的電腦動畫科技，當子英回到香港，環境截然有別。當時電腦繪圖開始被引進，至少他工作的香港電台亦跟隨潮流引入，並安排員工受訓：「學得有點吃力，雖然知道會帶來很厲害的效果，但又推翻了傳統動畫的操作模式，製作的趣味或會一去不返。」

不少業界成員亦如子英，有過掙扎，但在大洋彼岸，John頭也不回的埋首開發，幾年下來，卓然有成。一九九五年，該年度美國秋季電影的熱選《反斗奇兵》（*Toy Story*）早已展開宣傳攻勢，強調是首部全電腦繪畫的動畫長片，也是John的劇情長片首作。電影還未運港放映，相關的周邊產品如玩具等，已源源抵達，銷情暢旺，率先扣動各地觀眾的神經，至於子英，更關心影片在圖像上的成果。

隨着影片獲排期公映，John應邀訪港宣傳，安排傳媒訪問時，他要求由子英擔任訪者。一個星期天，子英來到酒店與John見面，雙方有過幾面之緣，好比朋友：「訪問約個多小時，大家輕輕鬆鬆的聊天，畢竟都已熟悉。」

訪問前，子英已獲安排觀看該片，又一回振奮經驗：「簡直嘆為觀止！一

8,9 John 正聚精會神為子英簽繪於《*Toy story*》的特刊中。

10

11

13

12

10-13 2000 年，John Lasseter 送來《*Toy Story*》的限量草圖集。

14

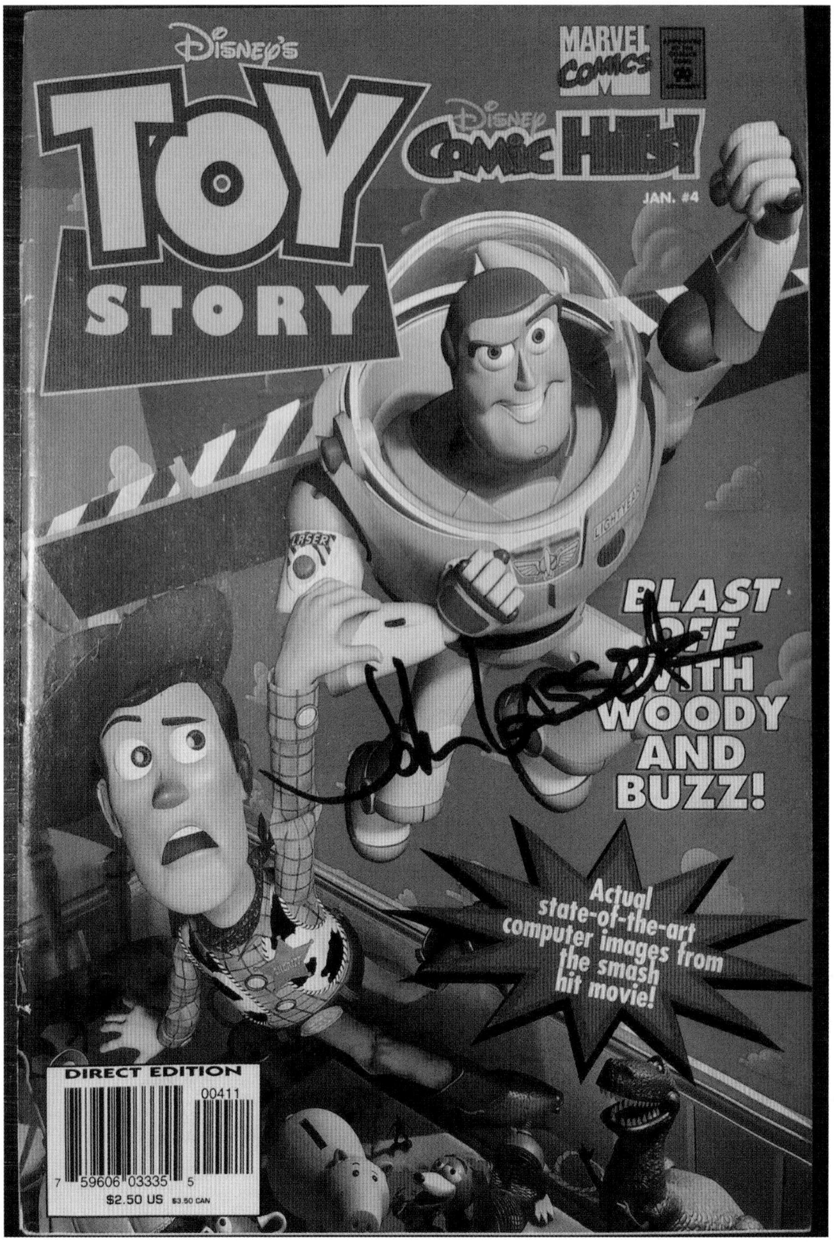

14 John 簽名的《*Toy Story*》漫畫。

部相當上乘的作品，無論故事內容，以至角色處理，都很出色，具有感人的力量。角色圖像真實得來又保留了卡通影片的特質，可說是完美的電影。」子英不禁給John送上祝賀：「恭喜你走到成功的一步！」John卻回應：「尚未！因為人仍未處理得好，故以玩具做主角。不過已走出了第一步，往後可以有更大的發展。」

當時，John已預期《反斗奇兵》必定賣過滿堂紅，因電腦動畫需要龐大的投資來開發技術，有了這次成功的基礎，他會再進一步的發展：「影片推出後，世界各地都一窩蜂的要推電腦動畫，但水準與美國有相當大的距離。《反斗奇兵》是佳作，也是重要的作品，影響了全球的動畫工業。」

John Lasseter（1957~）

《反斗奇兵》（*Toy Story*）的成功，改變了全球的動畫生態。
隨着電腦技術的進步，二十多年來，電腦動畫的普及化已到了近乎氾濫的地步，
令到近年在題材上有點枯燥，連「Pixar」這個動畫名牌也不斷食老本，
二〇一九年夏天我們會看到《*Toy Story 4*》，據聞是最後一集了。
儘管如此，由 John Lasseter 一手創立的「Pixar」，到目前為止仍是具有領導地位的動畫公司，
而 John 對於無數動畫人而言仍是一個遙不可及的人物。
我有幸於他未紅時已互相認識，更被他點名一同見證《反斗奇兵》的誕生，他送贈的畫作，我珍而重之。
他早期的電腦動畫短片，例如《*Luxo Jr*》，我久不久都會翻看，仍然覺得趣味盎然。

J O H N　H A L A S

英國動畫先鋒

John Halas

chapter 2.11

少年時代的盧子英酷愛動畫，奈何坊間戲院排映的長片寥寥無幾，美國迪士尼出品的主流作品固然不會錯過，即使假日早場重映的舊片或非主流公司的出品，他一樣央求父母帶往欣賞。《小人國歷險記》（*Gulliver's Travels*）是其中一套不斷重溫的作品。這部由小公司製作、一九三九年出品的彩色動畫長片，經常重映，卻百看不厭。另一部則是被翻譯為《肥豬王》的西片：「這部彩色動畫畫得很標致，起初以為是動物片，原來……」

英倫首作‧動畫先驅

初看該片時，他十歲還未到，帶着一顆快樂的心進場，卻愈看愈慌：「那時候，影片給我的印象是可怕的，有很多地方不理解，看得不舒服，不是那種娛樂性豐富的電影。」話雖如此，卻從另一角度令他留下深刻的印象。及至成年，對社會主義等政治課題有

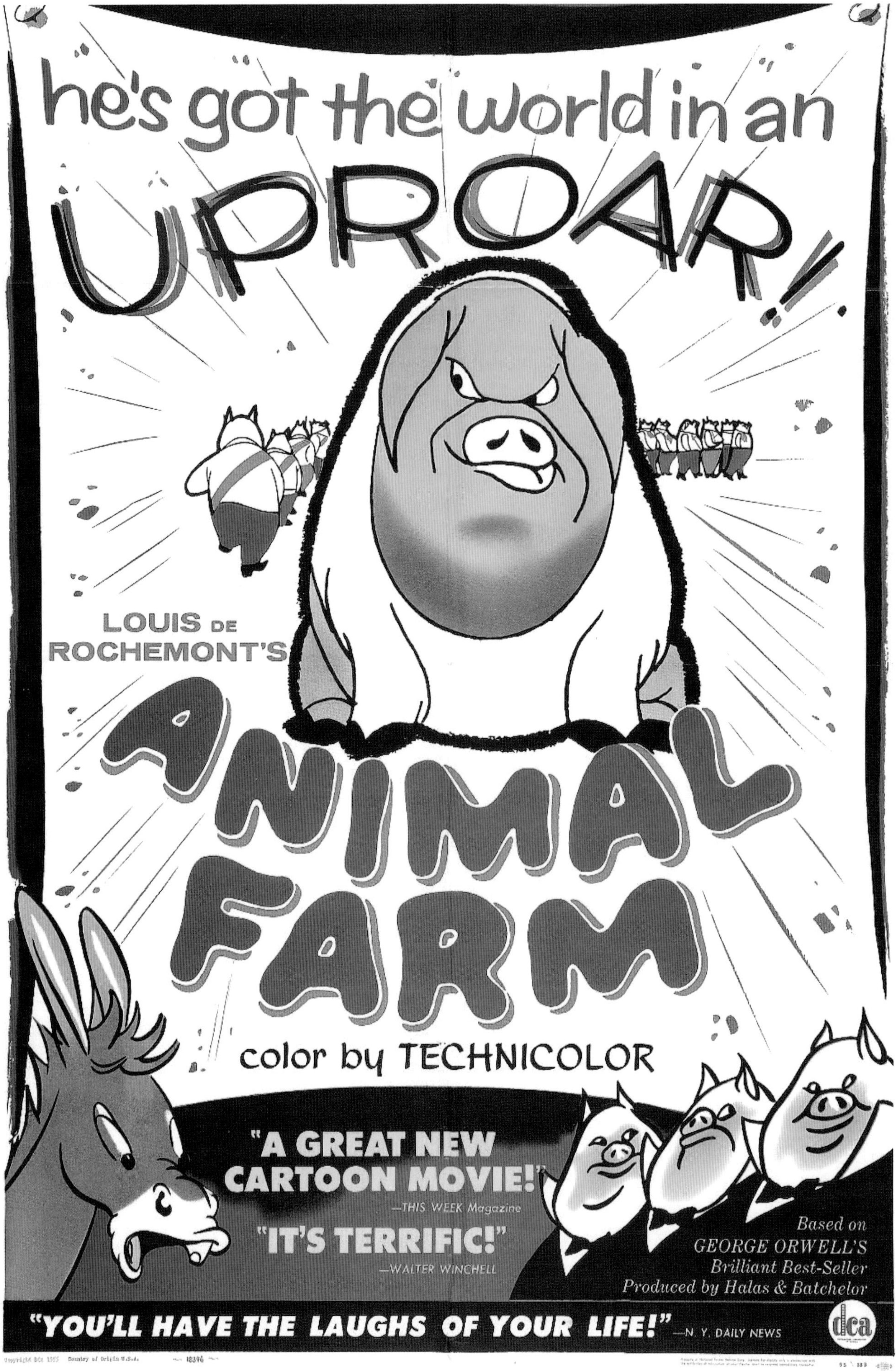
he's got the world in an
UPROAR!
LOUIS DE ROCHEMONT'S
ANIMAL FARM
color by TECHNICOLOR
"A GREAT NEW CARTOON MOVIE!"
—THIS WEEK Magazine
"IT'S TERRIFIC!"
—WALTER WINCHELL
Based on
GEORGE ORWELL'S
Brilliant Best-Seller
Produced by Halas & Batchelor
"YOU'LL HAVE THE LAUGHS OF YOUR LIFE!"
—N. Y. DAILY NEWS
dca

1

1-3 John 的代表作，英國首部長篇動畫《*Animal farm*》。

了認識，加上考究資料，再買來錄影帶重溫，又看出另一番風景。

影片原名《*Animal Farm*》，英、美兩國聯合出品，改編自英國作家喬治．歐威爾（George Orwell）的同名小說《動物農莊》，屬政治寓言，以一個動物農莊內的鬥爭作比喻，影射從十月革命到史太林時期的蘇聯歷史：「通過動物去講政治議題，非常大膽，手法亦很高明，無怪乎作品能夠廣泛流傳。」

該片由 John Halas 及太太 Joy Batchelor 聯合導演。John 原為匈牙利人，於上世紀三十年代末移居英國，並於一九四〇年與太太合組公司 Halas and Batchelor 製作動畫，包括在一九五四年推出《動物農莊》，亦是英國第一部動畫長片。

在英國動畫界，John 具有舉足輕重的地位，影響深遠：「當時，全球的動畫市場被美國壟斷，製作《動物農莊》，造就了一批技術人員投入工業，推動英國的動畫起步。」即使在歐洲動畫圈，他也是一個顯赫的名字。早於匈牙利時期，他已投身動畫，成立當地首間動畫製作公司，累積豐富經驗。製作以外，他亦著書分享，詳細介紹動畫製作的專門知識，讓有志者掌握入門方向。

動畫寓言．大膽論政

John 積極推動歐洲動畫的發展，先後擔任國際動畫協會（ASIFA）的會長及顧問，見證他在動畫圈的地位。由少年時代看到「不安」，至成長後掌握了欣賞的方向，子英一直跟進 John 的作品，可惜未有機會與他見面。再一次感謝廣島國際動畫影展這個有力的平台，讓他如願以償。

ASIFA名誉会長
ジョン・ハラス
Honorary President of ASIFA
JOHN HALAS
第1回国際アニメーションフェスティバル広島大会に対し、ごあいさつができることを嬉しく思っております。
私達の時代に最も必要とされているものは、「愛」と「平和」の2つであり、貴大会がこれをテーマに選ばれたことを大変喜んでおります。
大会の御成功をお祈りいたします。
It is with great pleasure that I send my greetings to the First International Animated Film Festival in Japan at Hiroshima.
Love and Peace are two of the most essential objectives of our time and I am delighted that Hiroshima has chosen this theme.
Best wishes for success

4 1985 年於廣島，John（右一）的身旁為木下蓮三。 5 John 在各影展中甚受歡迎。 6 1985 年廣島國際動畫影展場刊。

一九八五年的首屆廣島國際動畫影展，主導的日本動畫家協會乃 ASIFA 的分會，得總會全力支持，John 代表該會出席，擔任評審團主席。子英亦在赴會期間與他首度見面，爭取機會聊天，更不忘把童年經驗分享：「表達自己年幼時看《動物農莊》的感受，影片自一九五四年推出，迄今依然是相當獨特的動畫。」來自英倫的動畫名家，一派氣度從容：「他擁有紳士風範，有問必答，很親和。」

《動物農莊》製作於上世紀五十年代，當時冷戰陣營如戰在弦，政治氣候風雲色變，而 John 毅然改編話題作，無疑是大膽之舉：「他指出，曾有人勸退他，而當時英國和蘇聯的關係和緩，故製作期間亦受到一定的政治壓力，甚至美國中央情報局亦介入，及後建議他修訂內容。」

John 頂着壓力製作，完成品沒有違背初衷，雖然內容經過改動，個別人物的身份亦簡化了，「不過，最重要的部分都保留下來，體現出原著的神韻，亦帶出：民主社會主義是不可能

8

7

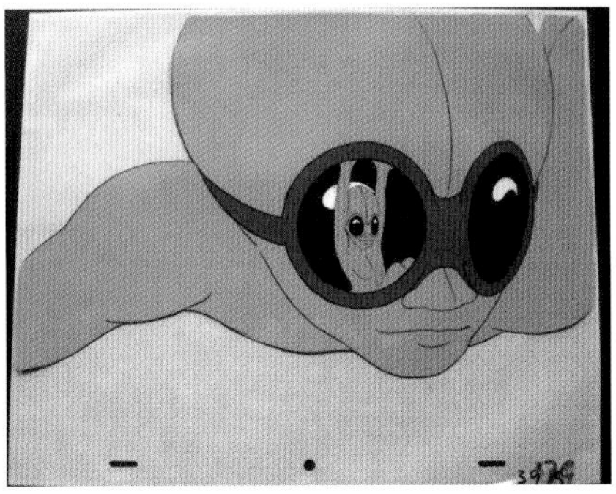

11

10

9

7 在飛往上海的機上遇到 John。 8 1988 年上海國際動畫電影節場刊。 9-11 John 為德國電子樂隊製作的動畫 MV《Autobahn》，也是子英首次認識 Kraftwerk。

存在的。他欣慰把影片拍出來，是做了正確的事！能夠與他見面傾談，對我也是別具意義的經驗。」

上海重聚・喜臨中國

一九八八年，第一屆上海國際動畫電影節開幕前夕，子英與多位動畫愛好者聯袂北上。影展尚未揭幕，但參展的雀躍氛圍，早於北上的航班已瀰漫開來：「在飛機上見到幾位赴會的國際知名動畫人，包括坐在我身旁的 John Halas！很高興第二次與他見面。」

當時 John 仍任 ASIFA 的高層崗位，參與影展是理所當然的。他時年七十六歲，精神健朗，對周遭事物依然充滿熱情：「他曾到訪中國，但次數不多，想藉此看看上海的情況。」

時為八十年代末，John 已很少參與動畫製作，主力教學，並投入動畫組織的行政工作。自七十年代起，他導演及監製的作品，主要是動畫短片，

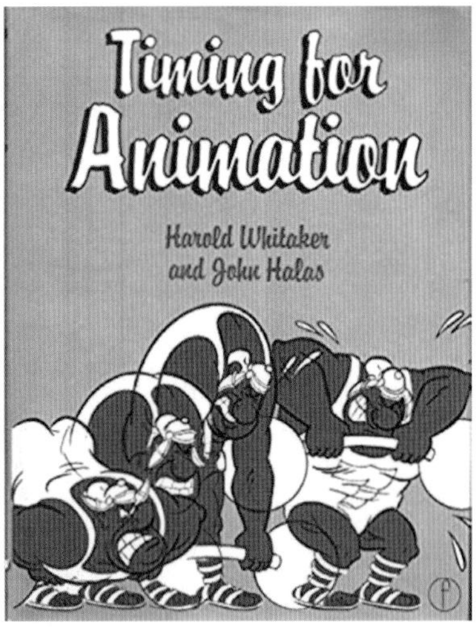

14

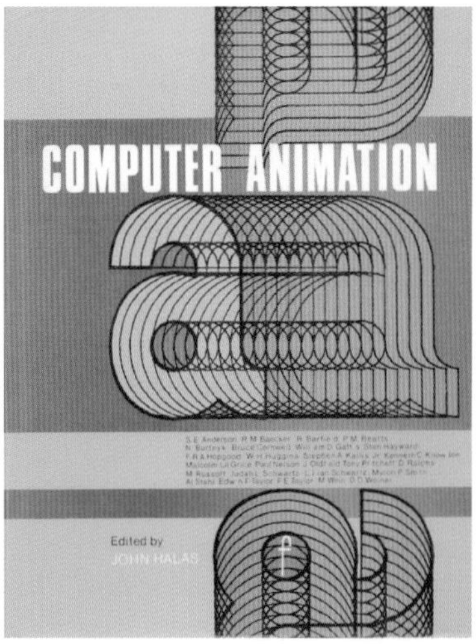

13

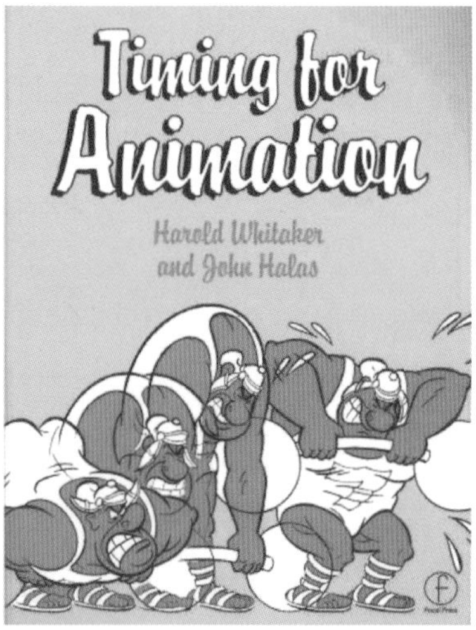

12

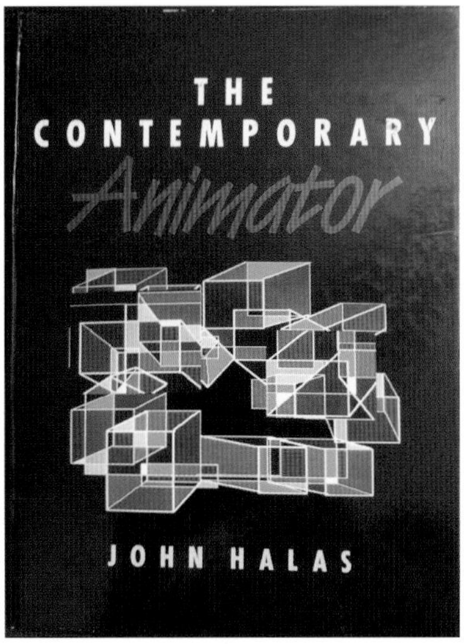

16

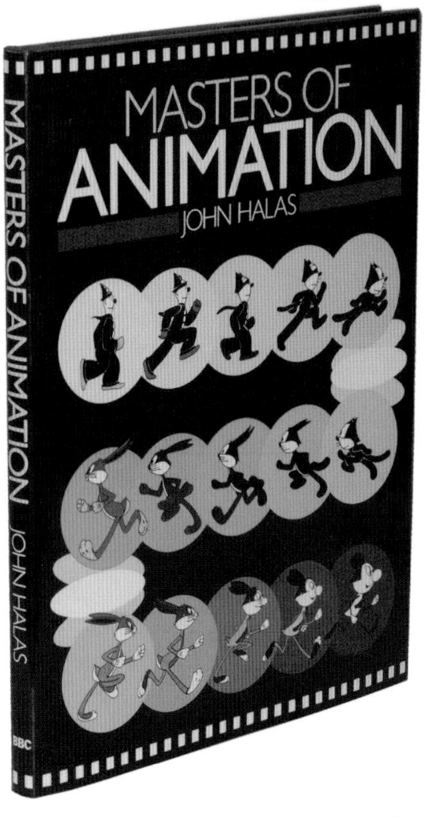

15

長片絕無僅有。當中完成於一九八一年，曾於一九八二年在香港公映的《宇宙神怪錄》（*Heavy Metal*），是由多個短篇組成的長篇動畫，其中〈*So Beautiful and So Dangerous*〉一段是由 John 執導。他於一九九五年辭世。

12-15 John 的動畫著作甚多，尤其於六、七十年代，市面的動畫書籍大部分由他編著。 16 介紹當代動畫家的專書《*The Contemporary Animator*》。

John Halas（1912~1995）

John Halas 夫婦是歐洲動畫發展史上的代表人物，
單是一部《*Animal farm*》就絕對是世界十大動畫傑作之一，
作品本身的動畫表現不但充滿電影感，也保留了喬治．歐威爾的原作訊息，更重要的是，
迪士尼是不會沾染這些題材的。

我自己所認識的 John 是一位動畫學者，我看他的著作多過他的動畫，
而有些時候，他監製的一系列世界動畫史紀錄片是我常用的教材，因為資料實在豐富，
他的處理方式和研究角度，
也充分影響了我於香港、台灣及內地動畫史上的資料整理和研究。
有幸在他晚年與他有多次會面及交談，可惜的是，他未能看得到我所編寫的香港動畫史了。

chapter 2.12

動漫皆精 Bill Plympton

在動漫天地，除了萬人喝采的主流作品，亦有一片另類空間，歷經有心人細意耕耘，換來一輩輩忠誠的追隨者。以美國而言，其漫畫作品取材多元化，除了給青少年閱讀的刺激作品，更不乏以社會議題、政治事件為主旨的作品，更成為報刊的亮點。

Bill Plympton 是其中一位知名插畫家，其作品觸及政治、社會及人性等內容，刊於《紐約時報》(*The New York Times*)、《村聲》(*The Village Voice*)、《滾石》(*Rolling Stone*) 及《名利場》(*Vanity Fair*) 等知名報刊。由插畫、漫畫到動畫，他均有涉獵，且各類作品都「非常個人化」，作為讀者，盧子英亦深被吸引。

獨立特行．屢獲殊榮

生於一九四六年的 Bill，在視覺藝術學院修課時已選讀插畫，並於七十年代展開其職業繪畫生涯，幾十年來，

Your Face

1

happiness
IT'S A SAD WORLD.
BUT YOU KNOW WHAT I ALWAYS SAY...
IF YOU SEE SOME-ONE WITHOUT A SMILE, GIVE THEM ONE OF YOURS.
9
the SLEAZY cartoons of Bill Plympton

2

1 提名第60屆（1988年）奧斯卡最佳動畫短片的《*Your Face*》。 2 Bill其中一本漫畫合輯。

筆耕不斷。時至今天的電腦世代，像「筆耕」這類上世紀的詞彙，說出來或被人詬病過時，但放在Bill身上，依然合適。

「他並不理會坊間動畫有何流行元素，只忠於自己，選用水彩、木顏色等，堅持個人喜愛的畫法，既畫政治插畫，亦畫表露人性的漫畫，觸及性、暴力等內容，作品一點都不沉悶。」本身鍾愛畫畫，作品皆出自個人手筆，從不假手於人，由漫畫到動畫，Bill都堅持同一風格，手作「畫味」濃郁，從作品到作風都個性十足。

接觸到他的作品後，子英被其率性、獨立的作風吸引，一直留意其動向。繪畫以外，他亦積極從事動畫創作，製作短片為主，一年可以推出幾套作品，題材各適其適。產量雖然豐富，卻無損其水準。像片長六分鐘的《*Push Comes to Shove*》，曾榮獲一九九一年康城影展短片類別的評審團大獎。

另外，他一九八七年的短片《*Your Face*》及二〇〇四年的短片《*Guard*

3

the Cow, who wanted to be a Hamburger
Directed & animated by Bill Plympton
A children's fable about the power of advertising, the meaning of life and ultimately, the test of a mother's love.
Producer: Biljana Labovic
Art Supervisor: Kerri Allegretta
Music: Corey A. Jackson, Nicole Renaud
RT: 5:50 min., U.S.A. 2010
www.plymptoons.com
scribblejunkies.blogspot.com
153 West 27th St. #1005 New York, NY 10001 ph (212) 741-0322 Plymptoons@aol.com
©2010 Bill Plympton
Printed on recycled paper by 1800POSTCARDS.com

5

the Cow, who wanted to be a Hamburger
by
Bill Plympton

4

3 Bill 的抵死繪畫。 4-5 動畫作品用的宣傳明信片。

7

6

Dog》，均入圍奧斯卡最佳動畫短片。前者片長僅三分鐘，卻妙趣橫生，教人捧腹：「片名原是一首歌，描述戀人的臉，很浪漫的，但伴隨歌曲而來的幾分鐘動畫，竟把一張臉弄出千奇百怪的變化效果，構思很瘋狂，出人意表，充分發揮動畫的可能性，百看不厭，好抵死！」

香江首遇・暢談創作

Bill主力製作短片，一九九二年推出的《*The Tune*》長七十分鐘，是他首部長篇作品：「人手繪畫，個人風格強烈，充滿獨特的黑色幽默，想像力豐富，依然抵死！」因短篇作品較多，Bill鮮有辦個人的大型作品展，他的作品卻經常亮相香港國際電影節。雖然對他的影片、風格熟悉，當時子英卻未嘗與他一見。

十多年前，Bill曾應邀出席在杭州舉行的動漫活動，擔任嘉賓。對身在香港的子英，杭州無疑比美國近便得多，兼且是動漫活動，絕對出師有名。可惜當時有要務在身，未能北上。守候多年，機會終於來到。

二〇一三年Bill推出的長片《我偷食，因為我愛你》（*Cheatin'*），於二〇一四年的香港國際電影節放映，他更東來作客，隨片登台，與觀眾分享創作心得。子英抓緊機會，專程相約他碰面。「一位高個子，這是他首次來香港。大家雖是第一次見面，由於熟知他的作品，有種熟絡的感覺。」

8

6,7 Bill 於 1992 年製作的首部長片《*The Tune*》的錄影帶。 8 Bill 為子英繪製了他的代表作《*Guard dog*》。 9 子英與 Bill 合照於香港。

9

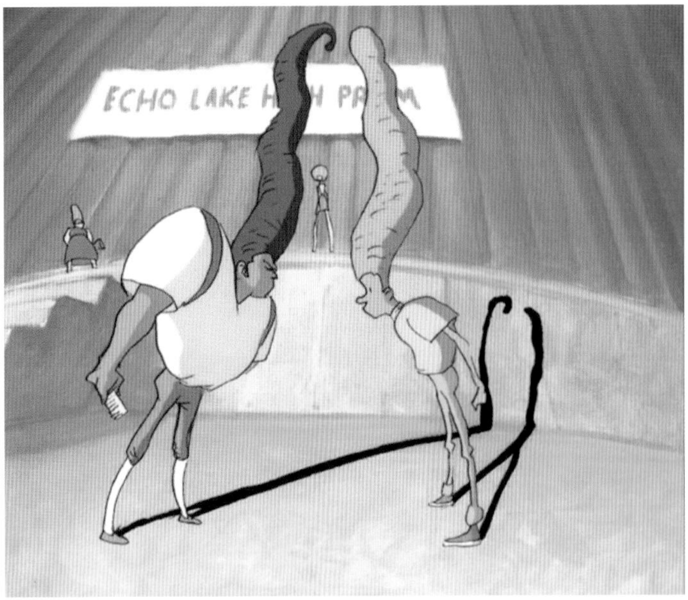

11

10

10,11 Bill 的動畫短片又被稱為「Plymptoon」。

堅持手作・創意無窮

子英一如既往，帶來實物，印證作為觀眾的歷程：「我收藏了《*The Tune*》當年的原裝 VHS 錄影帶，拿給他看，他亦嚇了一跳，笑言自己那一盒早已下落不明。」雙方怡然交流，Bill 十分健談，天南地北的分享美國的創作環境，以及自己的創作思路。雖然在動漫圈子多年，其創作力沒有絲毫枯竭的跡像：「他平均每兩年製作一部長片，另有其他短片，內容多元，腦海不斷湧現新題材，可謂講極都講不完。」

除了動畫，他亦參與廣告製作，又經常現身影展，擔任評判，相當活躍。他的作品亦覓得不少知音人，子英在國際電影節期間與他飯聚聊天，過後亦遇上粉絲上前索取簽名、畫作留念，畢竟他是電影節的常客。二〇一六年，他與 Jim Lujan 聯合執導的動畫長片《西面黑殺令》(*Revengeance*) 也在電影節作亞洲首映。

的確，Bill 的作品個人風格強烈，確有其迷人之處。當電腦化大趨勢已成定局，他繼續我行我素，默默「筆耕」，堅持手繪模式，鮮少運用數碼科技，粉絲正鍾愛其作品的手作味道。縱然作品不斷推出，但人力終究有局限，偏偏他的腦筋轉得較一雙手快：「他腦海醞釀了很多題材，坦言會繼續製作下去。他的意念相當瘋狂，古靈精怪，難得他每每能發展成為長片。環顧全球，他就是那麼獨一無二。」

Bill Plympton（1946~）

要數獨一無二，Bill Plympton 當之無愧。

身為插畫、漫畫及動畫家，數十年來，Bill 都在題材上保留自我風格，

那就是對於人性的毫不留情的刻畫和極盡譏諷。於表現手法，他的手繪方式多年不變，

簡單的線條配上充滿筆觸的色彩處理，一看便認得出是他手筆，

不論漫畫還是動畫，都是他極度誇張表現人性的舞台。

Bill 其人也恰如他的作品，觀人於微，不拘小節，言談充滿幽默感。

我最佩服的還是他的無限創作力，數十年來未有停頓，而且堅持他的小本經營製作模式，

試想想，現在還有人能以十萬美元成本去完成一部動畫長片嗎？

後記：這只是冰山一角

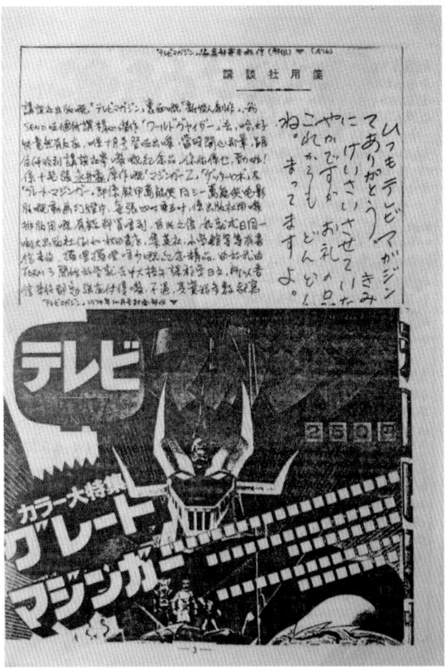

數一數，這是我編撰的第五本書了，但其實這是五本之中最早籌備的一冊。早於八十年代初，我已經開始將早年赴日探訪漫畫家的經歷寫下來，在一本小型雜誌《漫畫同盟》中以〈漫畫夢紀行〉為題的專欄連載。很可惜，由於銷路問題，這雜誌只出版了三期便告停刊，當然內容仍未完結，更遺憾是看過的人相信是少之又少。

到了二〇〇〇年左右，有機會跟老友袁建滔談起這些往事，他也興致勃勃，剛巧他又正和同學喬靖夫合作搞出版，於是又整理了一些稿件，但很快因為大家忙於其他計劃，此書的事又擱置一旁了。

這些年來，和各地的動漫人有不少交流機會，也做了不少記錄，心想真的是時候要和大家分享一下了。

衷心感謝黃夏柏兄十分專業地替我撰寫大部分文字，否則以我這蟻速爬行的寫稿速度，此書面世之日相信還是遙遙無期；也趁此機會感謝近年一直支持我的兩位收藏家馮兄和麥兄，最後當然要感謝非凡出版對我這個出版計劃的認同和全力支持。

正如紀陶所言，此書只是我龐大記錄中的冰山一角，希望可以在不久的將來，陸續為大家分享我多年來的有趣經歷，當然，更重要的還是大家對我的支持和迴響！

漫画夢紀行 第一回

prologue:

各位朋友你地好。今次難得呢本「まんがマニア誌」俾机会我大做文章，的確開心到極，想咗一排，決定將我呢十年来喺漫画動画方面嘅所作所為公諸於世，呢個做法，第一可以滿足我自大狂嘅心理，第二係有啲資料大家可能会啱用，而第三就係呢啲經驗係好有趣嘅，大家不妨一齊分享！由於事件唔少，所以決定分開幾部份嚟寫，第一彈登場就係「漫画夢紀行」，係記錄我第一次單人匹馬遠赴東洋尋師学芸之經過，內容精彩萬分！好，立即打開話題，話說當時……

時間：一九七四年某月某日　地點：香港　人物：主人公——NECO，嗰陣時我只得十四歲，讀緊FORM 3，一向鍾意日本動漫画嘅我正発緊高燒，成個漫画狂，除咗得閒就死画爛画之外，又狂買日本漫画書，仲寄信去一啲出版社投稿，不過由於技術有限只係參加咗啲普通嘅比賽或者投稿讀者欄，而最有紀念嘅第一次，係投稿由「ワールドグヤイダー」刊出，當時我用「オスマンド・ロウ」(OSMOND LO)嘅筆名▼

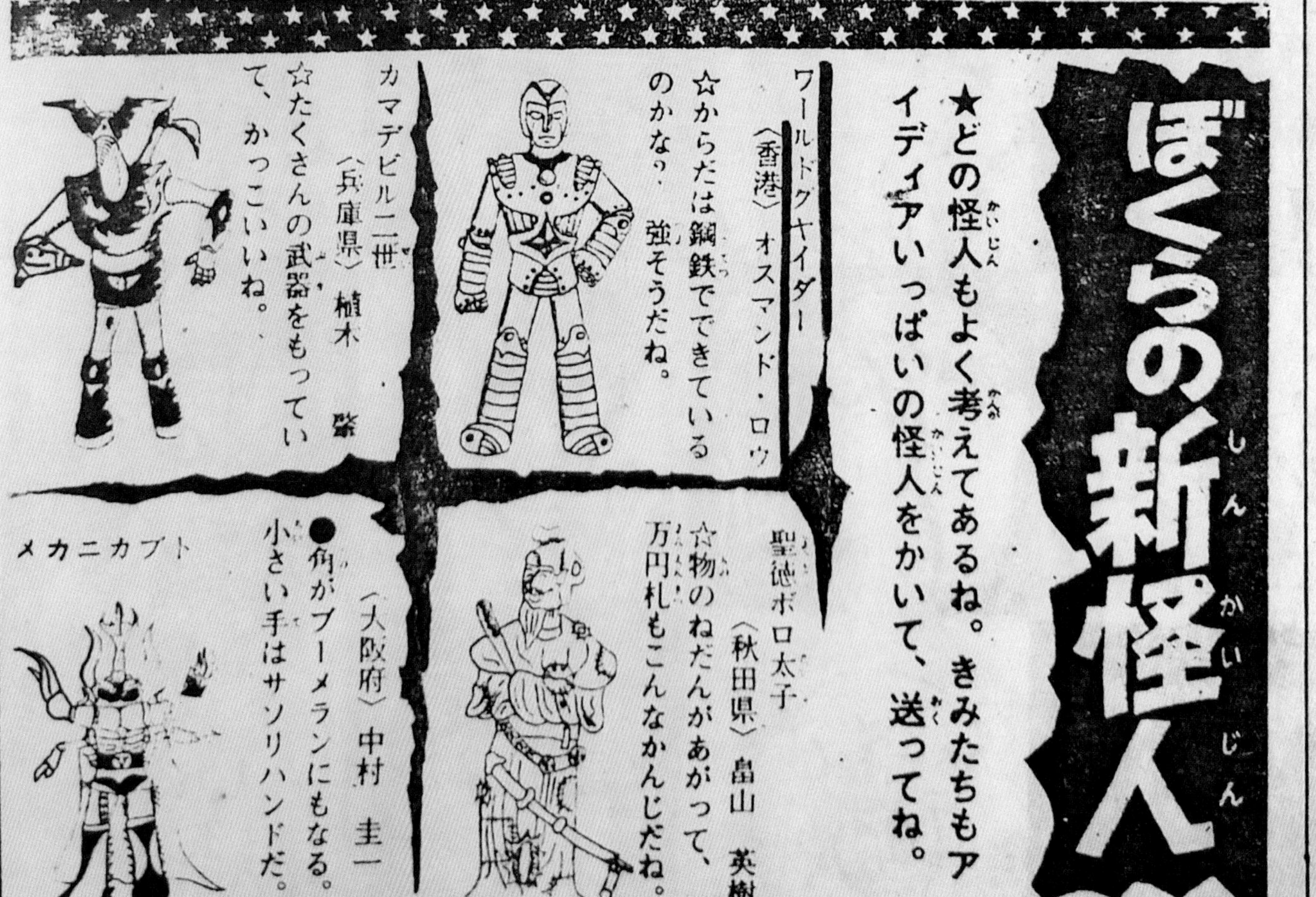

ぼくらの新怪人

★どの怪人もよく考えてあるね。きみたちもアイディアいっぱいの怪人をかいて、送ってね。

ワールドクヤイダー　〈香港〉オスマンド・ロウ
☆からだは鋼鉄でできているのかな？　強そうだね。

カマデビル二世　〈兵庫県〉植木　繁
☆たくさんの武器をもっていて、かっこいいね。

聖徳ボロ太子　〈秋田県〉畠山　英樹
☆物のねだんがあがって、一万円札もこんなかんじだね。

メカニカブト　〈大阪府〉中村　圭一
●角がブーメランにもなる。小さい手はサソリハンドだ。

動漫摘星錄

盧子英——編
黃夏柏——撰文

My quest for A and C

by Neco Lo che ying

責任編輯／梁卓倫
裝幀設計／明 志
排 版／明 志、林曉娜
印 務／劉漢舉

出版・非凡出版
香港北角英皇道 499 號北角工業大廈 1 樓 B
電話・(852) 2137 2338 傳真・(852) 2713 8202
電子郵件・Info@chunghwabook.com.hk
網址・http://www.chunghwabook.com.hk

發行・香港聯合書刊物流有限公司
香港新界大埔汀麗路 36 號
中華商務印刷大廈 3 字樓
電話・(852) 2150 2100 傳真・(852) 2407 3062
電子郵件・info@suplogistics.com.hk

印刷・美雅印刷製本有限公司
香港觀塘榮業街六號海濱工業大廈四樓 A 室

版次・2019 年 7 月初版

規格・16 開（285mm x 210mm）

ISBN・普通版 978-988-8573-34-9
ISBN・特別版 978-988-8573-73-8